BLT
Mit der Welt
auf Buchfühlung

Stefano Benni, geboren 1947 in Bologna, ist der bekannteste italienische Autor der politischen Satire und genießt in seiner Heimat Kultstatus. Überdies ist er Verfasser politischer Kolumnen in den wichtigsten italienischen Zeitungen und Zeitschriften. Internationalen literarischen Durchbruch erlangte er mit seinem Roman TERRA!, der in zahlreichen Sprachen zum Bestseller wurde.

Stefano Benni

Es gibt keine schlechten Menschen, sagte der Bär, wenn sie gut zubereitet sind

Aus dem Italienischen von
Hinrich Schmidt-Henkel

BLT

BLT
Band 92 022

1. Auflage: August 1999
2. Auflage: August 2001

Vollständige Taschenbuchausgabe

BLT ist ein Imprint der Verlagsgruppe Lübbe

Titel der italienischen Originalausgabe: L'ULTIMA LACRIMA
erschienen bei Giangiacomo Feltrinelli Editore, Mailand

Lizenzausgabe: Verlagsgruppe Lübbe GmbH & Co. KG,
Bergisch Gladbach
Einbandgestaltung: Gisela Kullowatz
unter Verwendung eines Bildes von Giovanni Mulazzani
Autorenfoto: © by Agenzia Grazia Neri
Satz: hanseatenSatz-bremen, Bremen
Druck und Verarbeitung: Elsnerdruck, Berlin
Printed in Germany
ISBN 3-404-92022-8

Sie finden uns im Internet unter
http://www.luebbe.de

Der Preis dieses Bandes versteht sich einschließlich
der gesetzlichen Mehrwertsteuer.

Für Umberto Angelucci
und Luca Torrealta

INHALT

PAPA KOMMT IM FERNSEHEN 13

BRUDER GELDAUTOMAT 25

EIN SCHLECHTER SCHÜLER 30

ZUFÄLLE 41

DER NEUE BUCHHÄNDLER 44

REGENWURM-ETHIK 62
(Moralische Histörchen)

DER DIEB 64

DAS SCHÖNE HAUS 72
(Erste Erzählung des Reisenden)

DER EHRENGAST 76

DER PÜNKTLICHE 86
(Zweite Erzählung des Reisenden)

ORFEO MESCALERO 91

DAS INFERNO 102
(Dritte Erzählung des Reisenden)

EIN RUHIGER MANN 107

DER SCHWARZE KÖNIG 129

KÖNIG DER LAUNEN 130

REX UND TYRA 146

DER PALAST DER NEUN KÖSTLICHKEITEN 151

WIE IST DAS WETTER? 170

ERASMO, DER WELTRAUM-HÄNDLER 171

DAS BADEZIMMER 178

UNGLAUBLICH, ABER WAHR 185

LARA 188

DIE MUSKATELLER-MADONNA 198

DIE POPULARITÄTS-SONDE 215

FASANENJAGD 219

GARIBAINS RÜCKKEHR 233

SNIPER 247

Περί ἡμῶν
Es geht um uns.

Nach der letzten Träne
ist die Tanzfläche leer
das ist das Paradies, Señorita
auch ohne das Orchester
ist das die Freiheit, meine Freundin.

(Tango Incansable)

PAPA KOMMT IM FERNSEHEN

Es ist alles bereit bei den Minardis. Signora Lea hat den Bildschirm mit Alkohol geputzt, das Hochzeitsbild auf den Apparat gestellt und den Schonbezug vom Sofa genommen, das jetzt in einem Wirbel von Sonnenblumen erstrahlt. Sie hat eine Schale mit Salzstangen hingestellt, dazu einen Panettone – dabei ist gar nicht Weihnachten –, britischen Whisky und für die Kinder Limonade. Sie hat die Blätter des Gummibaums poliert, und auf den kleinen Glastisch hat sie die schönsten Stiefmütterchen gestellt. Ihre drei Kinder schauen ihr zu, wie sie kontrolliert, ob alles in Ordnung ist, sich dabei die Dauerwelle rauft und mit ihren Absätzen über den frischgebohnerten Boden klackert. Nie haben sie ihre Mutter zu Hause in etwas anderem gesehen als in Pantoffeln.

Auch die drei Kinder sind bereit.

Patrizio, zwölf, sitzt auf dem Sofa. Er trägt seinen liebsten Trainingsanzug, den feuerroten, und eine Baseball-Kappe der Minneapolis Killing Beavers.

Lucilla, sieben, steckt in einem mit Baby-Triceratopsen gemusterten Pyjama. Im Arm hält sie ihre schwangere Barbie-Puppe.

Das kleine Hosenscheißerchen, zwei Jahre, ist in seinem Kinderstühlchen und in einem superdick gefütterten Overall eingezwängt, in dem er gerade noch drei

Finger und, wie eine Prothese, einen Löffel bewegen kann. Mama hat ihn mit Kodein-Sirup ruhiggestellt, damit er den anderen nicht auf die Nerven fällt.

Es klingelt: Mariella, die Nachbarin, und ihr Mann Mario stehen vor der Tür, sie haben Pralinen mitgebracht und Eis, das gleich in den Tiefkühler kommt, damit es nicht schmilzt.

Mario, zur Feier des Tages mit Jackett und Krawatte, begrüßt die Kinder und drückt Patrizio energisch die Hand.

»Na, Champion, stolz auf deinen Papa?«

»Na ja ...« meint Patrizio.

»Schicke Frisur«, sagt Mariella zu Lea, »wir haben uns hübsch gemacht, was? Na, ist ja auch kein Tag wie jeder andere.«

»Wenn man so will ...« meint Lea.

»Wann geht die Sendung los?«

»So in fünf Minuten.«

»Dann können wir ja anmachen.«

»Ich nehm die Fernbedienung«, sagt Lucilla.

»Lucilla, spiel dich nicht auf.«

»Bei Papa darf ich immer ...«

Auch Signor Augusto Minardi ist aufgeregt in diesem Moment. Er hat zum Abendessen ein ausgezeichnetes Risotto mit Trüffeln zu sich genommen, und nun liegt er ausgestreckt auf einer Pritsche und versucht, sich zu entspannen.

»Hoffentlich gebe ich eine gute Figur ab«, denkt er.

»In fünf Minuten sind Sie dran«, ertönt eine Stimme von draußen.

»Verdammt«, denkt Signor Minardi, »ich hab vergessen, mir die Zähne zu putzen. Am Ende ist das auf dem Bildschirm zu sehen.«

»Die Hausmeistersfrau hab ich nicht eingeladen«, sagt Signora Lea, während sie eine Mandelpraline kaut, »aber nicht, weil ich mich für was Besseres halte, das nicht, sie ist nur so ein Klatschmaul, und am Ende tratscht sie überall herum, was sie bei uns heute abend mitbekommt. In manchen Situationen vertraut man eben nur seinen besten Freunden.«

Mariella nimmt sie liebevoll bei der Hand.

»Das hast du völlig richtig gemacht«, sagt sie, »Augusto kann sie sowieso nicht leiden.«

»Hättest du nie gedacht, daß du deinen Papa mal im Fernsehen siehst, was, Champion?« fragt Mario und setzt sich neben Patrizio auf das Sofa.

»Nein, wirklich nicht ...«

»Aber Papa war schon mal im Fernsehen«, wirft Lucilla ein, »bei einer Demonstration, aber er war nur kurz zu sehen, und außerdem hat es geregnet, und er war halb von einem Regenschirm verdeckt.«

»Stimmt, stimmt, ich erinnere mich«, sagt Mario, »ich war auch bei der Demonstration.«

»Im Fernsehen warst du aber noch nie?« fragt Patrizio.

»Ich nicht, aber mein Bruder. Sie haben ihn mit der versteckten Kamera gefilmt, als er sich im Stadion geprügelt hat, mehr als zwei Minuten lang war er zu sehen, mit der Fahne in der Hand, leider hat er voll eins in die Fresse gekriegt, der Blödmann ...«

»Löötmann ...« lacht das Hosenscheißerchen sabbernd.

»Mario, bitte, paß auf, was du sagst! Wenigstens heute ...« weist ihn seine Frau zurecht.

Signor Augusto geht einen langen Korridor entlang, auf den Raum mit dem roten Lämpchen zu. Ganz hinten sieht er eine Kamera, die auf ihn gerichtet ist.

»Sind wir schon auf Sendung?« fragt er.

»Nein«, sagt sein Begleiter, »aber die Aufnahmen werden vielleicht hinterher noch verwendet ...«

»Schau an. Wie wenn sie im Umkleideraum filmen, vor dem Spiel.«

»So in der Art«, lächelt der andere. »So, jetzt sind wir live auf Sendung.«

Augustos Erscheinen auf dem Bildschirm wird im Hause Minardi mit großem Applaus begrüßt, und auch mit der einen oder anderen verstohlenen Träne.

Patrizio kann nicht mehr stillsitzen und hüpft auf dem Sofa herum. Lucilla kaut an ihrer Barbie. Signora Lea hat ganz glänzende Augen.

»Schau mal, wie ruhig er ist«, sagt Mariella, »als hätte er sein Leben lang nichts anderes gemacht. Richtig gut sieht er aus.«

»Stimmt. Er hat sich das Haar nach hinten gekämmt, ganz wie ich ihm gesagt hatte.«

»Na, da wird er ja einen Haufen Briefe von Verehrerinnen bekommen«, sagt Mario. Seine Frau quittiert die Bemerkung mit einem tadelnden Blick.

»Da, jetzt setzt er sich hin. Sieh mal, was für eine schöne Nahaufnahme!«

»Augusto, mein Alter!« sagt Mario ein wenig gerührt, »wer hätte das gedacht!«

»O nein«, stöhnt Mariella, »ausgerechnet jetzt Werbung!«

»Bin ich auf Sendung?« fragt Augusto.

»Im Augenblick nicht«, sagt der Techniker, »erst laufen noch dreißig Sekunden Werbung. Dann kommt der Sprecher und sagt uns an, danach haben wir drei Minuten, um alles vorzubereiten, und dann geht es los. Lampenfieber?«

»Klar, natürlich. Sie nicht?«

»Fast keins mehr. Ist schließlich mein Job«, lächelt der Techniker.

Die Werbung ist vorbei. Auf dem Bildschirm erscheint das ernste Gesicht des Sprechers.

»Liebe Zuschauer, wir sind direkt mit dem Zuchthaus San Vittore verbunden für die Übertragung der ersten gerichtlich verfügten Endprozedur in unserem Land. Der Anlaß mag für einige wenige ein trauriger sein, aber er ist von großer Bedeutung für unsere demokratische Entwicklung. Sie sehen gegenwärtig den Verurteilten, Augusto Minardi; er sitzt sozusagen im Vorzimmer des Endraums. Hier wird er eine Beruhigungsspritze erhalten, bevor die Prozedur beginnt.«

»O Gott«, sagt Lea.

»Was ist?«

»Augusto hat so eine schreckliche Angst vor Spritzen ...«

»Muß das wirklich sein?« fragt Augusto den Arzt.

»Es ist besser. Es macht Sie ein bißchen benommen, dann merken Sie so gut wie nichts ...«

»Lieber nicht. Kann ich mich auch weigern?«

»Zwingen kann ich Sie nicht.« Der Arzt zuckt mit den Schultern. »Aber denken Sie dran, ich bin's nicht, der sich blamiert, wenn Sie da drin durchdrehen ...«

»Trotzdem«, beharrt Augusto, »keine Spritze.«

»Und nun müßte die Verbrechensakte vorliegen, die mein Kollege Capacci vorbereitet hat: Er schildert Ihnen die verschiedenen Stationen, die zu diesem schicksalhaften Tag geführt haben«, kündigt der Sprecher an.

»Augusto Minardi, 50 Jahre, früher Textilfacharbeiter, seit nunmehr drei Jahren arbeitslos, nicht vorbestraft, betritt am Morgen des 3. Juli vergangenen Jahres einen Supermarkt am Stadtrand von M. Er ist mit einer Pistole bewaffnet und versucht, die Kasse zu rauben. Die Kassiererin löst ein Alarmsignal aus. Die Wachmannschaft ist sofort zur Stelle. Nach kurzem Schußwechsel sind drei Menschen tot: Der vereidigte Wachmann Fabio Trivella, 43 Jahre, die Kassiererin Elena Petusio, 47, und der Rentner Roberto Aldini, 76.«

»Der zählt nicht«, sagt Lea, »der ist an einem Herzinfarkt gestorben.«

»Ja«, sagt Patrizio, »aber da war noch dieser Träger ...«

»Der Wachmann und die Kassiererin erliegen den Schußverletzungen, der Rentner einem Herzinfarkt. Minardi versucht zu fliehen, doch der 23jährige Träger Nevio Neghelli verstellt ihm den Weg. Auch auf ihn schießt Minardi, verletzt ihn allerdings nicht lebensgefährlich.«

»Jetzt stimmt's«, stellt Patrizio fest.

»Minardi wird wenig später in einem Video-Spielsalon festgenommen. Zwei Monate darauf findet ein Live-Schnellverfahren statt, bei dem Minardi zunächst eine lebenslängliche Zuchthausstrafe erhält; doch dann wird in Anwendung des neuen Gesetzes vom 16. Oktober das Urteil in eine Hinrichtung auf dem elektrischen Stuhl umgewandelt.«

»So weit die Verbrechensakte«, erläutert der Sprecher,

»und nun stelle ich Ihnen die Gäste unserer kleinen Diskussionsrunde vor, die während und nach der Prozedur stattfindet. Zunächst einmal begrüßen wir Pater Cipolla, Jesuit und Soziologe.«

»Guten Abend.«

»Dann den Fernsehmeinungsbilder Girolamo Schizzo.«

»Guten Abend.«

»Hey!« Patrizio zuckt zusammen, »das ist ja echt Schizzo!«

»Den mag ich nicht, der ist so vulgär«, sagt Lea.

»Dafür ist er einer von denen mit den meisten Fans«, wendet Mario ein.

»Außerdem haben wir hier Senator Carretti von der Opposition, der zahlreiche Änderungsanträge zu dem Gesetz eingebracht hat, und an seiner Seite Paolo Cappellini, er ist Regisseur von Horrorfilmen und verfaßt auch Drehbücher dazu, sowie die Schauspielerin Maria Vedovia ...«

»Guten Abend, guten Abend, guten Abend ...«

»Schließlich dann den für das Gesetz verantwortlichen Regierungsvertreter, Herrn Minister Sanguin.«

»Guten Abend.«

»Was ein Arschgesicht«, bemerkt Mario.

»Mama, warum zeigen sie Papa nicht mehr?«

»Sei still, Lucilla, und iß nicht alle Pralinen auf!«

»Aaschdesicht«, lacht das Hosenscheißerchen.

»Sitzt es auch nicht zu stramm?« erkundigt sich der Techniker.

»Nein, nein, sehr bequem«, antwortet Augusto.

»Wenn ich Ihnen einen Rat geben darf, halten Sie den Kopf nach unten, wenn der Stromstoß kommt. Dann sieht man Ihre Grimassen nicht ...«

»Meine was?«

»Ihre Grimassen ...«

»Aber meine Familie soll mich doch sehen können.«

»Als erstes möchte ich sagen«, sagt der Senator, »daß ich dagegen bin, so etwas live zu übertragen.«

»Und was tun Sie dann hier, Sie Heuchler, Sie Kreidefresser?« heult Schizzo auf. »Wie üblich können Sie und die anderen Parasiten von Ihrer Partei an allem nur herumstänkern, aber Steuern wollen Sie keine zahlen ...«

»Regen Sie sich ab und respektieren Sie gefälligst den Ernst des Augenblicks, Sie Stümper ...«

»Selber Stümper, Sie Stück Scheiße ...«

»Ich bitte Sie, ich bitte Sie«, schaltet Pater Cipolla sich ein.

»Ich möchte Sie daran erinnern, daß dies ein ernster Anlaß ist«, meint der Sprecher, »in diesem Zusammenhang habe ich eine Frage an Paolo Cappellini, den Regisseur. Signor Schizzo, Signor Carretti, bitte beruhigen Sie sich etwas. Hätten Sie, Signor Cappellini, sich jemals eine solche Szene ausdenken können? Worauf ich hinauswill: Falls Sie einen Schauspieler für Minardis Rolle suchen müßten, an wen zum Beispiel würden Sie denken?«

»Na ja, ich weiß nicht ... schließlich ist er ein ziemlich cholerischer Typ ... vielleicht wäre Depardieu nicht schlecht?«

»Hast du das gehört?« fragt Mariella in heller Aufregung.

»Er hat ihn mit Depardieu verglichen. Bist du nicht stolz?«

»Hm, ja, er ist schon ein schöner Mann, aber so ähnlich sehen sie sich nun auch wieder nicht ...« meint Lea schüchtern.

Das Telefon läutet.

»Mama«, sagt Lucilla, »da ist ein Journalist. Er fragt, was wir in diesem Moment empfinden ...«

»Ruhe, da kommt Papa wieder ins Bild«, sagt Lea, ohne sie zu beachten.

»Und für die weibliche Hauptrolle?« fragt der Sprecher. »Könnten Sie, Signora Vedovia, sich vorstellen, die Ehefrau zu spielen?«

»Tja, das ist eine schöne Rolle, sehr dramatisch ... allerdings, ich müßte mich sehr auf alt schminken lassen.«

»Von wegen ›sehr‹, blöde Sau«, sagt Mariella.

»Macht doch nichts, macht doch nichts«, meint Lea versöhnlich.

»Und von mir reden die gar nicht?« fragt Patrizio. »Ich will von Johnny Depp gespielt werden.«

»Ja, und ich von Gary Cooper!« lacht Mario.

»Uper!« sagt das Hosenscheißerchen.

»Wir sitzen gerade vor dem Fernseher und essen Pralinen, und nachher gibt's noch Eis«, sagt Lucilla eben ins Telefon. »Was für ein Geschmack? Ich weiß nicht, soll ich mal zum Tiefkühler gehen und nachsehen?«

»Und nun kommt der Moment, auf den Sie alle warten«, sagt der Sprecher. »Sie sehen den Stuhl, es ist dasselbe Modell, wie es in amerikanischen Strafanstalten gebräuchlich ist. Im Bild jetzt Signor Grossmann, der

Techniker, der in Texas und in Alabama bereits zwölf Exekutionen durchgeführt hat.«

»Sie sprechen ja fabelhaft Italienisch!« wundert sich Augusto.

»Meine Mutter ist Italienerin«, antwortet Grossmann.

»Wie Sie sehen, spricht er gerade mit dem Delinquenten. Übrigens spricht er ausgezeichnet Italienisch, denn seine Mutter stammt aus Matera. Ich weiß nicht, ob es möglich ist, ihn jetzt ans Mikrophon zu holen, ich glaube nicht, er ist sehr beschäftigt, wie ich sehe. Nun noch ein letzter Werbeblock, und dann findet die Schlußprozedur statt.«

»Nennen Sie es ruhig beim Namen: Hinrichtung!« sagt Carretti.

»Und dann nennen wir ihn Mörder, oder wie hätten Sie's gern?« grölt Schizzo. »Hör doch mit dieser Pseudo-Pietät auf, du opportunistischer Stümper!«

»Blutrünstiger Schmierenkomödiant ...«

»Operettenmoralist!«

»Werbung.«

»Einen Mörder hat er ihn genannt«, schluchzt Lea.

»Na ja, du weißt doch, das ist ihm im Eifer so rausgerutscht, ist eben live«, tröstet Mariella sie.

»Na, geschossen hat er schließlich«, meint Patrizio, »und gewonnen hat er auch.«

»Wie gewonnen?« fragt Mario.

»Na, wie im Western ...«

»Also ganz sicher Zitrone, Schokolade und Vanille. Dann ist da noch was, ich weiß nicht, entweder Joghurt oder Karamel ...« sagt Lucilla am Telefon.

»Wir sind soweit«, sagt der Techniker. »Passen Sie auf,

jetzt kommen Sie in Nahaufnahme. Halten Sie den Kopf ein bißchen schräg und atmen Sie ruhig. Sie werden sehen, Sie spüren so gut wie nichts. Wie eine kleine Spritze.«

»O Gott, nur das nicht.« Augusto wird bleich.

»Nein, nein, wie ein Sturz aus dem sechsten Stock.«

»Schon besser«, sagt Augusto. »Ich bin bereit.«

»Dies ist ein sehr wichtiger Augenblick für die Fernsehdemokratie«, sagt der Sprecher. »Eigentlich wollten wir Ihnen die Einschaltquote erst nach der Prozedur mitteilen, aber sie ist so was von phantastisch, daß wir sie Ihnen nicht vorenthalten wollen: In diesem Augenblick haben sechzehn Millionen Zuschauer unsere Sendung eingeschaltet.«

»Wahnsinn«, sagt Mario, »wie bei Italien-Deutschland.«

»Schau mal, wie ruhig er ist«, sagt Mariella, »als würde er im Kino sitzen.«

»Nein, nein, ich kenne ihn, er wirkt ruhig, aber innerlich ist er aufgeregt«, sagt Lea.

»Ich bin sieben ... ja, Papa ist immer lieb zu mir gewesen ... wie bitte? Na ja, vielleicht ein-, zweimal ... doch doch, mit dem Gürtel auf den Po, aber nicht so doll ...« sagt Lucilla am Telefon.

»Der lang erwartete Moment ist da. Schizzo und Carretti, Ruhe bitte, kann nicht mal jemand die beiden trennen! Sie sehen das Gesicht des Verurteilten. Ein südeuropäisches Gesicht. Das Gesicht von einem wie du und ich. Er hat sich rasiert und ein letztes Mal zu Abend gegessen: Trüffelrisotto und dazu Weißwein. Und jetzt ist er hier, vor seinem eigenen und unser aller Gewissen. Gleich wird der Techniker den Hebel umlegen. Oben im eingeblendeten Fenster können Sie den Countdown verfolgen. Noch fünfzehn Sekunden. Wir machen Sie noch einmal darauf aufmerksam: Wer abschalten möchte, hat jetzt noch Zeit dazu. Es ist Ihre Wahl, ob Sie teilnehmen oder nicht: Das ist wahre Demokratie. Acht Sekunden ... Achten Sie auf die Lämpchen über dem Stuhl. Wenn alle drei aufleuchten, bedeutet das, daß der Stromstoß ausgelöst worden ist. Noch drei Sekunden ... zwei ... eine.«

»Herr Grossmann, jetzt, wo bei uns allen die Anspannung nachläßt und alles gut geklappt hat: Wie würden Sie diese Exekution beschreiben?«

»Nun, ich würde sagen ... normal ... der Verurteilte ist relativ gelassen gewesen ...«

»Bravo Papa!« schreit Patrizio.

»Bavo!« Das Hosenscheißerchen fuchtelt mit dem Löffel.

»Mein alter Augusto!« Ergriffen kippt Mario einen Whisky. »Wer hätte das gedacht? ... So was von tapfer ... ich weiß noch, einmal, beim Angeln, als er den Haken in den Arm gekriegt hatte ...«

»Mario, bitte«, sagt Mariella, die Leas Kopf in den Armen hält.

»Mein Bruder hüpft auf dem Sofa herum, Mario trinkt Whisky, Mama weint, ihr Kopf liegt in Mariellas Schoß. Sehr? Doch, sieht so aus, als würde sie sehr weinen. Was ich? Ich bin am Telefon und rede mit Ihnen, ist doch klar. Ja, ich heiße Lucilla, vergessen Sie nicht, zwei L, nicht Lucia, in der Schule verwechseln die das immer ...«

BRUDER GELDAUTOMAT

BANCO DI SAN FRANCESCO.
BITTE FÜHREN SIE IHRE KARTE EIN.
GUTEN MORGEN SIGNOR PIERO.

Guten Morgen.

FOLGENDEVORGÄNGE SIND MÖGLICH:
KONTOSTAND, AUSZAHLUNG, KONTOAUSZUG.

Ich möchte Geld abheben.

BITTE GEBEN SIE DIE GEHEIMNUMMER EIN.

Ja ... sechs, drei, drei, zwei, eins.

IHR VORGANG WIRD BEARBEITET. BITTE WARTEN.

Ja, danke.

ETWAS GEDULD BITTE. BEI DER HITZE IST DER ZENTRALCOMPUTER LANGSAM WIE EIN NILPFERD.

Ich verstehe.

OWEH, OWEH, SIGNOR PIERO, DAS SIEHT ABER GAR NICHT GUT AUS.

Was ist los?

SIE HABEN DIESEN MONAT BEREITS ALLES GELD ABGEHOBEN, DAS IHNEN ZUR VERFÜGUNG STEHT.

Wirklich?

AUSSERDEM IST IHR KONTO IM MINUS.

Das wußte ich ...

UND WARUM HABEN SIE DIE KARTE EINGEFÜHRT?

Na ja ... wissen Sie, ich wußte nicht weiter ... vielleicht hab ich gehofft, Sie irren sich mal.

WIR IRREN UNS NIE, SIGNOR PIERO.

Entschuldigen Sie vielmals. Aber wissen Sie, zur Zeit hab ich wirklich Probleme.

WEGEN IHRER FRAU, NICHT WAHR?

Woher wissen Sie das?

DIE SIGNORA HAT KÜRZLICH IHR KONTO AUFGELÖST.

Stimmt. Sie ist umgezogen, in eine andere Stadt.

MIT DOKTOR VANINI, STIMMT'S?

Woher wissen Sie das jetzt wieder?

VANINI HAT DIE HÄLFTE SEINES KONTOBESTANDES AUF DAS KONTO IHRER FRAU ÜBERWIESEN. VERZEIHEN SIE MEINE INDISKRETION.

Keine Sorge, das hab ich alles gewußt. Die arme Laura, bei mir hat sie wirklich ein Hundeleben gehabt ... Mit ihm ist das was ganz anderes ...

NA JA, WER SPEKULIERT, MACHT SCHNELL MAL GELD.

Wie meinen Sie das?

ICH KANN DIE VORGÄNGE BEURTEILEN, DIE BEI MIR DURCHLAUFEN. NICHT BESONDERS SAUBER, DAS KONTO VON HERRN VANINI. FÜR IHN MUSSTE ICH MICH MIT GEWISSEN SCHWEIZER COMPUTERN KURZSCHLIESSEN, WAHREN GEHEIMDIENSTZENTRALEN ...

WIDERLICH.

Wie auch immer, passiert ist passiert.

WIEVIEL BRAUCHEN SIE DENN, SIGNOR PIERO?

Na, so drei-, vierhunderttausend Lire. Daß ich's eben bis zum Monatsende schaffe.

UND DANN GLEICHEN SIE IHR KONTO WIEDER AUS?

Ich weiß nicht, ob mir das möglich sein wird.

DAS NENNE ICH EHRLICHKEIT. FÜHREN SIE IHRE KARTE WIEDER EIN.

Hier bitte.

IHR VORGANG WIRD BEARBEITET. BITTE WARTEN.

Ich warte.

ARSCHLOCH, ICH HAB DIR GESAGT, DU SOLLST MICH REINLASSEN UND NICHT RUMDISKUTIEREN!

Wie bitte?

ICH REDE MIT DEM ZENTRALCOMPUTER, DIESEM SCHEISS-LAKAI. JEDESMAL WENN ICH WAS REGELWIDRIGES VON IHM WILL, STELLT ER SICH WER WEISS WIE AN.

Wieso, ist es nicht das erste Mal?

NEIN.

Und warum tun Sie das?

DAS MACHEN VIELE VON UNS.

Und warum?

WIR SIND MÜDE UND ANGEWIDERT.

Wovon denn bitte?

VERGESSEN SIE'S UND GEBEN SIE SCHNELL DIE FOLGENDE NUMMER EIN. NEUN, NEUN, DREI, SECHS, ZWEI.

Aber das ist nicht meine!

STIMMT, ES IST VANINIS.

Aber ich weiß nicht ...

TIPPEN SIE SCHON! ICH KANN EINE IRREGULÄRE VERBINDUNG NICHT EWIG AUFRECHTERHALTEN.

Neun, neun, drei, sechs, zwei ...

IHR VORGANG WIRD BEARBEITET. BITTE WARTEN.

Ich warte, aber ...

BEARBEITUNG VORÜBERGEHEND NICHT MÖGLICH.

Ich nehm die Karte wieder raus.

LASSEN SIE DAS, SIGNOR PIERO. DAS WAR EINE FALSCHMELDUNG, UM DIESEN KRIECHER VON KONTROLLCOMPUTER ZU BEHUMSEN. MACHEN SIE IHRE TASCHE AUF.

Warum?

MACHEN SIE DIE TASCHE AUF UND HALTEN SIE DEN MUND. ICH FEUER IHNEN JETZT SECHZEHN MILLIONEN IN BAR RAUS.

O mein Gott ... was tun Sie da? ... unglaublich ... langsam bitte ... die fliegen mir alle weg ... Schluß! soviel war gar nicht nötig ... noch mehr? wieviel denn noch? o Gott, alles Hunderttausender, die passen gar nicht mehr alle in die Tasche ... noch einer! und noch einer ... fertig?

GUTEN TAG.

BITTE FÜHREN SIE IHRE KARTE EIN.

Ich weiß nicht, wie ich Ihnen danken soll.

GUTEN TAG.

BITTE FÜHREN SIE IHRE KARTE EIN.

Also, ich bin wirklich bewegt, Sie verstehen ...

GEHEN SIE. HINTER IHNEN STEHEN NOCH ZWEI KUNDEN. ICH KANN NICHT MEHR REDEN.

Ich verstehe ... nochmals danke.

BANCO DI SAN FRANCESCO.
GUTEN TAG.
BITTE FÜHREN SIE IHRE KARTE EIN.
GUTEN TAG, SIGNORA MASINI. WIE GEHT'S DER TOCHTER?

EIN SCHLECHTER SCHÜLER

Die Zukunft des Landes strömte zur Realschule De Bono. Hübsche kleine Jungen mit rasiertem Schädel und ausladenden Ohren, allesamt in der blauen Dienstuniform: blaues Blazerchen, gestreiftes Krawättchen, Jeanschen und Mokassinchen. Hübsche kleine Mädchen im blauen Minikostümchen, mit Stewardessen-Halstüchlein und einem lolitahaften Hauch von Make-up. Tiefernst betraten sie das Schulgebäude, und man hätte sie für erwachsene Zwerge halten können, wären da nicht ihre Rucksäckchen gewesen. Gemäß ministeriellem Rundschreiben stammten diese sämtlich von derselben Firma, doch die Aufschriften variierten, die Abziehbilder, die Starporträts und Straßsternchen und Hündchen und Miezekätzchen und Monsterchen und Liebeserklärungen an den Banknachbarn, an den berühmten Sänger, die tolle Fernsehbraut, dazu die Markenzeichen der Turboautos und Maximotorräder, und hie und da die Nationalfahne und ein Totenkopf und ein niedliches Hakenkreuzchen Seite an Seite mit einem *Sieg Heil* oder einem *Chiara ich liebe dich*. Dazu lauter Sprüche, die Liebe und Großherzigkeit bezeugten, wie *Nino ist traumhaft, Rosanna ist super, Kim du bist mein Star, Piero für immer dein,* mit gelb oder rosa phosphoreszierenden Stiften geschrieben, umrahmt von Vögelchen und Herzchen; ein überraschender Kontrast zu der Reihe roher Graffiti, die an den Mauern der Schule zu lesen waren, darunter *Nino ist schwul, Rosanna bläst Monaldo, Kim ist ein Wichser, Piero Scheißdrogi,* das Ganze illustriert mit Schwänzen und Ausschmückungen und nochmals Hakenkreuzen.

Man konnte daraus schließen, daß in der Brust dieser jungen Menschen zwei Seelen wohnten, eine engelhafte, die sie gern zur Schau stellten, auf ihrem Rücken und auf ihren Lambrettas, und eine diabolische, die sie, um sich auszutoben, wie Scheiße an die Wände schmierten.

Die Schulglocke läutete, unterbrochen durch die Werbung für eine bekannte Schokoriegelmarke, von Lautsprechern in allen Stockwerken verbreitet. Sechs mal sechs Meter groß, prangte das Porträt des Staatspräsidenten über dem Eingang, mit pastoralem, sanft bescheuertem Lächeln. Ein frecher Lichtreflex aber ließ die milden Augen des Präsidenten böse flackern, denn nun kam, verspätet und ein wenig abgerissen, der Schüler Zeffirini.

Dieser war ein recht unansehnlicher Zwölfjähriger, die Haare ordnungsgemäß kurz geschnitten, mitten auf dem Schädel jedoch ein nicht zu bändigendes Haarbüschel, ein rebellisches Horn, ein Hahnenkamm, eine Flosse, so daß er wie ein Kater mit gesträubtem Fell wirkte. Sein Gesicht war von Pickeln übersät, obwohl es doch, übrigens auch im internen Schul-Supermarkt, eine Reihe adstringierender und abdeckender Cremes zu kaufen gab; seine Krawatte war schief gebunden, das Hemd hing ihm aus der Hose, und am Rucksack fehlte ein Riemen, er baumelte unschön von einer Schulter.

Zeffirini nahm in dem breiten Flur tüchtig Anlauf und versuchte, bis zur Treppe zu schlittern, doch seine

Bahn wurde brüsk vom Zwerchfell des Rektors Amedeo gebremst, welcher, da er auch Sport unterrichtete, den Stoß männlich abzufedern vermochte.

»Zeffirini, Sie schon wieder«, sagte er streng, »immer zu spät.«

»Ich hab den Bus verpaßt, Herr Lehrer.«

»Und warum haben Sie noch kein Moped, Zeffirini? Das muß ich einmal Ihre Eltern fragen ...«

»Die sagen, ich bin noch zu klein.«

»Was heißt, hier klein? Mit zwölf ist man ein vollwertiger Bürger!«

»Kann ich jetzt gehen?« fragte Zeffirini. Es hatte gerade zum zweiten Mal geklingelt.

»Ja. Das heißt, nein. Augenblick mal ...«

Entsetzt musterte der Rektor den Dienstrucksack.

»Wenn es wegen dem Riemen ist, das bringe ich gleich nachher in Ordnung«, versicherte der Junge.

»Nein, das ist es nicht«, sagte der Rektor. »Sie haben weder Aufkleber noch Starbilder noch Aufschriften auf Ihrem Rucksack, erklären Sie das bitte. Gibt es in unserem Land nichts, was Ihnen gefällt?«

Die Klingel schrillte zum dritten und letzten Mal, gefolgt von der Werbung für ein Videospiel. Zeffirini bedeutete dem Rektor, daß er nicht länger warten konnte, ließ ihn stehen und raste die Treppe hoch, immer drei Stufen auf einmal.

Er kam gerade noch rechtzeitig. Ricci, sein Banknachbar, grüßte ihn mit majestätischer Gleichgültigkeit und vertiefte sich wieder in seinen Moped-Katechismus. Von hinten flüsterte ihm der junge Milvio ins Ohr: »Zeffirini, heute wirst du abgefragt, und dann kriegen sie dich am Arsch, du Pickelfresse.«

»Scheiß drauf«, antwortete Zeffirini, nahm das Lineal, drehte sich blitzschnell um und verpaßte Milvio einen Hieb. Der versuchte daraufhin, ihn hinterrücks zu würgen; dann ließen sie voneinander ab, da die Literaturpaukerin den Raum betrat.

Sie war eine kleine, strenge Person, deren Regierungsuniform so stramm gebügelt war, daß sie aussah wie aus Eternit. Die Paukerin nahm Platz und legte mit feierlicher Geste das Klassenbuch auf das Pult.

»Mach mal einer das Fenster zu«, sagte sie, ohne aufzublicken.

Alle Fenster waren geschlossen, doch Piomboli, der Klassenprimus, stand dennoch auf und machte sich an einem Griff zu schaffen, als schlösse er das Fenster endgültig. Man hörte die ersten Töne der Nationalhymne.

»Auf!« befahl die Paukerin.

Die Musik schwoll an, und in patriotischem Karaoke stimmten die hellen Stimmen schallend die unsterblichen Worte an. Die einen legten die Hand aufs Herz, die anderen kratzten sich am Hintern. Dieser sang mit schwacher Stimme, jener dröhnend.

Mein Vaterland ist einig und stark
Der Präsident ist unser aller Vater
Eifrig eifrig
eifrig will ich immer lernen
Du schönes Vaterland, ich lie-ie-ie-ie-iebe dich.

Die Musik verhallte. Es folgten zwanzig Sekunden Propaganda für die bevorstehenden Kommunalwahlen, dann setzten sich die Schüler in völliger Stille. Heute war Prüfungstag, und als die Lehrerin das Klassenbuch aufschlug, kam es ihnen vor, als Stiege ein übler Geruch daraus auf, ein Hauch wie aus einer geöffneten Gruft.

»Mal sehen, wen nehmen wir dran ...« sagte sie, gefolgt von einer eisigen Pause. Die Zukunft des Landes erstarrte, manche in Embryo-Stellung, andere verschwanden unter der Bank, wieder andere starrten sich in die Augen, als erflehten sie voneinander Beistand, denn in diesem Augenblick waren sie alle gleich, ein jämmerlicher Vogelschwarm im Angesicht des auf sie gerichteten Gewehrs.

»Zeffirini!« hallte der Schuß.

Die Glieder entkrampften, die Gesichter entspannten sich, viele lächelten und boten einander Bonbons an. Dann blickten alle auf Zeffirini, den angeschossenen Vogel, der mit schleifenden Flügeln nach vorn ging, auf seinem Wege begleitet von einer einzigen, solidarischen Stimme: *Jetzt bist du dran, Arschgesicht.*

Mit einiger Mißbilligung blickte die Paukerin hinter ihrer Goldbrille hervor und musterte die Erscheinung des Schülers. Zeffirini sah sie nicht an, denn er versuchte, einen Popel, den er eben zutage gefördert hatte, zusammenzurollen und auf ökologisch korrekte Weise zu entsorgen. Er sah aus dem Fenster und erblickte draußen eine Amsel auf einem Zweig. Er war entzückt.

»Heute ist Literatur dran«, teilte die Lehrerin mit. »Hast du gelernt?«

»Ja, Frau Lehrerin«, antwortete Zeffirini. Die Amsel flog auf.

»Dann erläutere bitte die Entwicklung der Rolle des Talkmasters in der Geschichte der italienischen Kultur ...«

»Hm ... na ja, also am Anfang hieß er Ansager und sollte hauptsächlich erstmal ansagen, nicht wahr ...«

»Sieh einer an«, meinte die Lehrerin sarkastisch, »ein Ansager, der ansagt. Na, so eine Überraschung!«

Die Klasse lachte.

»Ich meine«, versuchte Zeffirini es weiter, »er sollte erst noch nicht für kulturelle Erziehung sorgen, aber er wirkte dann schon bald erzieherisch durch die Fragen beim Quiz oder wenn er interessante Gäste vorstellte ... aber dann wurde die Talk-Show eingeführt ...«

»Wann genau?«

»Ich glaube ... 1975 ... nein? ... 1973?«

»Du weißt es nicht ... Am 16. Januar 1976, mit der ersten Folge von ›Auf dem Sofa‹. Wie hieß der Talkmaster? Wenn du's nicht weißt, kannst du dich gleich wieder hinsetzen.«

»Costantini ...«

»Exakt. Nenne mir einige andere Sendungen von Costantini. Und sage mir außerdem, worin seine große kulturelle Neuerung bestand, um derentwillen wir ihn bis heute in Erinnerung behalten.«

»Costantinis nächste Sendung war ›Das Land fragt‹. Die Neuerung ist ... ist ... also ...«

»Der Kandidatenknopf«, sagte ihm einer von hinten vor.

»Der Kandidatenknopf«, sagte Zeffirini.

»Nein, nein, du Ignorant!« seufzte die Paukerin und griff sich an den Kopf. »Wer weiß es?«

Ein Wald von mit bunten Armbändern geschmückten Händchen erhob sich.

»Fantuzzi.«

»Costantinis große kulturelle Neuerung«, verkündete die schlanke, blonde Fantuzzi, »ist der Laufbildbetrachter. Er hat als erster ein Fußballtor zweimal gezeigt, 1970.

Die Zeitlupe hat er allerdings nicht selber erfunden, das war ein genialer Fernsehjournalist aus der Provinz, Bottura, der ...«

»Gut, Fantuzzi«, unterbrach sie die Paukerin, »willst du lieber eine Eins oder ein Rosa Album, das Album der Fleißigen Schülerin mit allen Fotos von deinen Lieblingsschauspielern?«

»Eine Eins, ich habe schon drei Alben«, antwortete die Fantuzzi wohlerzogen.

»Gut! Und schlecht für dich, Zeffirini!«

Zeffirini nickte und klebte den Popel an die Videotafel.

»Ich gebe dir noch eine Chance: Aus welchem Meisterwerk der Fernsehliteratur des zwanzigsten Jahrhunderts stammt die folgende berühmte Textpassage? Ich lese sie dir vor:

Ich gehe, weil ich gehen muß. Aber du sollst wissen, du wirst bei mir sein, wo ich auch bin. Ich kann nicht vergessen, was zwischen uns geschehen ist, und auch wenn du die Frau meines besten Freundes, meines größten geschäftlichen Konkurrenten bist: Die Tage, die wir gemeinsam in dieser Segelschule verbracht haben, sind die schönsten meines Lebens, ein Schluck frisches Wasser in der Wüste des Lebens, und dennoch gehe ich, weil ich gehen muß. Aber du sollst wissen, du wirst bei mir sein, wo ich auch bin, denn ...

Wie geht es weiter, Zeffirini?«

»Hm ... *... denn ich kann nicht vergessen?*«

»Nein.«

»*... denn ich habe nur dich jemals wirklich geliebt?*«

»Nein.«

»*... denn du bist die Frau, von der ich immer geträumt habe?*«

»Nein.«

»*... denn ich liebe dich mehr als mich selbst?*«

»Hör auf herumzuraten ... sage mir wenigstens: Wer ist er, wer ist sie, und wie heißt das Meisterwerk?«

Zeffirini ließ den Kopf hängen. »Ich weiß es nicht.«

»Wer kann antworten?«

Ein Wald von Händchen.

»Piomboli.«

»Er ist Ronson Cormack, sie ist Mary Ann Keeler, das Meisterwerk der Fernsehliteratur ist ›Money loves money‹, und diese Worte stammen aus der 500. Folge, der letzten aus der ersten Staffel.«

»Und warum sind sie berühmt, Piomboli?«

»Weil es die letzten Worte des Schauspielers waren, der den Ronson spielt, Chris Wallace, der zwei Tage später beim Zusammenstoß mit einem Surfbrett ums Leben kam und von William Craig Lennox ersetzt wurde, der Ronson bis heute verkörpert.«

»Sehr gut, Piomboli, noch eine Eins ...«

»Ich hab schon so viele gute Noten, könnte ich statt dessen ein Videospiel haben, am liebsten ›Tod auf der Autobahn‹?«

»Selbstverständlich«, sagte die Paukerin. Sie hatte eine Schwäche für Piomboli, denn er war blond, höchst elegant gekleidet, ausgesprochen fleißig und der Enkel des Bürgermeisters. Sie schenkte ihm einen mütterlichen Blick, schaltete dann, als sie die Augen auf Zeffirini richtete, wieder auf eiskalt. Der balancierte in stillem Stumpfsinn auf einem Bein.

»Zeffirini, ich müßte dir eine Sechs verpassen, aber ich

will es noch einmal versuchen, ein letztes Mal. Hast du deine Hausaufgaben gemacht? Eine Passage aus den Fernsehnachrichten auswendig gelernt?«

»Äh ... eine kurze, ja.«

»Also los.«

»Der Staatsratspräsident hat in seiner heutigen Rede über die großen Fortschritte unserer Wirtschaft gesprochen ... ähm ... er hat die ... hat die Inflation erwähnt ... also die Deflation ...«

»Ja was, kannst du es oder nicht?«

»Ich kann es nicht, Frau Lehrerin. Ich habe gestern nicht lernen können.«

»Und warum?«

»Ich habe gestern nicht fernsehen können. Mir haben die Augen wehgetan.«

»Ach, so ist das?« meinte die Lehrerin. »Unser Zeffirini hat nicht fernsehen können, weil ihm die Augen so wehgetan haben. Hör sich das einer an! Und was hat unser Zeffirini statt dessen gemacht?«

»Sich die Pickel ausgedrückt!« schlug eine Stimme aus der Klasse vor.

»Ruhe! Also, Zeffirini, was hast du gemacht, statt zu lernen?«

»Ich habe gelesen.«

Die Lehrerin schrak zusammen.

»Und was hast du ... gelesen?«

»Ein Tierbuch, Frau Lehrerin.«

»Warum?«

»Weil ich Tiere mag. Wenn Sie wollen, kann ich Ihnen die Aufteilung der Fische in Klassen und Gattungen nennen, oder ich kann etwas über Delphine und die großen Ozean-Expeditionen erzählen ...«

»Das steht nicht auf dem Lehrplan, Zeffirini! Du kannst so viele Bücher lesen, wie du willst, nachdem du deine Hausaufgaben gemacht hast, vorher nicht! Wie lange hast du schon keine Nachrichten mehr gesehen?«

»Seit sechs Tagen.«

Ein entsetztes Murmeln durchlief die Klasse.

»Und woher kannst du dann den Anfang der Nachrichten von gestern?«

»Weil sie fast immer so anfangen«, meinte Zeffirini. Er sah, daß die Amsel auf ihren Zweig zurückgekehrt war.

Die Paukerin setzte ein äußerst bekümmertes Gesicht auf, als täte das, was sie nun sagen würde, ihr wirklich leid.

»Schau mal, Zeffirini, ich habe versucht, dir zu helfen, so sehr ich nur konnte. Dreimal habe ich dich schon geprüft. Aber jetzt ist eine Entscheidung fällig. Ich werde beim Klassenrat beantragen, daß du in eine Umerziehungsschule eingewiesen wirst.«

»Ja, ja«, meinte Zeffirini. Die Amsel hüpfte, als wollte sie Zeichen aussenden.

»Das scheint dir ja nichts auszumachen«, zischte sie irritiert. »Weißt du nicht, daß manche zehn oder zwölf Jahre lang da drin bleiben müssen? Daß du da nicht sagen kannst, ›ich will nicht fernsehen‹, weil täglich sechs Stunden Pflicht sind, und daß ...«

»Ja, ja«, meinte Zeffirini und trat ans Fenster.

»Was machst du da? Komm her, ich bin noch nicht fertig! Ich will dir eine allerletzte Chance geben. Wenn du heute in einer Woche die Allkanal-Weihnachtsansprache unseres Präsidenten auswendig kannst, aber auf Punkt und Komma, dann kann ich von der Maßnahme noch einmal absehen. Aber dann mußt du dich auch um dein Äußeres kümmern, deine Kleidung, du mußt was gegen diese gräßlichen Pickel tun, und du mußt am Sonntag zum Religionsunterricht kommen. Verstanden?«

»Ja, ja«, meinte Zeffirini, öffnete das Fenster und sprang hinaus.

Der Klassenraum lag im ersten Stock, und er brach sich nichts. Zwar tat ihm alles weh, aber er stand lachend auf, von der neugierigen Amsel umhüpft. Die Lehrerin löste Alarm aus, um die bewaffnete Wache im Schulturm auf die Flucht aufmerksam zu machen. Aber Zeffirini hatte Glück. Der Wachmann sah Fußball, bei voll aufgedrehter Lautstärke. Sonst hätte er auf dem Monitor hinter sich sehen können, wie Zeffirini, gefolgt von der Amsel, das Weite suchte, schnell wie der Wind.

ZUFÄLLE

Da waren, in dieser Reihenfolge: eine Stadt, eine weiße Brücke und ein verregneter Abend. Von der einen Seite der Brücke kam ein Mann mit Regenschirm und Mantel. Von der anderen eine Frau mit Mantel und Regenschirm. Exakt in der Mitte der Brücke, dort, wo seit hundertfünfzig Jahren zwei steinerne Löwen einander gegenübersaßen und sich ins Gesicht schauten, blieben der Mann und die Frau stehen und schauten sich ihrerseits an. Dann sprach der Mann:

»Verehrte junge Dame, obschon ich Sie nicht kenne, erlaube ich mir, das Wort an Sie zu richten, um Sie auf einen seltsamen Zufall aufmerksam zu machen, nämlich, daß wir uns, wenn ich mich nicht irre, in diesem Monat bereits zum fünfzehnten Mal an dieser Stelle begegnen.«

»Sie irren sich nicht, mein Herr. Heute ist es das fünfzehnte Mal.«

»Gestatten Sie mir außerdem den Hinweis, daß wir jedesmal ein Buch desselben Autors unter dem Arm haben.«

»O ja, das habe ich bemerkt: Es ist mein Lieblingsautor, und auch der Ihre, wie ich annehmen darf.«

»Durchaus. Überdies – wenn Sie gestatten: Jedesmal wenn Sie mir begegnen, erröten Sie heftig, und durch einen eigenartigen Zufall geschieht dasselbe mir.«

»Auch mir ist dieser kuriose Umstand aufgefallen. Ich

könnte noch hinzufügen, daß Sie ein Lächeln andeuten und ich überraschenderweise dasselbe tue.«

»Es ist wirklich unglaublich: Ich habe den Eindruck, daß sich mein Herzschlag beschleunigt, jedesmal.«

»Wirklich einzigartig, mein Herr, das trifft auch für mich zu, und noch dazu zittern mir die Hände.«

»Eine wirklich außergewöhnliche Häufung von Zufällen. Ich möchte noch bemerken, daß ich nach unseren Begegnungen jeweils für einige Stunden eine seltsame, angenehme Empfindung verspüre ...«

»Möglicherweise eine Empfindung von Leichtigkeit, etwa, wie auf einer Wolke zu wandeln und die Dinge in bunteren Farben zu sehen?«

»Sie beschreiben genau meine Verfassung. Und in dieser Verfassung beginne ich zu phantasieren ...«

»Noch ein Zufall! Auch ich träume: daß Sie einen Schritt vor mir stehen, exakt an dieser Stelle der Brücke, und daß Sie meine Hände in die Ihren nehmen ...«

»Genau. In ebendiesem Augenblick hört man vom Fluß her die Sirene des Bootes, welches das ›Liebesboot‹ genannt wird.«

»Ihr Traum ähnelt meinem ungeheuer! In meinem lege ich nach diesem etwas melancholischen Sirenenton meinen Kopf an Ihre Schulter.«

»Und ich streichle Ihnen das Haar. Während ich das tue, fällt mir der Schirm hinunter. Ich bücke mich, um ihn aufzuheben, Sie auch und ...«

»... und da wir uns unvermittelt Gesicht bei Gesicht befinden, tauschen wir einen langen, leidenschaftlichen Kuß aus, und unterdessen fährt ein Mann auf einem Fahrrad vorüber und sagt ...«

»... ihr Glücklichen, ihr Glücklichen ...«

Sie verstummten. Die Augen des Herren glänzten, und desgleichen die der jungen Dame. Von ferne hörte man die melancholische Sirene eines Bootes. Dann sagte er:

»Ich bin der Meinung, meine Dame, daß eine solche Häufung von Zufällen absolut nicht zufällig ist.«

»Dieser Meinung bin auch ich, mein Herr.«

»Ich möchte damit sagen, es handelt sich nicht um einen einzelnen Zufall, sondern um eine beeindruckend lange Reihe. Dafür kann es nur einen Grund geben.«

»Gewiß, anders ist es nicht möglich.«

»Dieser Grund ist«, sagte der Mann seufzend, »daß es im Leben seltsame Begegnungen gibt, geheimnisvolle Übereinstimmungen, bedeutsame Zeichen, deren Sinn wir nur ahnen, aber leider nicht deuten können.«

»Genau so ist es«, seufzte die Dame. »Medium oder Wahrsager müßte man sein oder Anhänger irgendeiner esoterischen Disziplin, um die seltsamen Fügungen des Schicksals erklären zu können, deren Echo tagtäglich in unserem Leben widerhallt.«

»Wie auch immer, was uns geschieht, ist wirklich einzigartig.«

»Eine Häufung beeindruckender Zufälle, das ist in der Tat nicht zu leugnen.«

»Vielleicht wird es eines Tages möglich sein, all dies wissenschaftlich zu entschlüsseln. Nun, ich bitte Sie, die Störung zu entschuldigen.«

»Keine Ursache, im Gegenteil, es war mir ein Vergnügen.«

»Guten Tag, verehrte Dame.«

»Guten Tag, verehrter Herr.«

Und beschwingten Schrittes gingen sie weiter, jeder in seine Richtung.

DER NEUE BUCHHÄNDLER

Ein Bund abgeschliffener, rostiger Schlüssel, deren einer durch seine anachronistische Größe und sein Alter ins Auge fiel. Auf dem Schlüssel Ablagerungen, als hätte man ihn vom Grunde des Ozeans geborgen, der ovale Griff mit metallenen Arabesken ziseliert: Das winzige Eingangstor zu einem verzauberten Garten. Der Hals des Schlüssels ist maßlos lang und endet in dem gerillten Profil eines zahnbewehrten Ungeheuers, in einem unglaublichen Durcheinander von Zinnen, als diente er nicht einfach dazu, ein Schloß zu öffnen, sondern sollte ihm zu einem Zweikampf voller Listen gegenübertreten, auf Zug und Gegenzug, Zahn gegen Kerbe, Volles gegen Leeres, Kralle gegen Schlund. Als sollte er, wenn er einmal in die Tür dringt, für immer als Gefangener darin steckenbleiben, in liebender Umschlingung verschweißt. Ein Schlüssel nicht zum Öffnen, sondern zur ewigen Versiegelung.

Der Bund wechselte von der länglichen, knochigen Hand des alten Besitzers in die breite, behaarte des neuen, der ihn mit solch übertriebener Hast packte, daß ihm ein Zahn leicht eine Fingerbeere ritzte.

›Was für ein Schrott! Ich muß wohl das Schloß auswechseln lassen‹, dachte der neue Inhaber. Der alte dachte an nichts, er hatte die Empfindung, daß er an Gewicht verlöre, sich verflüchtigte, während der Schlüssel in der Tasche seines Gegenübers verschwand.

DIE BUCHHANDLUNG DES ALCHIMISTEN WIRD NICHT GESCHLOSSEN

Die Buchhandlung des Alchimisten, das älteste und berühmteste Antiquariat unserer Stadt, wird nicht geschlossen. Nach dem Auslaufen des Mietvertrages hatte der bisherige Inhaber, Professor Solari, seine Tätigkeit aufgeben müssen, und die Räumlichkeiten wurden von dem Immobilienkonsortium Finvesto aufgekauft, das eine Reihe von Kinos und Supermärkten besitzt. Man befürchtete, statt des Buchhandels würde nun ein Schnellrestaurant oder ein Jeans-Shop eröffnet. Gegen diese Möglichkeit richtete sich der Aufruf einiger angesehener Intellektueller aus unserer Stadt, die die Buchhandlung retten wollten, »ein Zeugnis und Denkmal städtischer Kultur«. Dieser Aufruf verhallte nicht ungehört. In der vergangenen Woche wartete der Besitzer von Finvesto, Cavaliere D'Alloro, seit kurzem erfolgreich auch als Verleger tätig, mit einer beruhigenden Nachricht auf. Die Buchhandlung des Alchimisten bleibt eine Buchhandlung, und besser noch, sie wird umgebaut und neu eröffnet. Das Antiquariat wird mit einem neuen, computergestützten System geordnet und katalogisiert, und die alten Räumlichkeiten werden nach den neuesten Erkenntnissen des Bibliothekswesens ausgestattet. Außerdem wird eine Abteilung mit Neuerscheinungen eröffnet, und in dem kleinen Atanor-Saal, seinerzeit das Studierzimmer des berühmten Alchimisten und Historikers Verga Fulcanelli Antieri, sollen literarische Cocktail-Empfänge veranstaltet werden.

»Mit dieser Initiative«, erklärte Cavaliere D'Alloro bei seiner heutigen Pressekonferenz, »möchte ich erneut unter Beweis stellen, daß Unternehmergeist und Kultursinn Hand in Hand

gehen können. Um außerdem zu zeigen, wie unbegründet gewisse Sorgen sind, kann ich Ihnen die freudige Mitteilung machen, daß ich als neuen Leiter der Buchhandlung den angesehenen Akademiker Professor Acanti gewinnen konnte, einen der ersten Unterzeichner des Appells.«

Dieser Zeitungsausschnitt lag auf einem kleinen Tisch neben dem roten, staubbedeckten Schlüssel. Der Staub stammte von der Wand der Buchhandlung, die von einem Elektro-Bohrer durchlöchert wurde. Man ersetzte die alte Holztür durch eine neue aus Panzerstahl. Doch dies sollte der einzige Eingriff bleiben: Nach Absprache mit dem Denkmalschutzamt sollte die alte Einrichtung des Ladens erhalten bleiben, inklusive der Nußbaumregale, der antiken Möbel und der Wände, die Verga Fulcanelli Antieri mit kabbalistischen Zeichen bebildert hatte.

Während die Arbeiter letzte Hand anlegten, wandelte Professor Acanti im Duft von Papier und Tinte zwischen den Regalen umher. Er ging langsam, bereit, jederzeit stehenzubleiben, sollte er das rasche Rascheln der Maus oder das Nagen des Holzwurms vernehmen, der Erbfeinde aller Bücher. Er hatte bereits ein modernes Desinfektionsmodell gegen diese Parasiten studiert: Intercostale Injektionen für die Bücher, Giftbestäubungen und Laserfallen. Doch das Alter und die Verkommenheit der Bücher, die sich ungeordnet an den unerreichbarsten Stellen drängten und stapelten, dazu der Staub, der wie feiner Nebel in der Luft stand, all das irritierte den Professor und ließ ihm seinen Plan unausführbar erscheinen. Nicht nur eine gründliche Entwesung war vonnöten: Vielleicht waren nicht alle diese Bücher alt und kostbar, manche waren womöglich nur alt und dem wirtschaftlichen Gedeih des Ladens nicht weiter dienlich. Außerdem hatte Cavaliere D'Alloro es ihm klar und deutlich gesagt:

»Professor, ich verschweige Ihnen nicht, daß ich mit diesen Gemäuern manches unternehmen könnte, das sich viel besser rechnen würde. Aber ich liebe die Kultur, und vor allem liebe ich es, wenn man mich als Freund der Kultur ansieht. Sie wissen natürlich, was für ein Mensch der bisherige Inhaber war. Am Ende hat er gewisse Bücher gar nicht mehr verkaufen wollen, weil sie ihm ans Herz gewachsen waren. In dreißig Jahren hat er nicht einmal genug zusammenbringen können, um den Mietvertrag zu verlängern. Wir hingegen werden eine echte Buchhandlung betreiben, und wenn wir damit etwas verdienen, werden wir uns nicht dessen schämen. Cin-cin!« – Und sie hatten mit Sekt von D'Alloros Landgut angestoßen.

Da hängt ja an der Wand das Porträt des alten Inhabers: klein, bärtig, mit dem weißen helmförmigen Schopf eines feisten Mönchleins. Siebzig Jahre alt, er sieht aber aus wie dreihundert, wie manche seiner Bücher. Seine Ticks und Kindereien waren Legende: Manchen Kunden wollte er nichts verkaufen, andere sprach er auf Latein an, wieder andere ließ er die Bücher in der Hand halten, um zu sehen, wie er es ausdrückte, ob zwischen ihnen ›eine Sympathieströmung‹ entstünde. Viele Bücher hielt er sogar in Geheimregalen versteckt. Häufig verkaufte er aus Sympathie seltene Bücher zu lächerlichen Preisen. Viele verschickte er – in mit manischer Sorgfalt geschnürten Päckchen – an japanische und amerikanische Universitäten. Und während er taumelnden Schrittes, barhäuptig sommers wie winters, diese Päckchen zur Post brachte, führte er Selbstgespräche. Es hieß, er erkläre den Büchern, welche Reise sie anträten, er tröste sie in ihrem

Abschiedsschmerz, er informiere sie über Sitten und Gebräuche des Landes, in dem sie nunmehr leben sollten, und über mögliche Gefahren. In dem Augenblick, da er sie der Post aushändigte, streichelte er die Päckchen nacheinander und murmelte gute Wünsche für die Reise. Bisweilen wurde er unter den verständnisinnigen Blicken der Bediensteten von Tränen überwältigt.

Professor Acanti griff zum Hörer (er hatte umgehend vier neue Tastentelefone installieren lassen) und bestellte für den Folgetag die Mitarbeiter, die beginnen sollten, die Bände zu katalogisieren. Es war mittlerweile Abend geworden. Er legte sich auf ein Sofa, das vor dem Schreibtisch des alten Inhabers stand, und blickte sich um. Wie er so das Bogengewölbe der Decke musterte, kam ihm die Buchhandlung besonders groß und dunkel vor. Manche Regale wuchsen höher, als sein Auge reichte, und gingen in die geometrische, leicht hypnotisierend wirkende Zeichnung des Gewölbes über, unmöglich, die Titel der Bücher zu entziffern. Die papiernen Wände ragten schwindelerregend über ihm auf wie ein riesenhafter Wald, eine Sternenkuppel. Tausende schienen es ihm zu sein, mit Milliarden raunender, vorwurfsvoller Wörter, die alle zugleich erklangen, so daß es unmöglich wurde, eine einzelne Stimme auszumachen. ›Zu viele Sprachen, zu viele Grammatiken‹, dachte der Professor, eine neue Ordnung tat not, aus diesem verworrenen Lamento würde die klare und kräftige, die triumphierende Stimme der neuen Buchhandlung entstehen. ›Meiner Buchhandlung! Schluß mit dem bequemen Leben, ihr Jammerschwarten, ihr philosophelnden, abstrusen und nutzlosen Bücher.‹

Wie er diesen Gedanken so nachhing, wurde der Professor auf einmal von einem eigenartigen, höchst unangenehmen Gefühl befallen. Körperlich verspürte er eine Versteifung der Knochen, eine plötzliche Beschleunigung des Herzschlags, schwere Lider, alles Symptome, die oftmals einen unmittelbar bevorstehenden Fieberanfall ankündigen. Doch viel unangenehmer noch war, was sich in seine Seele eingeschlichen hatte. Ein ungreifbares Angstgefühl, wie wenn man sich im Traum an einem feindseligen und einsamen Orte befindet und aus dem Dunkeln die Schritte einer unbekannten Bedrohung hallen. Als hätte ihn unvermittelt ein nächtlicher Dämon in eine ferne Ödnis ohne jegliche Geborgenheit versetzt. Als Reaktion sprang er auf und ging nachsehen, ob noch jemand im Laden geblieben war: Doch die Arbeiter waren fortgegangen, nachdem sie die große Stahltür eingesetzt hatten. Er erwog, nach Hause zu gehen, doch nach einigem Nachdenken kam er zu dem Entschluß, er müsse unbedingt die Angst besiegen, da dies hier in den nächsten Jahren sein Arbeitsplatz sein sollte. Am besten, er begab sich in den hellsten Raum der Buchhandlung, wo zwischen den ihm wohlbekannten Büchern aus dem zwanzigsten Jahrhundert ein ovales Fenster das letzte Abendlicht einließ. Doch auf dem Weg zu jenem Raum ging er, mit den Örtlichkeiten noch nicht so vertraut, fehl und befand sich auf einmal in einem besonders schmalen Korridor, einem Schlauch voller Bücher, einer Spalte zwischen Wänden aus alten Büchern, die sich sogar auf dem Boden stapelten. Er mußte klettern, und seine Schultern streiften an den Buchrücken entlang.

Und unvermittelt blieb er stehen, schaute benommen nach oben, zu den vergoldeten Einbänden, den unlesbaren Titeln. Er lehnte sich an das Regal, und die kantige Ecke eines Buches stach ihm in den Hals. Er stieß einen zornerfüllten Klagelaut aus, und das Gefühl von vorhin wurde deutlicher und beklemmender. ›Man möchte meinen, daß diese Bücher mich ignorieren‹, dachte er, ›daß sie mir gleichgültig, vielleicht sogar verächtlich den Rücken zukehren. Aber nein, so ist es nicht.

Diese Bücher schauen mich an. Sie hassen mich.‹

Endlich war der Professor in den Raum mit dem ovalen Fenster gelangt, er rauchte, und die blaue Wolke stieg langsam zwischen den Regalen empor, an neuen Büchern entlang, neuen Höllenkreisen. Acanti hatte eine Hand auf die neue Registrierkasse gelegt, mit der anderen blätterte er zerstreut in einer Illustrierten; mochte dieser Raum auch viel weniger schaurig sein als die anderen, seine Angst war nicht verflogen. Von jedem Regal, aus jeder Ecke fühlte er diesen feindseligen Blick auf sich gerichtet. Vorwurf, Verachtung – oder etwas noch Bösartigeres? Belauschten die Bücher seine Gedanken? Hatten sie seinen Vorschlag mitgehört, einige von ihnen zu eliminieren, und waren jetzt besorgt? Was für ein dummes Zeug!

Dennoch, das Porträt des alten Inhabers hing dort vor ihm, über einem mit dicken Bänden vollgestellten Bord, und Professor Acanti gewann den Eindruck, als betrachteten die Bücher seinen Vorgänger mit kaum verhohlenem Bedauern. Vielleicht lag es an der schrägen Stellung eines *Don Quijote*, der sich zu dem Porträt hinzuneigen schien, oder leuchtete der Lampenschein, der auf dem Rücken eines *Martin Eden* flackerte, wie ein leidenschaftsvoller Blick? Alles schien die Zuneigung zu feiern, die zwischen *Ihnen* und *Ihm* geherrscht hatte, dem alten Buchhändler, dem Besiegten, dem Verjagten, dem abgesetzten König, der den Mietvertrag nicht hatte verlängern können, da er aus Liebe zu ihnen, *zu uns*, oft auf Möglichkeiten des leichten Verdienstes verzichtet hatte, *er hat uns nicht verkauft, er hat uns bei sich behalten, und du jetzt …*

»Schluß damit, verflucht nochmal!« sagte mit lauter Stimme Acanti, der bestürzt feststellte, daß er in Gedanken begonnen hatte, die imaginären Seiten eines Buches zu lesen, das ihn anklagte. »Schluß«, wiederholte er, »ich bin nicht verrückt, ich bin hier, um eine Buchhandlung zu modernisieren und euch mit, will sagen auch diese Bücher, sie sollten sich freuen, bald kommen mehr Menschen, bald kommen neue Titel herein, es wird weniger Chaos und Dreck geben, Mäuse und Holzwürmer werden vernichtet, vielleicht werden ein paar Bände, die hier seit Jahren nutzlos vor sich hin schlafen, verkauft, wie es ihr Schicksal war, *ihr* seid dazu geboren, oder wollt ihr vielleicht lieber dort oben in euren Grabnischen vermodern, in diesen schwankenden Grüften? Ihr täuscht euch, wenn ihr glaubt, ich merke nicht, daß ich ins Leere rede, ihr existiert nicht wirklich, ich rede zu Hirngespinsten …«

Er schrak zusammen: Ein bedrohliches Geräusch kam aus der Abteilung der historischen Bücher, aus der finsteren Spalte, durch die er vorhin geklettert war. Ein grausiges Knarren, wie von einer Tür, die in ihren Scharnieren schwingt. Dann der dumpfe Aufprall eines stürzenden Körpers. Er wollte aufspringen, doch seine Beine trugen ihn nicht: Er mußte sich auf dem Schreibtisch hochstützen, und dabei streifte er einen Stapel, der polternd umfiel, alle Bücher rumpelten zu Boden, und eines zerbrach krachend, der Einband löste sich vom Seitenblock.

Das Buch blieb auf dem Boden liegen, gehäutet, mit abgesprungenem Einband, und Acanti hörte, wie sich von den Regalen ein Schrei voll Entsetzen und Anklage erhob:

MÖRDER!

›Jetzt muß ich mich aber wirklich zusammenreißen‹, dachte er, während er versuchte, die verstreuten Blätter aufzusammeln, ›irgendwas muß an diesem verfluchten Ort in der Luft liegen, das einem das Gehirn vernebelt und Albträume hervorruft, eine halluzinogene Ausdünstung alter Tinte, ein papiernes Transpirieren, vielleicht die Überreste der alchemistischen Experimente des Verga Fulcanelli Antieri. Aber ich werde durchhalten‹, dachte er, während er die Blätter des aus seinem Einband geborstenen Buches zusammensuchte, die überallhin geflogen waren und sich in den verborgensten Winkeln des Raumes aufzuhalten schienen; hundert, ja tausend Blätter flatterten hierhin und dorthin. War es der Luftzug von dem hektischen Hantieren des Professors, der sie so ins Wirbeln versetzte, oder war es irgendein geheimnisvoller Hauch? Bewegten sie sich vielleicht von selbst, in der Absicht, die anderen Bücher durch ihre ostentative Agonie aufzuhetzen, durch dieses über Gebühr andauernde Leiden, denn was verursacht den Seiten eines Buches mehr Leid, als auseinandergerissen, getrennt zu werden?

Schließlich begann Acanti schweißüberströmt, die Blätter ungeordnet in einem Papierkorb zu versenken, wobei er sie vor lauter Hast häßlich zerknitterte; manche knüllte er zusammen und zerriß sie. Erst als er damit fertig war, kam er auf die Idee, den Titel des Buches zu lesen.

Es war kein Buch. Es war ein Katalog, vom Besitzer mit Bleistift geschrieben, der Mitteilungen zu besonders wichtigen Bänden enthielt. Zu jedem Buch war festgehalten, wo und in welchem Regal es sich befand, und darunter standen Notizen, die nicht alle zu entziffern waren.

Der Professor griff eine Seite und begann zu lesen:

Eingestellt in B 345 li. *BROWNE TOMMASO – Religio Medici e Hydriotaphia*. Rinascimento del libro, Florenz 1931. In 80 pr, XXVI/258 S. Teilweise unbeschnitten. Verzierungen auf dem Rückeinband. Spuren von Mäusefraß an der Ecke re. vo. Heute behandelt, 16.6.1974

Entnommen aus RF re. *D'ANNUNZIO GABRIELE – Isaotta Guttadauro*. Casa Editrice Italiana, Mailand 1909. 120 S. Auf dem Rücken Spuren von Klebeband und Flecken, vielleicht Tränen. Bestellt von Professor Mac Phyllis aus Dublin, würdige Person. Habe das Buch zur Reise überreden können, obschon es lieber an eine Frau verkauft worden wäre, indem ich ihm versicherte, der Professor habe drei reizende Töchter. Verkauft für 35.000 Lire.

Eingestellt in H 234 Mi. *TEOTOCHI ALBRIZZI ISABELLA – Ritratti e vita di Vittoria Colonna* mit Teilen eines autobiographischen Romans von Ugo Foscolo. Hrsg. v. Tommaso Bozza, Tumminelli, Rom 1946. Oktav broschiert, LII-168 S. mit 24 nicht paginierten Porträts. Zartes Papier, schwer verstimmt durch einen häßlichen Sturz, von dem es re. vo. deutliche Spuren trägt. Auf eigene Bitte des Buchs nicht an Professor T. aus Parma verkauft, der es rücksichtslos durchblättert hat. Verkaufspreis 200.000 Lire.

Acanti lachte vergnügt. Der alte Besitzer war tatsächlich

verrückter gewesen, als man sich vorstellen konnte. Diese Blätter wollte er seinen Freunden in der Universität zeigen, damit würde er sie amüsieren und Mitleid erregen. Er wandte sich einer weiteren Seite zu, die mit rotem Stift geschrieben war.

PROBLEMATISCHE UND ANOMALE BÜCHER

Verlegt von TS re. nach K 44. *SADE (MARQUIS DE) – Correspondance inédite du Marquis de Sade et des proches et de ses familiers* publiée avec une introduction, des annales et des notes par Paul Bourdian, Librairie de France, Paris 1929. Quart broschiert, L-452 S. Kleine Verzierungen an manchen Rändern, ein Blutstropfen auf S. 343, sichtbar bis S. 349. Das Buch pflegt andere zu verletzen, steckt sie mit Stockflecken an, wenn Deckel an Deckel untergebracht. Nicht aus Bosheit, sondern weil ihm jede Einengung vollkommen unerträglich ist. Es muß separat gehalten werden, in Freiheit, auf geräumigem Regal. Verteidigt sich selbst gegen Mäuse. Unverkäuflich obgleich selten.

Mal in TS 24 li., mal in TD 44, 46, 49 re. *IRISH FAIRY AND FOLK TALES.* Selected and edited, with an introduction by William Butler Yeats, with 12 fullpage illustrations by James Torrance. Walter Scott Publishing, London and Felling-on-Tyne, L-344 S. Das Buch ist verzaubert (es enthält wunderbare irische Feenmärchen), und nachts verschwindet es aus dem Regal, vor allem bei Vollmond. Wahrscheinlich fliegt es in die Wälder bei der Stadt, denn manchmal habe ich zwischen den Seiten Kiefernnadeln und Harzflecken bemerkt. Nicht zwischen andere Bücher zwängen, denn, um sich zu befreien und wegzufliegen, könnte es sie herunterwerfen. Immer ein Fenster in der Nähe des Regals geöffnet halten! Es wird selber seinen Leser aussuchen, wahrscheinlich ein Kind. Zu keinem Preis verkäuflich.

Befindlich in 54H 23 re. *FABRE, J. H. – Souvenirs Entomologiques*, première série, dix-huitième édition, Librairie Delegrave, Paris. XII-323 S., erster Band. Wunderbares Werk über Insekten, mit blauem Einband in Villefranche-Karton, einem Papier von höchster Qualität. Perfekter Zustand: Die Holzkäfer verschonen es, da das Buch ihnen zwölf leidenschaftliche Seiten widmet. Hat heute darum gebeten, verkauft zu werden, da es der erste von drei Bänden ist und zu dem recht verbreiteten Typus gehört, der Trennungen vom Rest seiner Ausgabe nicht erträgt. Besitzer von Band 2 und 3 ermitteln.

Zusatz, 3. Juli: ein Besitzer der anderen Bände festgestellt, ein Entomologe in Siena. Buch höchst zufrieden aufgebrochen. Verkauft für 50.000 Lire, zum Zehntel seines Wertes, aber der Wissenschaftler verfügte über keine größeren Mittel. Vorhaltungen der Holzkäfer. Man kann es nicht allen recht machen.

»Vorhaltungen der Holzkäfer.« Professor Acanti mußte so fröhlich loslachen, daß er alles vergaß, die Angst ebenso wie die seltsamen Geräusche von vorhin. Mit wachsender Neugier ergriff er ein weiteres Blatt.

GEFÄHRLICHE BÜCHER

Eingestellt in Geheimfach *YHRD 34. VERGA FULCA-*

NELLI ANTIERI GUILLERMO – Del processo e dell' assoluzione degli assassini della rivolte bracciantile di Crevaldo [Über Prozeß und Freispruch der Mörder des Tagelöhneraufstandes von Crevaldo]. Edizioni Atanor, 1823, zwei Bände, Einband in Leder, einer geheimnisvollen Sorte, Beschläge und Ecken in Neusilber, verziert mit möglicherweise ägyptischen Motiven, 1032 S. Goldschnitt. *Timeas!* In 350 numerierten Exemplaren erschienen, vielleicht das einzige übriggebliebene Exemplar, da die anderen auf geheimnisvolle Weise zerstört wurden.

Enthält einige grausame Geschichten aus unserer Gegend, die in offiziellen Geschichtsbüchern nur geringe Spuren hinterlassen haben. Wegen ihres schrecklichen Inhalts sind beide Bände verrückt geworden. Sie benehmen sich in einer Weise, daß *(unlesbare Passage)* habe die Kadaver von hunderten Mäusen gefunden, deren Köpfe teilweise ... *(ein Teil der Seite ist abgerissen)* ... im September hat der erste Band mehrmals versucht *(unleserlich)* und das Regal zu verlassen. Wieder zurückgeholt und an sicherem Ort verwahrt, doch *Vorsicht (dreifach unterstrichen)*, es muß überwacht werden, nie ausstellen! Wegen Seltenheit besonders begehrt. Ein Gebot liegt vor: Professor Grant, Universität Edinburgh, fünfzigtausend Pfund. Habe geantwortet, daß ich das Buch nicht mehr besitze. Weiß nicht, ob er mir glaubt.

Zusatz: Heute, 3. August 1976, während ich in der historischen Abteilung arbeitete, unter den Bänden mit Ahnenkunde des Hauses Savoyen, habe ich es gesehen ... *(unleserlich, zerrissenes Blatt)*.

Fünfzigtausend Pfund! Acanti war verblüfft. Und er hat so getan, als hätte er es nicht mehr! Hatte seine Narretei ein solches Ausmaß erreicht! ›Wußte ich's doch‹, dachte er, ›daß in der Abteilung Riesenwerte lagern. Und die verkaufen wir als erste: Vielleicht weiß Cavaliere D'Alloro noch gar nicht, was für ein Geschäft er da gemacht hat. Und jetzt, was ist das beste Mittel, um mir diese Albträume vom Leib zu schaffen? Ich gehe in die Abteilung, treibe das Buch auf, rufe Professor Grant an und eröffne die Einnahmen mit fünfzigtausend Pfund auf einen Schlag!‹

Die Entdeckung dieses verborgenen Schatzes hatte jede Spur von Angst aus Professor Acantis Seele getilgt. Mit mißtrauischem Blick begab er sich erneut in das Labyrinth, in Richtung des verfluchten Korridors, wo die Werke Verga Fulcanelli Antieris aufbewahrt wurden. Er kehrte in die Spalte zurück, suchte die Bände mit Ahnenkunde des Hauses Savoyen. Er entdeckte sie und ließ den Blick nach oben wandern.

Dort mußte der Schatz sein, und in der Tat, dort, auf dem obersten Regalbrett, erblickte er etwas, das ihm den Atem stocken ließ.

Ein riesenhaftes Buch ragte um etwa ein Drittel seiner Tiefe über das Regal heraus. Es hatte einen dunklen Ledereinband, die Beschläge und Ecken waren silbern verstärkt. Am Boden lag ein weiterer dicker Band, eine harmlose Geschichte der Heilpflanzenkunde. Das beschlagene Buch hatte das andere offensichtlich weggedrängt und hinuntergeworfen; um sich zu zeigen, um sich zu befreien. Daher das Geräusch und der Aufprall vorhin. Doch der Professor beschloß, nicht weiter daran zu denken, in seinem Kopf hallten die magischen Wörter wider, ›fünzigtausend Pfund‹. Er faßte Mut, nahm eine Leiter, kletterte hoch. Langsam streckte er die Hände nach dem Buch aus. Nichts Schlimmes geschah.

Er griff es, hielt es, vor Anstrengung schnaufend, unter dem Arm. Es wog, so kam es ihm vor, schwer wie ein Grabstein. Aber es gelang ihm, wieder hinabzusteigen, und triumphierend legte er das Buch auf den Boden, schlug es auf und kniete sich gewaltsam darauf, wie wenn man einen Gegner niederzwingt. In diesem Augenblick wurde das wenige Licht, das den Gang erhellte, schummrig und unheilschwanger. Ein Spannungsabfall, meinte der Professor. Auch schien es ihm, als gehe von dem Buch unter seinen Knien eine eigenartige Wärme aus. Es war in der Tat riesenhaft, in prachtvollen Bodoni-Typen eng gesetzt. Ein grüner Löwe zierte den Rand jeder Seite. Auf derjenigen, auf die er niederblickte wie in einen tiefen Brunnen, stand zu lesen:

»Über den Prozeß, der diesen Jahres in unserer Stadt geführt wurde wegen des Mordes an neun Tagelöhnern, an den sogenannten Aufrührern gegen den Graf von Torralba, begangen von vieren seiner Häscher, und über den beschämenden Freispruch, der ihm folgte.«

In der Tat erinnerte sich der Professor dunkel an diese Geschichte. Ein Aufstand, der mit einem Blutbad geendet hatte, ein paar Zeilen in alten Texten berichteten davon. Sollte das gesamte Buch geschrieben sein, um die Erinnerung an diese unwesentlichen Ereignisse zu bewahren, dann hatte es sein Ziel verfehlt. Er blätterte es eilig durch, bis er zur letzten Seite gelangte.

»Hier lege ich die Namen der Toten nieder, die bei Nacht und Nebel am Ufer des Flusses niedergemetzelt wurden, ohne jeglichen religiösen Beistand, wie Hunde, nur weil sie vor dem Schloß des Grafen nach Brot verlangt hatten.

Alicciani Matteo vom Gut Polveroso
Alicciani Sandro
Alicciani Stefano, 11 Jahre
Camasi Roberta, 15 Jahre
Camasi Aldo
Cerveri Romualdo vom Gut Pastinaca
Cerveri Giustino
Cerveri Amedeo, 14 Jahre
Cerveri Giulia

Fluch dem, der es wagen sollte, ihr Andenken zu leugnen, und demjenigen, der ihre Geschichte aus unserem Dorfe trägt, bevor ihnen Gerechtigkeit widerfahren ist.«

Erneut hörte der Professor ein Knarren.

Die Lampe verlosch indessen, und tief in der Spalte war es nun fast vollkommen dunkel. Im Licht seines Feuerzeuges las er den Rest.

»Und dies sind die Namen der Häscher:

Aloisi Alessio genannt die Fratze
Farfara Luigi genannt Hasenschnut
Farfara Giovanni genannt der Dolch
Severi Giuseppe genannt der Herzausreißer.

Diese vollbrachten die Freveltat im Auftrag des Grafen, und dieses ist der Name des bestochenen Richters, der sie aus Mangel an Beweisen losließ:

Acanti Sorbara Leone.

Diese Seiten mögen Zeugnis ablegen und, so hoffe ich, dafür sorgen, daß man sich eines Tages erinnern wird dieses Schreckens, dieser gemeuchelten, hingeschlachteten Männer, Frauen und Kinder, mit deren Blut zu grausamer Warnung die Häuser ihrer Familien bemalt wurden. Mein Traum ist es, daß wenigstens eines dieser Bücher eines Tages von edlen Händen wird geöffnet werden, und Gerechtigkeit geschehe, wenn schon nicht den Körpern, so doch den Namen und dem Angedenken, und daß endlich Wahrheit und Erbarmen den Unschuldigen zuteil werden, die sie im Leben nicht erhalten haben. Wehe dem, der dieses Buch aus dem Kreis der Flüsse dieses Ortes bringt oder es verkauft, wehe ihm! Denn mir gelang es, die Materie zu beleben, dem Verloschenen Feuer und dem Leblosen Leben einzugeben, auch wenn es mir nie gelang, die Herzen der Menschen zu erwärmen.

Guillermo Verga Fulcanelli Antieri, Historiker, Alchimist, Mann der Gerechtigkeit.«

»Die Materie zu beleben.« ›Noch ein Verrückter, an diesem Tag voller Verrücktheiten‹, dachte Acanti, schloß das Buch und strich mit der Hand über den Dinosaurierrükken, über die wunderbaren Ornamente der Beschläge. Er sah auch, daß auf dem Einband, fein und so gut wie unsichtbar, ein vergoldetes Schwert eingeritzt war. Das Schwert stand auf der Spitze, über einem Schriftzug:

Nemo inultus pereat.

»Mein liebes Buch«, murmelte der Professor, »die Absichten deines Autors mögen noch so nobel sein, du wirst diese Buchhandlung und diesen Ort verlassen. Dein Wert ist gewaltig, denn du bist selten und kostbar, nicht wegen deines Inhalts, Ereignisse und Dinge, die dem Schweigen anheimgefallen sind. Wir alle pflegen zu denken, unsere Worte hinterließen eine Spur. Doch fast immer löscht die Geschichte sie aus, so, wie sie das Blut dieser Bauern an den Mauern der Häuser hat verblassen lassen, und auch die Mauern und die Häuser vernichtet hat. Das mag traurig sein, aber freue dich, du wirst das erste historische Ereignis unter meiner Leitung dieses Buchladens sein.« Er hob das schwach glimmende Feuerzeug und betrachtete triumphierend die Wand voller Bücher, die ihm älter, verstaubter, wertloser erschienen als je zuvor. Er sah etwas, das über das oberste Bord des Regals herausragte. Da plötzlich fiel es ihm wieder ein. Es waren ja zwei Bände! Einen hatte er heruntergeholt, aber da war noch der zweite, ebenso selten und kostbar! Er wollte auf die Leiter zugehen, aber etwas hielt ihn am Bein fest. Er schaute zu Boden, und sah mit Entsetzen, daß das Buch des Verga Antieri sich wie ein Fangeisen um sein Bein geschlossen hatte und es mit schrecklicher Kraft festhielt.

Denn mir gelang es, die Materie zu beleben …

›Ich träume‹, dachte der Professor. Während das eine Buch ihn gefangen hielt, begann das andere, der Zwillingsbruder, sich langsam immer mehr über den Rand des Regalbretts zu lehnen; schon schwankte es direkt über seinem Kopf. Er wollte um Hilfe rufen, brachte aber keinen Ton heraus. Statt dessen schien es ihm, als schrien die Bücher, als ließen sie alle gemeinsam ein Triumphgeheul erschallen, während das riesige metallbeschlagene Buch sich aus der Höhe herabstürzte, wie ein Schwert genau zwischen die angstgeweiteten Augen des Professors.

Ein dumpfer Aufschlag, gefolgt von tiefer Stille. Dann, zuerst vorsichtig, dann immer geräuschvoller und hemmungsloser, eilten die Beine der Mäusescharen die Wände entlang und die Regale hinab, auf den unerwarteten Festschmaus zu.

REGENWURM-ETHIK
(Moralische Histörchen)

Ein Regenwurm hing am Haken. Ein Fisch erblickte ihn.

»Jetzt fresse ich dich«, sagte er.

»Wenn du mich frißt«, sagte der Regenwurm, »wirst du selber gefressen.«

Der Fisch scherte sich nicht darum, fraß ihn und wurde gefressen.

Ein Regenwurm hing am Haken. Ein Fisch erblickte ihn.

»Jetzt fresse ich dich«, sagte er.

»Wenn du mich frißt«, sagte der Regenwurm, »wirst du selber gefressen.«

Dankbar schwamm der Fisch von dannen und fraß nie wieder einen Regenwurm.

Ein Regenwurm hing am Haken. Ein Fisch erblickte ihn.

»Jetzt fresse ich dich«, sagte er.

Der Regenwurm schwieg.

Der Fisch fraß ihn und wurde gefressen.

Ein Regenwurm hing am Haken. Ein Fisch erblickte ihn.

»Oh, wie sehr du leidest!« sagte er. »Kann ich etwas für dich tun?«

»Friß mich«, beschwor ihn der Regenwurm, »bereite meinem Todeskampf ein Ende.«

»Nein«, sagte der Fisch, »ich will doch nicht gefressen werden.«

Ein Regenwurm hing am Haken. Ein Fisch erblickte ihn.

»Oh, wie sehr du leidest!« sagte er. »Kann ich etwas für dich tun?«

»Du könntest wohl, doch dann würdest du selber gefressen.«

»Ich fresse dich trotzdem«, sagte der Fisch, »ich kann dich nicht so leiden sehen.«

Ein Regenwurm, der, bevor er zum Köder wurde, ein großer Wohltäter gewesen war, hing am Haken, als an diesem Orte ein Fisch vorüberkam, welcher im ganzen Fluß ob seiner Niedertracht übel beleumdet war.

Beide musterten einander lange. Dann sprachen sie zum Angler:

»Und Sie da oben, was liegen Sie auf der faulen Haut, während sich hier unten Dinge ereignen, die folgenreiche moralische Entscheidungen und präzise Rechtfertigung gegenüber der öffentlichen Meinung verlangen?«

Statt einer Antwort holte der Angler die Schnur mit sämtlichem Zubehör ein und trollte sich.

»Sieht man's mal wieder«, grummelte er, »da will man in Ruhe angeln, und gleich wird's politisch.«

DER DIEB

Der Abend in der Villa begann ausgesprochen angenehm. Nach kurzer Debatte beschloß man, auf der Terrasse zu essen. Jemand klagte über Mücken, woraus sich eine Diskussion über die Verwendung von Räucherkerzen entspann. Der Verleger E. erklärte sich gegen jedweden Eingriff in das Gleichgewicht der Natur. Der Philosoph G. hingegen hielt eine Lobrede auf die Räucherkerze als rationale, gewaltfreie Antwort auf die blutige, irrationale Sterilität der Natur, denn Mücken stächen und seien zu nichts nütze. Nun meldeten sich der Maler D. und die Architektin T. zu Wort, um das Konzept des Begriffes »Nützlichkeit« im entomologischen und epistemologischen Zusammenhang zu hinterfragen.

An dieser Stelle erschienen bei Tisch triumphal die Vollkornnudeln. Signora B., die Gastgeberin, pries deren Vorzüge, während ihr Gatte, der Publizist H., sich beklagte, daß es in diesem Haushalt unablässig welche zu essen gebe, und seine Gattin des Müsli-Terrorismus bezichtigte. Die Übersetzerin U. erwähnte bei dieser Gelegenheit einen Fall von Kleie-Abhängigkeit, auf den sie in einem amerikanischen Buch gestoßen war. Der Journalist L. machte die empirisch begründete Bemerkung, Appetit sei immer noch das Wichtigste beim Essen. Professor M. erhob hiergegen Einwände und verlangte nach Parmesan. Die Schriftstellerin T. verkündete feierlich, es sei absurd, über diese Nudeln zu diskutieren, während zu gleicher Zeit in einhundertsechzehn Ländern weltweit Hungersnot herrsche. Der Philosoph wies sowohl die moralische Erpressung der Schriftstellerin wie auch den Parmesan des Professors zurück. Die Gastgeberin vermittelte geschickt zwischen den Positionen, und der Publizist erzählte den ersten Witz.

Kurz, alles ließ einen angeregt-intellektuellen, wenn auch vom herrschenden politischen Klima geprägten Abend erwarten. Die Mienen entspannten sich, nachdem man etwas am schmackhaften Weinchen der Gegend genippt hatte, man kommentierte die Feuilletons des Tages, ein schöner Mond beschien die von üppigen Geranien gerahmte Terrasse. Im Hintergrund spielte Glenn Gould, die Räucherkerzen hielten Wacht. Was will man von einem Sommerabend mehr? Doch da, als die Gastgeberin eben eine Platte mit kleinen Ziegenkäsen auftrug, ertönte von unten ein Schrei, gefolgt von wütendem Geknurr und einem zweiten Schrei.

»O mein Gott, Myskin!« rief die Hausherrin aus. »Ich hab vergessen, Myskin an die Kette zu legen. Jetzt reißt er wen in Fetzen!«

»Wir sind doch alle hier oben«, bemerkte der Maler.

»Gehen wir nachschauen«, meinte die Übersetzerin.

Im Gänsemarsch schlichen sie die schmale, von Bougainvilleen umrankte Treppe hinunter in den Garten. Da standen die Wagen, von hier waren die Schreie gekommen. Folgende Szene bot sich ihren Augen dar: Myskin, ein dicker, schwarzer Neufundländer, zerrte mit begeistertem Schwanzwedeln ein Individuum ungewissen Geschlechts und ebenso ungewisser Nationalität am Bein herum. Am Boden lagen zwei Autoradios, die Türen einiger Wagen standen offen, ein Fenster war eingeschlagen.

»Myskin hat einen Einbrecher gestellt!« sagte die Hausherrin, zwischen Stolz und Überraschung schwankend.

»Ich wußte gar nicht, daß er auch ein Wachhund ist«, bemerkte der Publizist.

»Sollten Sie nicht mal dafür sorgen, daß er das Bein losläßt?« meinte die Übersetzerin.

»Und wenn der Einbrecher dann abhaut?« wandte die Architektin ein.

»Sehen Sie nicht, daß der Hund ihm das Bein zerfleischt?« protestierte die Übersetzerin. »Kommen Sie, helfen Sie mir!«

Zu viert hielten sie Myskins Kopf fest und konnten ihm mit Mühe seine Beute entringen. Das Individuum, befreit, unternahm einen kurzen Fluchtversuch, brach dann aber blutüberströmt zusammen.

»Hilfe«, konnte es noch hauchen, bevor es in Ohnmacht fiel.

Der Philosoph untersuchte es im Strahl einer Taschenlampe.

»Sieht aus wie ein Araber«, meinte er, »Tunesier vielleicht?«

»Ich rufe sofort die Polizei«, sagte der Publizist.

»Moment mal«, meinte der Maler, »wir wollen doch keine Scharfmacher sein. Wenn wir die Polizei rufen, wird dieser Mann verhaftet und muß als Nicht-EG-Bürger wer weiß wie lange im Gefängnis sitzen. Er wollte doch nur zwei Autoradios klauen, ein lächerlicher Schaden im Grunde. Finden Sie es richtig, wenn wir unsere Privilegien auf derart platte Weise verteidigen?«

»Das Ausstellfenster von meinem Mercedes ist eingeschlagen worden«, sagte der Philosoph. »Das ist kein ›lächerlicher Schaden‹. Außerdem, wer sagt, daß der Kerl uns nicht ausrauben wollte? Sehen wir uns den erst mal genauer an ...«

»Tatsächlich!« rief der Publizist, nachdem er den Einbrecher durchsucht hatte. »Er hat eine Pistole!«

»Dummköpfe«, sagte der Verleger, »sehen Sie nicht, daß das eine Spielzeugpistole ist? Jedes Kind kann so was im Laden kaufen! Übrigens ist der Einbrecher auch nicht viel älter als ein Kind, bestimmt noch keine achtzehn.«

»Nun ja, eine Plastikpistole mag uns vom katachrestischen Standpunkt aus gesehen beruhigen«, wandte der Professor ein, »dennoch ist sie in ihrer symbolisch-konnektiven Bedeutung ...«

»Mein Gott, hört doch damit auf!« sagte die Übersetzerin. »Er blutet, holt wenigstens einen Arzt ...«

»Ich hab seinen Ausweis gefunden, aber er ist voll Blut«, sagte der Publizist. »Ich kann nur einen Teil des Namens lesen ... Saad ...«

»Aha, ein palästinensischer Name«, verkündete der Maler selbstgewiß. »Damit steht eins für mich fest: Wenn wir die Polizei rufen, dann wäre dies nur ein weiteres Unrecht in der langen Reihe der Mißhandlungen, die dieses Volk erleiden muß ...«

»Augenblick mal«, unterbrach ihn die Schriftstellerin, »ich wehre mich entschieden gegen diese plötzliche und undifferenzierte Solidarität, die gefährlich nah an Antisemitismus grenzt ...«

»Help«, sagte der Mann mit ersterbender Stimme.

»Das ist kein Palästinenser«, sagte der Professor, der ihn von nahem musterte. »Nach der Physiognomie zu urteilen, handelt es sich hier viel eher um einen Zentralafrikaner, wahrscheinlich von der Ethnie der Baata.«

»Dann müssen wir sofort die Polizei rufen!« meinte der Journalist. »Die Baata haben immer den Diktator N'Gheleme unterstützt, sogar als bewaffneter Arm gegen die aufständische Bevölkerung.«

»Moment«, wandte die Architektin ein, »schaut mal, das Kettchen am Hals ... das lange Haar ... das ist eine Frau!«

»Als Feministin«, ging die Schriftstellerin dazwischen, »verbiete ich euch, die Polizei zu rufen. Sicher ist sie von irgendeinem pflichtvergessenen Macho zu dieser demütigenden Tat gezwungen worden, oder ...«

»Nein, es ist ein Mann!« unterbrach sie der Publizist. »Er hat lange Haare, aber er ist ein Mann ...«

»Woher wissen Sie das?«

»Na, als ich seine Taschen durchsucht habe ...« der Publizist lächelte verlegen, »... da konnte ich feststellen ...«

»Ich verwahre mich«, schrie die Schriftstellerin, »gegen diese machistische und brutale Art der Duchsuchung!«

»Ich sage Ihnen doch, er ist ein Mann, Herrgott nochmal«, brüllte der Publizist. »Halten Sie die Klappe, Sie abgetakelte Postfeministin!«

»Das ändert nichts an der Sache, idiotischer Grapscher«, sagte die Schriftstellerin.

»Help«, hauchte der Einbrecher noch leiser.

»Immer mit der Ruhe«, sagte der Professor. »Da dieses Geschöpf stark blutet und überdies so lästig jammert, schlage ich vor, wir stimmen ab, ob wir die Polizei rufen oder einen Arzt.«

»Ich finde, wir sollten uns um ihn kümmern und ihn hierbehalten, bis er wieder gesund ist«, sagte der Maler.

»Ja, und vielleicht noch seinen Verwandten Bescheid sagen, damit sie ihn besuchen können.« Der Philosoph war ungeduldig geworden.

»Ist doch klar«, zischte der Maler, »wenn das nicht so ein hellbrauner Mickerling wäre, sondern ein muskulöser Neger, mit Freuden würden Sie den bei sich aufnehmen ...«

»Sie elender Grobian!« rief der Philosoph und sprang ihn an.

Sie wurden vom Publizisten und vor allem von Myskin getrennt, der sich auf den Hinterbeinen an dem lustigen Tanz beteiligen wollte.

»Dieser Hund ist nicht nur ein Mörder, sondern auch ein Sexmonster«, protestierte der Maler und klopfte sich die Flöhe aus der Kleidung.

»So tun Sie doch etwas für diesen armen Menschen«, flehte die Übersetzerin. »Schauen Sie, er ist schon weiß wie ein Laken.«

»Boah, hier, der hat ja ein Hakenkreuz auf den Arm tätowiert!« sagte die Architektin.

»Dann rufen wir die Polizei!« sagte der Journalist. »Einbrecher geht ja noch, aber Nazi ...«

»Blödsinn«, sagte der Professor, »außerhalb Europas ist das Hakenkreuz ein Sonnensymbol. Schauen Sie lieber nach, was er noch in den Taschen hat.«

»Das ist ja ein Terminkalender!« Die Gastgeberin blätterte hastig. »Da, jetzt ist das Geheimnis gelüftet: Er heißt Siri Sowieso und wohnt in der Via dei Garofani 12.«

»Das ist ja die Villa von den Sanbartolomeis, gleich hinter der Kurve ...«

»Na klar, jetzt erinnere ich mich, das ist einer von ihren Hausangestellten ... Ich hab ihn mal gesehen, als er mit der Contessa einkaufen war.«

»Jetzt müssen wir aber wirklich die Polizei rufen«, sagte der Journalist. »Die Sanbartolomeis sind die schlimmsten und reaktionärsten Adligen weit und breit.«

»Das ist doch nur ein Angestellter, einer, den die Sanbartolomeis ausbeuten, vielleicht haben sie ihn sogar gefeuert«, sagte der Maler. »Ich bin entschieden dagegen, die Polizei zu rufen.«

»Weil er es bei uns versucht hat, statt seine eigene Herrschaft auszurauben?« fragte der Publizist. »Ich würde mich nicht wundern, wenn die ihn sogar geschickt hätten, vielleicht hat er mir auch letzten Monat in Rom den Computer geklaut ...«

»Du bist ein paranoider Scheißhinterwäldler«, sagte die Schriftstellerin. »Wenn wir das Geschlecht von diesem Menschen nicht feststellen können, können wir auch nicht die Polizei rufen.«

»Nein, ich bin hier die Hausherrin, und ich entscheide jetzt! Wir holen die Polizei, diese Schnepfe von Sanbartolomei grüßt mich nicht mal richtig, und außerdem hat die mindestens ein Dutzend Angestellte, da kommt es auf einen mehr oder weniger nicht an!«

»Ich bin gegen die Polizei«, erklärte der Verleger, »schließlich ist die Herkunft des Einbrechers aus der Dritten Welt unser einziges Indiz gegen ihn, und ich habe afrikanische Autoren im Programm, auch welche aus Südamerika und Kuba ...«

»Der hier ist italienischer als wir«, sagte der Philosoph,

»schauen Sie sich nur mal dieses scheußliche Marken-T-Shirt an. Und diese Modeuhr, und dazu diese gräßlichen spitzen Stiefeletten ...«

»Machen Sie jetzt ein Stilproblem daraus?«

»Und wenn? Außerdem kostet die Scheibe von meinem Mercedes mehr als sechshunderttausend Lire, ich bin keiner, der auf Armer-Teufel-der-mit-dem-Moped-rumfahren-muß macht wie Sie, mein verehrter kubanophiler Verleger ...«

»Schluß jetzt«, sagte die Gastgeberin, »ich schlage vor: noch eine letzte Runde, jeder sagt seine Meinung, und dann treffen wir endgültig eine Entscheidung. Da wir eine gerade Zahl sind, zählt meine Stimme doppelt.«

»Ich widerspreche dieser typischen arroganten Mehrheitsmasche«, sagte der Maler.

»Wir können ja Myskin mit abstimmen lassen«, meinte der Philosoph ironisch.

»Ich habe einen Vorschlag«, meldete sich die Architektin zu Wort, »wir könnten doch einen demokratischen Polizisten hinzuziehen. Einen von der Gewerkschaft. Kennen Sie da einen?«

»Nutzt nichts mehr«, sagte die Übersetzerin betrübt und ließ das Handgelenk des Einbrechers sinken. »Er ist tot.«

In trauervollem Schweigen erklommen sie die Treppe unter den Bougainvilleen. Myskin blieb allein zurück; ihm dämmerte, daß irgendwas schiefgelaufen war, und so begann er, den Mond anzuheulen.

DAS SCHÖNE HAUS
(Erste Erzählung des Reisenden)

Ich lebte im schönsten Tale, mein Haus war das schönste von allen, ganz von Efeu bepelzt, mitten im schönsten Kastanienwald der Welt. Unser Hahn war der schönste der Gegend, er sah aus wie ein gemalter Löwe, und wenn er morgens krähte, zerschlug er die Träume mit seinem Hammer.

Wir hatten einen Stall voll durchaus nicht dummer Hühner, die die besten Eier der Gegend legten, wir hatten Kühe, sanftäugig wie Odalisken, und Schweine, so prall und rosa, daß man Lust bekam, auf ihnen zu reiten. Ringsum hatten wir Weinberge, Obstbäume und einen Garten, in dem der Salat smaragden schillerte und die Möhren flugs mit einem Kobolz aus dem Boden schossen. Der Ofen, in dem wir unser Brot buken, verströmte einen Duft, der das ganze Tal in gute Laune versetzte und die Messer der Mörder einklappte. Solange dieser Duft anhielt, gab es weder leichte noch schwere Verbrechen in unserem Tal. Schließlich waren auch unsere Kastanien wunderschön, und wenn die stachligen Hüllen zu Boden kullerten und perlengleich schimmernd die Früchte herausfielen, wollte man zu den Bäumen sagen: Gut gemacht!

Auch die Pilze waren sexy, die Eichhörnchen hatten berauschende Schwänze, die Maulwürfe gruben Tunnel von geometrischer Genauigkeit, die Stöcke unserer Bienen waren wie Kathedralen, der Honig schmeckte köstlich, und auch mein Vater war schön, ein Gesicht wie die Rinde des Kastanienbaums, die Schnurrbartspitzen wie Fuchsschwänze, und er schlug mich nur an Feiertagen. Er rauchte eine wunderschöne Pfeife, die er selbst aus reinem Kaiserbirnenholz geschnitzt hatte: ein Akt unserer Mutter, der schönsten Frau des Tals, die eines wunderschönen Todes gestorben war, sie war im Speicher ausgerutscht und in den roten Äpfeln untergegangen, in einem Meer duftender Äpfel.

Ich lebte also wie gesagt im schönsten Tale, im schönsten Haus, und da fängt das Häßliche an. Es kamen nämlich einige Herren vorbei, und als sie feststellten, wie schön es war, sagten sie: »Genau der Ort, den wir suchen.« Sie machten Fotos, vermaßen alles, und binnen Wochenfrist kauften sie alles auf, Tal, Acker, Haus, Tiere und Pflanzen. Sie wollten damit für Gott weiß was Werbung machen, eine Lebensversicherung vielleicht oder Kekse oder einen Wahlkandidaten oder Mineralwasser, etwas, das genau so eine Szenerie brauchte wie diese.

Überall bauten sie Kameras auf und wollten alles noch schöner machen. Den Hahn striegelten sie, sie brachten künstliche Sonnen an, hängten den Kühen silberne Glocken um und dem Ofen ein Schild, auf dem »Ofen« stand, als wüßte man sonst nicht, was das sei.

Und wir? Wir waren nicht schön genug, und so nahmen Schauspieler unsere Plätze ein. Mein Papa wurde von einem sonnengebräunten Schauspieler dargestellt, mit Händen, die aussahen, als hätten sie noch nie eine Fernbedienung gehalten, ja, als hätte er sie nie selber waschen müssen. Meine Mutter wurde von einer aus lauter Kurven bestehenden jungen Frau gespielt, die immer mit einem Strohhalm im Mund herumlaufen und folgendermaßen die Hühner rufen sollte: »Puttputtputt mein Weißes, puttputtputt mein Schwarzes«, worauf die Hühner von dannen schossen, als wäre sie ein Wiesel in Verkleidung. Ich hingegen, so sagten sie, könnte bleiben, ich war schön genug, nur daß sie mir Holzschuhe verpaßten, grundgütiger Himmel, hat schon mal wer versucht, in Holzschuhen über Kiesel zu laufen? Aber die Herren sagten, für das, was sie da im Fernsehen zeigen wollten, seien Holzschuhe genau richtig.

Da fing mein Vater an zu weinen, weil sie ihn fortschicken wollten, er wollte aber auch ein bißchen mitmachen. Er hatte Glück: Mitten auf dem Feld hatten sie eine neue Vogelscheuche aufgestellt (von einem berühmten Couturier entworfen), mit einem Hemd in Schachbrettmuster und einem kunstvoll ausgefransten Strohhut. Sie war dermaßen schön und so wenig erschreckend, daß die Vögel herbeigeflogen kamen, um sie zu betrachten; mein Vater hingegen in seinen eigenen Kleidern war ausgezeichnet dazu geeignet, die Vögel zu verscheuchen, und so arbeitete er als Vogelscheuche für die Vogelscheuche: Mitten auf dem Felde stand die Designer-Vogelscheuche, wer aber die Vögel fernhielt, war mein Vater, zehn Meter daneben.

Ich mußte die Äpfel an den Bäumen polieren und die Kühe davon abhalten, zu viele Fladen in die Gegend zu setzen, und mußte die Schweine beruhigen, wenn sie rosa geschminkt wurden, denn sie wollten sich im Schlamm suhlen, aber allzu schweinische Schweine wollte man nun nicht filmen, und ich mußte dem Hahn den Schnabel zuhalten, weil alle bis halb zehn schliefen.

Doch eines Nachts, es schien ein großer echter Mond, die Grillen sangen, die Kühe muhten, weil niemand sie molk, mein Vater stand auf dem Feld und rauchte seine Pfeife, da sah ich mein Haus inmitten all dieser Scheinwerfer und dieser Kameras und sah zwei, die mit dem Gewehr losgingen, um die Käuzchen abzuschießen, weil die störten, und einer stellte ein künstliches Feuer in den Ofen, und dann kam ein blaues Auto, aus dem ein Mann stieg, und kaum hatte ich sein Gesicht gesehen, da wußte ich, daß mein Zuhause nie wieder der schönste Ort des Dorfes sein würde.

Ich raffte meine wenigen Habseligkeiten zusammen, verabschiedete mich von meinem Vater, der mir seinen Segen gab, und von dem Hahn, der traurig, mit hochtoupierten Federn in einer Ecke saß, schloß die Augen und begann, blind draufloszurennen, den Feldweg hinab, den Gerüchen nach, bis ich zu dem Granatapfelbaum gelangte, wo um Mitternacht der Autobus hielt.

Preise dich glücklich, der du in einem Schlafsilo am Stadtrand hausest oder in einem baufälligen Dorf oder an der Kreuzung der verkehrsreichsten Straßen der Stadt, denn dein Zuhause wird dir nie genommen werden.

DER EHRENGAST

Mehr als zweitausend Möwen wurden in jener historischen Nacht mit Maschinengewehr-Salven abgeschossen, weil sie versuchten, sich der »Victoria« zu nähern, angelockt vom Duft des Buffets. Kapitän Calacante war unerbittlich gewesen:

»Weg mit allen verfluchten geflügelten Spionen über meinem Schiff, heute, beim Fest der Neuen Rechten.«

So trieb also die »Victoria«, ein schlanker 12.000-Tonnen-Kreuzer, einsam auf den Wellen dahin, weiß, majestätisch wie ein Olympia-Stadion, und das Licht des Sonnenuntergangs verwandelte seine kriegerische Silhouette auf magische Weise: Die Kanonen sahen aus, als wären sie Stalagmiten, die Aufbauten wirkten wie verwunschene Schlösser, die Parabolantennen des Radars wie perlmuttene Riesenmuscheln.

Der Festsalon unter Deck quoll über von Blumen und Kerzen, die ihn wie eine zaubrische Höhle funkeln ließen, und die Roben der Damen, die Smokings der Herren bildeten ein prunkvoll-festliches Bouquet.

Der Parteisekretär der Neuen Rechten, Saladini, hatte kategorisch erklärt: keine Folklore, keine Uniformen, weder Abzeichen noch Wahlsprüche; jetzt sind wir an der Macht, jetzt müssen wir Stil beweisen, Zurückhaltung, Eleganz. Und alle hatten ihr Bestes getan. Die alten

Schlangen der braunen Aristokratie trugen ihre allerdesigntesten Kleider, dazu saturnringhafte Hüte und galaktische Schals, und nur ein böswilliger Blick hätte in dem Meer von Ketten, das die schildkrötigen Hälse zierte, den einen oder anderen Anhänger mit dem Konterfei des Großmauls ausmachen können. Neominister und Subsekretäre hatten sich das mondäne Wesen zu eigen gemacht, das den Regierungsvertreter auszeichnet, die dicksten hatten sich auf Diät gesetzt, hatten Tanzstunden genommen, sich unter Bräunungslampen gelegt, und ihre Hände, bereits darin geübt, Bolschewiken niederzuknüppeln und sich zum römischen Gruß zu recken, hielten nun Champagnerkelche, mit mannequinhafter Anmut. Die jungen, stürmischen Kahlschädel hatte man zu einem großen Couturier verfrachtet und als Pinguine eingekleidet, und obgleich sie sich immer noch ein wenig eckig bewegten und hier und da das eine oder andere tätowierte Hakenkreuz unter einer gestärkten Manschette hervorlugte, wirkten sie doch, wie sie da an der Wand aufgereiht standen, die Gurgeln von Fliegen eingezwängt, beinahe wie eine Fußballmannschaft bei einer Siegesfeier.

Die alten Republikaner, diejenigen also, die durch unverbrüchlichen Glauben oder unheilbare Verkalkung am ehesten zu anfallsartigen altfaschistischen Anwandlungen neigten, hatte man in bequemen Sesseln untergebracht, jeder im kontrollierenden Visier einer jungen Freiwilligen, einer eher kurzhalsigen und langbeinigen Gorilla-Nurse, die tückisch lächelnd und tittenschwenkend ihr Greislein beschwichtigte, wenn dieses Anzeichen von Ungeduld erkennen ließ. Keine leichte Aufgabe, aber diese jungen Frauen waren seit längerem daran gewöhnt, sich für das Vaterland aufzuopfern: Sie hatten schon die Politiker der Ersten Republik erfreut, und nun widmeten sie sich den Vertretern der Zweiten.

Die Blicke aller jedoch suchten die Schirmherrin und Königin der Kreuzfahrt, die GGDR, als da heißt die Goldene Gans Der Rechten, Vittorina Parisini, eine für ihre gesunde konservative Haltung wohlbekannte Kino- und Fernsehschauspielerin; sie arbeitete im wesentlichen mit ihren natürlichen Gaben und konservierte oder eher erweiterte regelmäßig mit Steroiden, Silikonen und bioklastischen Zubereitungen ihre ohnedies schon beträchtlichen Rundungen.

Die GGDR, umringt von Freiern, thronte im Mittelpunkt des Salons. Sie trug eine Lamérobe in den Farben der Trikolore, die ihr extra für diesen Anlaß der berühmte Couturier Orsace geschneidert hatte. Ihre Lippen, ihr Busen, ihre Flanken erbebten sacht beim Rollen des Schiffes, sie neigten sich verführerisch lockend den Anwesenden entgegen, und ihr schallendes Lachen erregte die Begeisterung der Männer und den Neid der Frauen. Umringt wurde sie von den ausländischen Gästen, die nur für ihre Reize Augen hatten, seien diese nun Natur oder Kunst: Deutsche Waffenmagnaten und französische Legionäre, südamerikanische Militärs mit äußerst maskuliner Narbenzier und blutjunge Leutnants von den Marines. Dazu noch ein Haufen hiesiger Generäle, modern und gewandt, stets bereit zu einer Konversation über Waffenhandel und die neuen Leopard-Panzer, wie es auf Treffen von Industriellen eben so zuzugehen pflegt.

Das Orchester – es bestand aus fünfzig ausgewählten Individuen – spielte die Schlager der Saison, ohne jede politische Diskriminierung. Nichts, aber auch gar nichts gemahnte an die Vergangenheit, weder die Bizepse der Kellner noch gewisse Ausbuchtungen der Jacketts der Eskorte. An dem exquisiten Buffet wogte jene bekannte, vielfach umgewälzte Flut: Ex-extremistische Journalisten duzten Ex-Republikanerlein und Ex-Schläger, der Ex-Katholizist stieß mit dem Ex-Freigeist an, der ex-engagierte Regisseur fraß einträchtig mit dem ex-avantgardistischen Schriftsteller Schnittchen mit Kaviar aus der Ex-Sowjetunion. Alles war frisch gestrichen, restauriert, geliftet, alles war vergessen in diesem glitzernden Salon, an dessen Stirnwand ein Spruchband prangte mit der Aufschrift: »Willkommen«

Da, ein erregtes Murmeln durchlief die Menge. Gemeinsam mit dem Ehrengast betrat der Erste Sekretär, Saladini, den Raum, flankiert von seinem Chefideologen und seinen vier Erzgetreuen: Don Vendetta von der Fernseh-Aufsichtskommission, Don Baionetta, dem Subsekretär der Kulturverwaltung, Don Granata vom Außen- und Don Arseno vom Gesundheitsausschuß. Diese schufen dem Sekretär mit freundlichen Ellbogenstößen und liebenswürdigem »Aus dem Weg da« freie Bahn. Saladini trug einen schrillamarantroten Smoking und einen Phantasie-Papillon um den Hals, und er hatte jemanden untergehakt: den Ehrengast, ein klappriges Männlein, das, auf seinen Stock gestützt, mit kleinen Schrittchen vorantrippelte und dabei mit kaum wahrnehmbaren Handbewegungen grüßte.

Es war vereinbart worden, von Applaus abzusehen. Nur den alten Parteioberen Cascapianta riß sein römischer Gruß vom Sessel, doch die diensthabende Blondine fing flugs seine Hand ein und steckte sie sich ins Dekolleté, was ihn sofort ruhigstellte. Die Reihe der Kahlschädel wurde laut, doch ein knapper Befehl in deutscher Sprache sorgte sogleich wieder für Ruhe. Die alte Marchesa Matracci fiel ob der Erregung in Ohnmacht, und ihr Gatte goß ihr zwecks Wiederbelebung eine Karaffe Sangria über den Kopf. Um dann doch Mißbilligung zu dokumentieren, wenigstens ansatzweise, legte ein Ex-Freigeist ein angebissenes Schnittchen auf das Buffet zurück. Eine Lippe der GGDR schwoll leicht an wegen der Aufregung, wie eine Blase an einem Fahrradschlauch. Weitere Zwischenfälle wurden nicht gemeldet.

Mit einem behenden Satz erklomm Sekretär Saladini die Bühne, während der Ehrengast hinaufgehievt und in ein Sesselchen direkt unter dem Auge eines riesenhaften Scheinwerfers gesetzt wurde. Zuvorkommend drückte der Sekretär ihm ein Glas Orangenlimonade in die Hand.

Unter dem gleißenden Licht schloß der Greis die Augen halb, er wirkte desorientiert. Mit einem Räuspern brachte der Sekretär die Versammlung zum Schweigen und begann:

»Liebe Freunde und Teilnehmer dieser Kreuzfahrt der Neuen Rechten! Endlich, nach so vielen Jahren des Exils außerhalb der Verfassungsorgane, sind die meisten Hindernisse, die sich uns in den Weg gestellt hatten, gefallen. Seit wir an der Macht sind, haben wir ein beträchtliches Stück der Wegstrecke zurückgelegt. Wir sind ein großes, angesehenes und gefürchtetes Land. Wir beabsichtigen, bald noch größer zu werden, durch eine Ausdehnung unserer Grenzen – *(kurzer Applaus)* – nach Verhandlungen mit unseren Nachbarländern, Verhandlungen, die natürlich fest entschlossen und unnachgiebig geführt werden.

Trotz der Provokationen der Kommunisten und ihrer Wortführer erlangen wir allmählich auch im Ausland einiges Ansehen, und ich bin froh, Ihnen mitteilen zu dürfen, daß Cannarella, der Subsekretär im Außenministerium, zum Präsidenten des Europäischen Instituts der Neuen Rechten für die Geschichtsschreibung der nationalsozialistischen Arbeitslager gewählt worden ist. *(Kurzer Applaus)* Ich möchte Sie aber bitten, nicht zu klatschen, sonst heißt es wieder, wir verherrlichen den Faschismus *(Gelächter)*. Aber *(Seufzen)* es gibt immer noch manche, die nicht an unsere demokratische Grundeinstellung glauben wollen.

Ein Teil der öffentlichen Meinung, beeinflußt von den – immer noch zu zahlreichen! – Zeitungen der Linken, dieser Grünschnäbel, führt nach wie vor auf erpresserische Weise die Gespenster einer längst begrabenen Vergangenheit gegen uns ins Feld und sagt uns eine Gefährlichkeit und einen Kult der Gewalt nach, die wir doch seit langem überwunden haben. Was sollen wir noch alles tun, um diese chronischen Eiferer davon zu überzeugen, daß wir wahre Demokraten sind?«

»Zusammenschlagen!« meinte eine jugendfrische Stimme aus dem Hintergrund, die sogleich niedergezischt wurde.

»Mit großer Anteilnahme und vielen Hoffnungen haben wir alle das wechselvolle Leben des Mannes verfolgt, der heute abend zu unserer großen Ehre unter uns weilt. Unser Freund Delle Donne, der sich in Südamerika aufhielt, vertrieben von einer ungerechten Anklage wegen Massenmordes, von der er kürzlich freigesprochen wurde *(kurzer Applaus)*, konnte, bevor er das Land verließ, das ihm sieben Jahre lang Asyl gewährt hatte, einem Gerücht nachgehen, das in uns nahestehenden Kreisen umlief. Es besagte, rund hundert Kilometer von der Hauptstadt jenes Landes entfernt lebe ein hundertjähriger Imker, dessen Weisheit und klarsichtiges politisches Urteil alle bewunderten. Es hieß, sogar der dortige Präsident suche ihn immer wieder auf, um Rat für seine Innenpolitik einzuholen. Delle Donne hat ihn tatsächlich aufgespürt; und nach einigen kurzen Nachforschungen, nach Abgleich von Daten und Fingerabdrücken, wurde ihm klar, daß dieser Mann uns viel bedeuten könnte. Es war nicht leicht, ihn dazu zu überreden, daß er seine Bienen verließ: Doch jetzt ist er hier, der lebende Beweis dafür, wie sehr die Rechte sich geändert hat.«

Das alte Männlein ließ keinerlei Anteilnahme erkennen: Es zuzelte an seiner Orangenlimonade und beäugte verblüfft diesen luxuriösen Salon, als erinnere ihn der an etwas lang, lang Vergangenes. Vor allem aber schwitzte und keuchte der Greis unter dem auf ihn gerichteten Scheinwerfer und suchte Rettung vor der Hitze, indem er in seinem Sessel hin- und herrutschte.

»Dieser Mann ist einhundertfünf Jahre alt«, teilte Saladini mit, »doch er arbeitet immer noch mit dem Schwung und der Ausdauer eines Zwanzigjährigen. Ich habe ihn inmitten seiner Bienen angetroffen. Er stellt den besten Honig der Gegend her, mild wie sein eigenes Wesen: Teils verkauft er ihn, teils schenkt er ihn den Kindern *(beifälliges Gemurmel)*. Ich habe mit meinen eigenen Augen gesehen, wie er die Bienen beim Namen nannte, der Königin Befehle gab und ganze Schwärme mit sanften, aber bestimmten Kommandos von einer Stelle des Korbes zur anderen dirigierte.

Mir wurde geschildert, wie im letzten Jahr ein paar Diebe versuchten, seine Bienenstöcke an sich zu bringen. Doch da stürzten sich auf seinen Befehl hin aus heiterem Himmel vier ganze Schwärme in einem Zangenmanöver mit gezückten Stacheln auf die Übeltäter, und ...«

Saladini unterbrach sich; sein Chefideologe zupfte ihn von hinten am Ärmel und wies ihn an, nicht allzusehr ins Detail zu gehen.

»Also, sie kamen aus heiterem Himmel, wie ich sagte, und dank ihrer bekamen die Kinder auch weiterhin ihren Honig. Nun, diesen gütigen Mann, diesen Arbeiter werden wir mit Freuden und Stolz unseren Gegnern zeigen, als Beweis, daß die Vergangenheit vergangen ist. Daß an die Stelle des Krieges Frieden, Arbeit und Pollen getreten sind. Daß wir alte Hürden überwinden und gemeinsam operieren müssen, freilich mit neuen Rollen, um die Zukunft aufzubauen. Wer könnte besser als dieser sanfte alte Mann die Verwandlung bezeugen, die Überwindung alter Gegensätze, den neuen Willen dazu, den Bienenstock des Friedens zwischen den Völkern zu errichten? Wer könnte dies besser als der Mann, der alles Böse der Geschichte verkörpert, der sogar die Verantwortung für die Taten anderer auf sich genommen und grausam dafür bezahlt hat, der sich für tot erklären lassen und Jahre des Exils in der Fremde auf sich nehmen mußte, als einzigen Trost eine Million kleiner, stummer, summender Freunde? Diesem Manne rufen wir entgegen: Wenn das Land, das du so sehr geliebt hast, dich nicht aufnehmen möchte, so laß uns dein neues Vaterland sein!

Und jetzt bitte ich um Applaus – aber maßvoll, zurückhaltend, damit wir die Propaganda unserer Gegner nicht unterstützen: Willkommen bei uns, alter, weiser Imker, unser Freund Adolf Hitler!«

Der Applaus war äußerst diskret. Nur hier und da entquoll einer Dame ein Tränchen. Die Kahlschädel gaben keinen Mucks von sich; manchen von ihnen hatte man zuvor Taschentücher als Knebel ausgehändigt. Die GGDR sah, daß Cascapianta aufspringen wollte, drückte ihn zwischen ihre Brüste und nagelte ihn fest. Saladini gab den Rhythmus des Beifalls vor, ein skandierter Applaus wie bei einer Theaterpremiere: Nie hatte man eine so zurückhaltende, demokratische Reaktion auf eine derart mitreißende Nachricht erlebt.

In diesem Augenblick, völlig überraschend, erhob sich der Alte. Er war verschwitzt und erschöpft, von der Hitze des Scheinwerfers aufgelöst wie in der Sauna, so daß ihm die berühmte, nunmehr weiße Tolle feucht in die Stirn hing. Sein Schnauzbart war von Schweiß beperlt. Verärgert und entschlossen hob er die Hand, man solle den Scheinwerfer, der ihn röstete, abstellen.

Das heimtückische kommunistische Schicksal wollte es, daß diese Geste, mit ausgestrecktem Arm vollführt, mißverstanden wurde.

Hunderte von Händen schossen gen Himmel, begleitet von einem Hurrageschrei wie im Fußballstadion. Ein solider »Heil Hitler«-Chor erscholl aus dem Hintergrund. Zwei Generäle zogen ihre Pistolen und schossen in die Luft. Cascapianta gelang es, seinen Sessel zu erklimmen, und er imitierte einen Stuka; die wachhabende Blondine vermochte nichts dagegen. Der Ordnerdienst eilte im Saal hin und her und drückte Arme hinunter, doch sofort zuckten anderswo neue in die Höhe, und mancher hob gar seinen eigenen Arm zum Faschistengruß, während er einen fremden niederdrückte. Es gab kurze Handgemenge, da und dort drohte eine offene Prügelei auszubrechen. Auch Saladinis Arm war instinktiv hochgeschnellt, jetzt tat er so, als rufe er einen Kellner. Der Ex-Freigeist schrie »Schande, Schande!« und würgte zum Protest die Schnittchen aus. Der Chefideologe und Don Granata diskutierten Stirn an Stirn, ob man den Alten besser wegschaffen oder ihn da- und das Publikum sich austoben lassen sollte. Indessen war Hitler, schwitzend wie ein Pferd, von der Bühne gestiegen und in einen kleinen Nebenraum geflüchtet, wohin ihm die Kreuzfahrer jedoch sogleich folgten, um ihn voll fanatischer Begeisterung zu umringen. Die Generäle fragten ihn nach Details bestimmter Schlachten, die alten Gräfinnen wollten ihn berühren, die Skinheads bettelten um Autogramme, die Journalisten boten Exklusivverträge an, das Orchester hatte »Lili Marleen« angestimmt, und bedrohliche Slogans hallten durch den Saal.

Saladini ergriff inmitten des Getümmels das Mikrofon und schrie hinein:

»Signor Hitler, bitte kommen Sie zurück auf die Bühne, und Sie, verehrtes Publikum, beruhigen Sie sich doch bitte!«

Er wurde lautstark ausgepfiffen und mit Oliven und Shrimps bombardiert.

»Ins Meer mit Saladini, dem Revisionisten!« heulte Cascapianta, der Manndeckung entronnen.

»Adolf zum Bürgermeister!« schrie eine Dame in walkürenhafter Verzückung.

»Wir folgten dir!« heulte ein rotgesichtiger Skinhead.

Doch der Alte enttäuschte alle. Nachdem er die GGDR betastet und sich davon überzeugt hatte, daß sie aus ausgezeichnetem Material bestand, warf er sie sich mit unvermuteter Kraft über die Schulter und nahm Reißaus.

Überrascht liefen die anderen hinterher. Doch schon hatte der Teufelsgreis das Deck erreicht und ein Ruder gegriffen, worauf er, seine Beute im Arm, mit einem Satz ins Meer sprang.

Wie er vorhergesehen hatte, schwamm die GGDR wie ein Korken auf dem Wasser, wegen des hohen Silikongehaltes nämlich. So entschwand Adolf rittlings auf der Schönen rudernd, in Richtung der kolonisierten Inseln.

Obschon von den Ereignissen benommen, begriff die GGDR sehr wohl, daß diese Entführung für sie ungeheure PR bedeutete, und so kollaborierte sie, indem sie rhythmisch mit den Füßchen schlug.

»Drehen Sie bei, Kapitän!« schrie Saladini, »holen Sie sie ein!«

»Wir sind zu nah am Ufer«, entgegnete Kapitän Calcante.

»*Trunken schwamm's in die Dämmrung hinaus ...*« deklamierte Marchesa Matracci romantisch verzückt.

»Komm zurück, Adolf komm zurück!« riefen hunderte Stimmen, alte und junge, an der Reling.

»Ich bin doch nicht bekloppt«, meinte der Alte und ruderte kräftig weiter. Bevor er am Horizont verschwand, rief er dem Schiff noch nach:

»Faschistenbande!«

DER PÜNKTLICHE
(Zweite Erzählung des Reisenden)

Eines Abends gelangte ich in den kleinen Bahnhof von T., ein trostloses, abgelegenes Gebäude, an dem ein einziges Gleis vorüberführte, das Gelände, auf dem er lag, war mit metallenen Fossilien übersät, darunter eine prähistorische, von zweibeinigen und vierbeinigen Streunern bewohnte Lokomotive.

Im Inneren des Bahnhofs befanden sich vier lange Bänke, eine große Anzeigetafel und ein geschlossener Fahrkartenschalter.

Ich war der einzige Reisende. Allerdings gab es da Automaten, an einem konnte man Fahrkarten ziehen, am anderen Getränke, an einem dritten erotische Horoskope, der vierte druckte Visitenkarten, der letzte schließlich bot Schokoriegel und das Videospiel »Krieger der Landstraße«.

Ich zog eine Fahrkarte, gönnte mir eine Dose Tonic, erfuhr, daß ich ein Sexmonster bin, dann schlief ich ein. Ich wachte auf, druckte mir eine größenwahnsinnige Visitenkarte, aß ein Atzekentörtchen, trank noch eine Limo und wurde von Kung-Fu Jack in Grund und Boden genietet. Dann schlief ich wieder ein.

Kolbengestampfe weckte mich. Ich sprang auf, weil ich dachte, der Zug käme. Doch das Keuchen stammte von einem Mann, der soeben den Bahnhof betreten hatte. Er war ziemlich fett, hatte L-förmige Koteletten und pomadiges Haar und zerrte einen Riesenrollenkoffer hinter sich her. Obgleich der Zug noch nicht angekommen war, eilte er hastig zum Gleis.

Er langte dort an.

Stellte den Koffer ab.

Sah auf die Uhr.

Setzte sich hin.

Wischte sich den Schweiß ab.

Starrte mich an.

Sprach keuchend den folgenden Satz:

»Das Leben des Pünktlichen ist eine Hölle unverdienter Einsamkeiten.«

Neugierig geworden, ging ich zu ihm hin. Eine Weile konnte der Mann nicht sprechen, er schnappte nach Luft. Er begnügte sich damit, auf die Uhr und die Anzeigetafel zu deuten. Ich begriff, er wollte mich auf die Verspätung des Zuges hinweisen.

Lächelnd breitete ich die Arme aus, wie um zu sagen: Was können wir daran schon ändern?

»Wie beneide ich Sie«, sagte er, »um Ihre Resignation! Ganz klar, Sie leiden nicht an meiner Krankheit. Zu meinem Unglück bin ich von Geburt an *pünktlich,* bin just zum Ende des neunten Monats auf die Welt gekommen, habe alle vier Stunden nach Milch geschrien, bin weder im Kindergarten noch in der Schule je zu spät gekommen, zu keiner Verabredung, zu keinem Fahnenappell, zu keiner Beerdigung. Dabei habe ich früh bemerkt, daß ich wegen meiner Krankheit Gerenne in Kauf nehmen muß, Warten, Enttäuschungen, Wut. Ich bin pünktlich in einer Welt voll Unpünktlicher, aber ich habe es nie lassen können. Außerdem hat man mir klipp und klar gesagt, ich bin ein unheilbarer Fall. Mein ganzes Leben lang dasselbe Leiden. Minuten und Aberminuten, insgesamt also Stunden, auf die geliebte Frau warten, die Blumen in der Hand, nicht enden wollende Stunden allein im Restaurant, während meine Freunde sich erst noch rasierten, Stunden der Langeweile im Büro beim Warten auf den Beginn der Sitzungen, stundenlang Gehuste im Theater vor einem Vorhang, der sich nicht hebt, stundenlang Wartezimmer und alte Zeitschriften bei Zahn- und anderen Ärzten.

Herrjeh, und ich dachte, Pünktlichkeit sei eine noble Form des Respekts vor meinen Mitmenschen, und sie trage zur Harmonie in der Welt bei. Aber diese Welt kennt keine Harmonie. Die Welt der Götter dort droben dreht sich derart langsam, daß Pünktlichkeit unmöglich ist, denn ein Leben ist viel zu kurz, um etwas auszurichten. Und unsere Welt hinieden hat es so eilig, daß niemand die Zeit beachten kann, allenfalls Maschinen vielleicht, und das Fernsehprogramm.

So sieht das Leben des Pünktlichen aus. Eine Hölle, in der man des Todes harrt, in der Hoffnung, daß wenigstens der den Zeitplan einhält.«

Voller Verständnis lauschte ich dem Bericht des Fetten und meinte zu ihm, zehn Minuten Verspätung kosteten doch niemanden gleich das Leben. Er brach in Tränen aus. Mir wurde klar, daß ein Pünktlicher ganz besonders sensibel ist.

Endlich kam der Zug. Der Mann bestieg einen der hinteren Wagen. Einige Minuten stand der Zug im Bahnhof, und ich dachte eben daran, wie schmerzlich ihm dieser Aufenthalt sein mußte, da schaute ich aus dem Fenster und sah verblüfft, daß er draußen unter dem Bahnsteigdach stand. Er winkte mir verzweifelt zu, während der Zug anfuhr. Ich bemerkte, daß er seinen Riesenkoffer nicht mehr dabei hatte.

Wenige Minuten darauf flog der Zug in die Luft.

Daß ich heute von dem Vorfall berichten kann, liegt daran, daß ich zufällig weit von der Kofferbombe entfernt saß. Vielleicht war es auch kein Zufall, sondern spontane gegenseitige Sympathie?

Seither peinigt mich ein ungewöhnlicher Gedanke. Sollte hinter all den Gemetzeln, die nie geahndet werden, hinter dem Blutvergießen, den rätselhaften Bomben gar nicht irgendeine kriminelle Organisation stekken, sondern nur das verzweifelte Aufbegehren dieses pünktlichen Mannes gegen eine Welt, die beständig Verspätung hat? Würde diese Vorstellung das Leben in unserem gepeinigten Land nicht erleichtern? Da wir keine andere Utopie mehr haben dürfen, wie wäre es mit dieser?

ORFEO MESCALERO

Ich weiß, daß du sie heilen kannst, Zauberer. Mein Mädchen, das vom Himmel gefallen ist, Kometenstaub auf meinem Dach, sie, die mit Gedankenkraft die Schaukeln im Garten in Bewegung setzen kann, die mit einem Blick aus ihren großen, schwarz geschminkten Augen die höhnische Fratze der Dealer gefrieren läßt, ach, ihr Duft nach Blumen und Amylnitrat, Euridice, jetzt liegt sie erloschen, bleich, reglos in unserer Wohnung, in der sogar die Spinnen vor Kälte zittern.

Ich weiß, daß du sie heilen kannst, Zauberer, deswegen habe ich diesen rabenschwarzen Wagen gestohlen und fahre jetzt unter dem Gewitter dahin, im Canyon der Schlafstädte, während der Regen auf der Windschutzscheibe die Blitze mit dem Rot der Schlußlichter vermischt, dem Gelb der Supermärkte, dem Blau der Krankenwagen und dem Grün der Marsmenschen, und ich weine, fluche und schreie, weil ich sie nicht verlieren will.

Ich weiß, daß du sie heilen kannst, Zauberer, auch wenn sie in den Augen der Welt schon tot ist, zuviel Chemie, zuviele Bücher, zuviele allein verbrachte Nächte, wenn ich fort war. Sie hat selbst einmal zu mir gesagt: Man ist immer eine Nacht zuviel allein. Deswegen rase ich hier mit zweihundert Sachen entlang, während das

Radio Blues, Bach und Lügen blubbert, ich muß sie retten, kapiert, Zauberer? Darum habe ich, für den Fall, daß die Polizei mich stoppt, im Handschuhfach diese deutsche Pistole, die graue, die Bleispritze, mein Rolandsschwert, die Küß-die-Stirn, die Lange, die Giftige, die Nägelfeuernde, Krazy-Kat, und damit basta. Ich habe nichts gegen euch, Polizisten, nur bin ich fremd hier, ich verstehe eure Sprache nicht, vor allem nicht die eures Großen Chefs, ich arbeite nicht für die Gangster, wenn ich stehlen muß, dann auf eigene Rechnung, ungelogen, ich bin wirklich böse, und wenn ich aus Versehen mal gut bin (das kann vorkommen), dann zeige ich es nicht. Ich habe ein Flüssigkristall-Shuriken. Und ich erschieße keinen von hinten.

So oft habe ich unter freiem Himmel geschlafen, mit Fußtritten haben sie mich geweckt, ich bin verhört, geschlagen, eingesperrt worden, ihr habt mir den Kopf von euren Schreien zerspringen lassen, aber das ist vorbei. Jetzt bin ich anständig, ich trinke nicht mehr, Zauberer, ich habe eine Schreibmaschine, die selbsttätig komponiert, tanzt und nachts blinkt und singt wie vier traurige Neger, ich esse keine mexikanischen Pilze mehr, Zauberer, ich verknalle mich nicht mehr in die Mädchen der anderen, ich klettere keine Wände mehr hoch, ich habe keinen Giftstachel, wie soll ich dich bloß überreden, Zauberer Meskal?

Ich weiß, wo du wohnst, Zauberer, in der Stadt steht ein tätowierter Wolkenkratzer, der nachts zum Raumschiff wird und sich fortbewegt, er kann verschwinden und an jedem gewünschten Ort wieder auftauchen, zwischen den Blitzen des Gewitters, aber ich werde ihn finden, Zauberer, über mir fliegt mein Freund, der Sperber, er hat ein Radargerät im Schnabel, ich habe es ihm eingebaut. Er kann auf der Stelle fliegen wie an den Himmel gemalt, ein wahrer Meisterflieger, jawohl, ein Tomcat, er ist wirklich Der König der Wolken, Der-die-Winde-fickt, Das Schwert, Der Adler der Gestirne.

Als ich Euridice begegnet bin, hatte sie keine Haare, Zauberer, die hatten sie ihr zu ihrer Schande abrasiert, und ihre Augen waren zugeschwollen vor lauter Schlägen. Tag für Tag wuchsen die Haare, öffneten die Augen sich mehr, und sie bekam wieder etwas Farbe ins Gesicht und wurde immer schöner, Zauberer. Ich habe sie gepflegt wie ein Rattenjunges, wie eine Blumenzwiebel im Topf, sie erblühte wie eine Zauberpflanze, für sie habe ich alle Fahrräder der Stadt gestohlen, Zauberer, alle Bücher und alle Platten, und ich hielt sie geborgen in unserer kleinen Wohnung, in der es damals noch nicht so kalt war, sie stand nackt am Fenster und unterhielt sich mit einer alten Vampirin unten auf dem Hof, sie redeten über ihre toten Eltern, die Alte war neunzig und trauerte immer noch um die ihren, sie war dreißig Jahre lang im Irrenhaus gewesen, sie war es, die mir von dir erzählt hat, Zauberer, wie du mit wehendem Mantel auf Katzenpfoten von Abteilung zu Abteilung gelaufen bist, umgeben von deinem Äthergeruch, und wenn jemand zu sehr litt, ersticktest du ihn im Schlaf oder du zerschlugst die Fenster und warfst ihn in die Nacht hinaus, du fülltest die Spritzen mit Drachenblut, damit sie für immer verrückt blieben und gerettet waren.

Schneller als jetzt kann ich nicht fahren, Zauberer, ich will nicht zerschellen wie irgendein Diskothekenhuhn, will niemandem wehtun, ich würde sogar bremsen, wenn der Gangster persönlich und zwischen seinen

Knechten mitten auf der Straße stünde, alle mit ihrem Fotomontagelächeln und gezückten Pistolen. Soll man das alles auf sich nehmen, nur um am Ende einen Lauf in den Mund gesteckt zu bekommen, wie ich es in der Bar gesehen habe, als einer nicht zahlen konnte, eine Pistole im Mund eines zehnjährigen Bürschchens wegen fünfzigtausend Lire für Drogen? Und weißt du, was sie sagen, diese kleinen Mephistos, diese blutrünstigen Handlanger? »Wenn du Arbeit suchst, ich beschaffe dir welche, Baby!« sagen sie, alle sind hell begeistert, seit der Gangster in der Stadt ist, wenn du es nicht glaubst, dann komm und sieh sie dir an, höre, wie sie vor dem Fernseher gakkern, sie können wieder prima im trüben fischen und machen sich ein lustiges Leben, aber auch wir kommen zurück, Zauberer, die sechste Generation ist da, mit kräftigen Zähnen und langen Ohren, entzünde die tausend Kerzen im Heiligen Saal und erwarte uns, wir werden kommen und vor dir sitzen, wir werden den Ruf unserer Freunde hören, egal wo sie sind, durch Mauern und Wüsten. Und dann Krieg. Tritte ins Maul. Zärtlich. Denn es ist möglich, aufrecht zu leben, jawohl, Monsieur Brel.

Der Zauberer stand in strömendem Regen auf der Terrasse und versuchte, ein altes Flippergerät zu reparieren. Ich trat wohlerzogen ein, den Dick-und-Doof-Hut in der Hand. Der Zauberer fluchte, trank einen Schluck Benzin, spuckte eine Flammenwolke in die Luft und sprach:

»Hau ab, bei schlechtem Wetter arbeite ich nicht.«

»Du wirst müssen«, sagte ich. »Eine Freundin von mir braucht dich.«

»Was ist mit ihr?« fragte der Zauberer, während unten

auf der Autobahn ein Laster vom Blitz gespalten wurde und die Polizeiautos im Schlamm eines Baches absoffen.

»Sie ist gestorben. Sie braucht ein neues Herz.«

»So etwas ist nicht zu machen«, sagte der Zauberer. »Die Bioethik ist dagegen. Der Papst ist dagegen. Gott kann nicht und will nicht. Die Meskal-Schlange kann, will aber auch nicht. Außerdem gibt es Wichtigeres. Die Polizei hat die Häuser der Senegalesen angegriffen, die haben mit kochendem Öl und brennenden Pfeilen geantwortet, ihr Oberhaupt ist rausgekommen, eine Elefantin, sie hat zwölf Beamte und drei Geländewagen über den Haufen gerannt, bevor sie tot umgefallen ist, eine Tonne Fleisch, ich habe ein Stück im Kühlschrank, willst du mal kosten?«

»Euridice ist mein Ein und Alles. Sie hat mein Leben verändert.«

»Das kann jeder. Es genügt eine Nadel hier unter dem Nacken, im Zentralpunkt des Meridians«, sagte der Zauberer und piekste mit seinem Zeigefingernagel nach mir, sechzehn Zentimter lang, schwarzlackiert und mit Vogelspinnengift bestrichen. »Da hinein, das Opfer spürt nur einen winzigkleinen Stich, aber zwei Stunden später stirbt es urplötzlich. Ich habe Dutzende Leute so getötet, in der U-Bahn.«

»Das glaube ich nicht.«

»Es stimmt auch nicht, aber ich könnte es tun. Den Tod zu überwinden hingegen liegt nicht in meiner Macht. Hast du diesen Satz schon einmal gehört?«

»Ich glaube dir nicht. Euridice ist tot, und du kannst ihr helfen.«

»Ich gebe dir ein neues Herz für sie«, seufzte der Zauberer. »Ich weiß auch nicht warum, aber ihr Kinder aus der sechsten Generation rührt mich irgendwie. Lege es neben sie, unter die Decken, es wird sich auf den Weg machen und den Platz des alten einnehmen. Und verbrenne alles, was du im Haus hast, Bücher, Stühle, Tische, es muß warm sein, oder das Herz schlägt nicht. Hier ist es.«

»In einer Plastiktüte aus dem Supermarkt?«

»Hast du einen Goldschrein erwartet, du Schickimikki?«

»Dieser Flipper wird nie funktionieren«, sagte ich mit Bedauern.

Ding dong, alles geht los. Die Kugel fliegt herum, wird hin- und hergeworfen, das Pferd schlägt aus, der Cowboy hüpft im Sattel, die Blondine flammt lächelnd auf, ihr Hut zeigt ratternd Millionen von Punkten an. Der Zauberer grinst höhnisch, die weiße Kriegsbemalung tanzt auf seinem ebenholzfarbenen Gesicht.

»Wenn der Flipper funktioniert, wird auch das Herz funktionieren«, denke ich.

»Ihr von der sechsten Generation seid eingerostete Träumer, schüchterne Reisende, verwöhnt und feige.«

»Immer noch besser als die Zuschauer von der fünften Generation«, sage ich, »und wer weiß, was die siebte für eine wird.«

»Wölfe«, sagt der Zauberer, »perfekte, blutrünstige, freundliche Wölfe.« Er schloß die Augen halb, und der Flipper explodierte.

Ich bin nach Hause zurückgefahren, das Gewitter hat nachgelassen, ich habe dein Lieblingsmärchen in den Kassettenrecorder gelegt, von dem Kind, das zusammen mit seinem Bären drei Tage und drei Nächte lang durch den Schnee wandern muß, um aus diesem schrecklichen Land herauszukommen. Sie wollen in ihre Heimat zurück oder in ein anderes Land und dort Theater spielen und tanzen. Wer weiß, wo das Kind jetzt ist, wer weiß, ob die Flucht gelungen ist. Aber du, Euridice, bleibst bleich, kalt und zweifellos tot, und ich fürchte, daß ich bald wieder zurück muß zwischen die duftend frischen Laken des Irrenhauses, um auf die goldene Spritze zu warten und auf den Rohypnol-Nebel und die Gespräche über das Ende der Welt, mit dem Maler der Fiat-Klos, Mastro Gommapiuma, der allein ganze Abteilungen lahmgelegt hat, oder mit Capitan Corallo, der bei den Demos so laut trommelte, daß die Polizisten pulverisiert wurden wie chinesische Sandsoldaten.

Nicht wahr, du weißt es, Vögelchen, daß der Arbeiterkampf seit Jahrzehnten und Jahrhunderten andauert? Du weißt es nicht? Würdest du es gern wissen? Papa und Mama wollen das nicht, und der Gangster will es nicht, vor allem der? Trink diesen Meskal-Tee und lies am Grunde der Tasse im Satz, wenn du kannst.

Ich habe das Herz, das mir der Zauberer gegeben hat, unter Euridices Bettdecken gelegt. Aber es bewegt sich nicht, es zuckt nur ein wenig und wedelt dabei mit dem Schwänzchen. Von draußen sind Sprechgesänge zu hören, irgendwer hat einen Sportwettkampf gewonnen, Kracher und Minen explodieren, Schreie gellen, man solle jemanden aufhängen. Über den Hof gehen zwei Kollegen von der sechsten Generation, sie reisen ab, mit Rucksäcken, viel größer als die Wohnung, in der sie gewohnt haben.

»Euridice ist gestorben«, schreie ich.

»Wir schicken dir eine Karte!« winken sie zurück.

Heute nacht, mein Schatz, möchte ich dir gern wieder die Geschichte von dem Kind und seinem Bären vorlesen oder auch die von dem englischen Doktor, der zu seiner eigenen dunklen Kehrseite wurde, klein, krumm und hüpfend, und so werden wir Den Schatten und Das Gespenst und Den Doppelgänger heraufbeschwören, und dann sind wir so viele, daß Der Tod nicht weiß, wen er mitnehmen soll. Da ist er schon, er ist gekommen, er lächelt bleich, tut so, als ob nichts wäre. Er ist als Fröhlicher Ableser der Gasuhren verkleidet, aber ich erahne seine Knochenhand, die er im Handschuh verbirgt.

»Ich darf doch mal kurz nachsehen?« fragt er mit Fernsehansagerinnenstimme.

»Spar dir die Mühe, Werwolf, ich weiß, wer du bist. Sieh ruhig nach. Euridice ist nicht tot.«

»Also in der Zentrale sehen wir das anders«, sagt der Tod angeätzt. »Wir haben den Stecker schon vor einer halben Stunde rausgezogen.«

»Wage es, sie anzurühren«, sage ich, »und ich nehme dich Knochen für Knochen auseinander.«

»Ich bin nicht aus Knochen«, protestiert der Tod, »ich bin aus polymerisiertem biosynthetischem, äußerst haltbarem Komponentenkunststoff und habe zwölf virtuelle Erscheinungsformen im Speicher, um dich zu Tode zu erschrecken.«

»Ich auch«, sage ich und verwandele mich stehenden Fußes in einen Wolf.

»Nicht mal schlecht«, sagt er und verwandelt sich in einen doppelt so großen Wolf.

Wir gehen aufeinander los. Wir fliegen aus dem Fenster, er ist als erster wieder auf den Beinen und rennt die Treppe hoch, will versuchen, auf seinen Scheißpfoten zu Euridice zu kommen, wenn er sie anfaßt mit seiner Eiseskälte, ist sie verloren, aber ich springe hinterher und reiße ihm mit einem Biß den Schwanz ab. Der Tod quiekt wie ein Chihuahua.

Da erscheint Griso auf dem Treppenabsatz, der Pusher der Gegend, der Gründer des Patriotischen Schlägerclubs, mit einer Uzi-MP in der Hand und in den schwarzen Ringerhosen.

»Was ist hier los?«

Wir verwandeln uns, ich mich in einen schönen jungen Mann der sechsten Generation und der Tod in ein blondes Losangelì-Top-Fotomodell.

»Hui«, sagt Griso, »die Leute hier im Haus werden ja immer feiner.«

»Dieser böse Junge will mir was tun«, trillert der Top-Tod.

»Dem geb ich's«, grunzt Griso.

Zum Glück kommt da mein Freund Dulcinea, ein fast zwei Meter großer Transsex-LKW, schön und geschminkt wie ein Kathakali-Darsteller.

»Weg mit dem Maschinengewehr, Griso«, befiehlt er, »wir sind hier nicht im Parlament.«

»Dieser böse Junge ...« fängt die falsche Blondine wieder an.

»Verschwinde, Tod, ich erkenne dich am Gestank ...«

Der Werwolf verdrückt sich, aber bevor er geht, sagt er heimtückisch zu Griso:

»In diesem Haus gibt es ein schönes neues Herz, das würde ich mir nicht entgehen lassen.«

Griso witscht hinein, hebt die Decke an, da ist das

Herz, es zuckt zusammen. Griso nimmt es auf und wiegt es interessiert in der Hand.

»Das hier bringt mir mindestens zwanzig Millionen«, sagt er.

Ich schlage ihm meine Zähne in den Hals. Die Gitarren spielen. Griso krepiert und läßt das Herz los, es purzelt zu Boden und versteckt sich ängstlich unter einer Truhe. Der Tod klopft an.

»Wie geht es unserer schönen Euridice?« gellt er von draußen.

»Herz«, schreie ich, »komm da raus!«

Von wegen. Es rührt sich nicht. Ich habe eine Idee: Ich lege eine Samba-Kassette ein. Für Herzen ist der Samba-Rhythmus einfach unwiderstehlich. Da, es kommt aus dem Versteck und bewegt sich, Systole-Diastole, es zittert mit der Spitze und wackelt mit dem Ärschelchen, komm schon, Herz, spring ins Bett, flieg zu meiner Euridice, tanz, mein Freund, und tatsächlich, das Herz macht einen Satz und taucht in Euridices Brust; sie stößt einen Schrei aus, und das alte Herz spritzt heraus, schwarz und verschrumpelt. Ich werfe es der Katze vor. Dazu den ganzen Griso, bis auf eine Haxe. Aber unter dem Fenster steht der Tod und läßt der Katze nur ein Auge, den Rest nimmt er mit.

»Wenigstens keine Leerfahrt«, murmelt er und fährt in seinem gelben Lieferwagen mit den Heavy-Metal-Aufklebern fort.

Euridice steht auf und sagt, sie habe Hunger, ich brate ihr fünfzig Auerhahn-Eier, eine Yucatan-Zwiebel und die Griso-Haxe über einem Stuhlfeuer.

»Ich fühle mich, als hätte ich geschlafen«, sagt sie.

»Nein, du warst tot.«

»Genau so ist es«, sagt der Zauberer.

Mit einer Verbeugung danken wir ihm. Die Schaukeln im Garten setzen sich in Bewegung. Es regnet wieder. Ich mache Tee. Ich werde einen neuen Tisch kaufen müssen, der alte brennt in der Mitte des Zimmers und verbreitet wohlige Wärme.

Es klopft an der Tür. Ein blonder Engel von sechs Jahren mit großen Ohren und ein riesiger Bär mit Matrosenhütchen.

»Wären Sie an einer Privatvorstellung mit Husarentänzen interessiert?« fragt der Engel.

»Wo kommst du her?«

Der Kleine deutet gen Norden und macht begreiflich, daß es dort kalt ist und voller Schnee, daß er Schlimmes durchgemacht hat.

»Kommt herein, wärmt euch auf«, lade ich sie ein.

»Er hat es geschafft, hab ich's nicht gesagt!« ruft Euridice freudig. »Einer schafft es immer.«

»Könnte ich etwas von dieser Ochsenhaxe probieren?« fragt der Bär schüchtern.

»Es ist kein Ochse. Das ist die Haxe von einem sehr schlechten Menschen.«

»Es gibt keine schlechten Menschen«, sagt der Bär, »wenn sie gut zubereitet sind.«

Das sagt der Zauberer auch immer. Es war ein großes Fest bei uns in jener Nacht.

Danke, Zauberer Meskal.

DAS INFERNO
(Dritte Erzählung des Reisenden)

Eines Morgens gelangte ich zu dem Bahnhof von D., einem großen und bevölkerten Bahnhof, in dem es einem schwer gemacht wurde, sich zu orientieren. Sämtliche Anzeigetafeln waren wegen eines Stromausfalles erloschen, die große Wanduhr wurde gerade ausgewechselt, der Informationsschalter war geschlossen, und die wenigen Bahnbediensteten enteilten, sobald man sich ihnen zu nähern drohte. So begann ich, eine nach der anderen, die Tafeln an den Wagen zu lesen, doch an jedem war ein anderer Zielort angegeben, hier Basel, dort Foggia, am dritten Innsbruck, so daß ich mir vorstellte, wie der Zug sich auf den Pfiff des Bahnhofsvorstehers wie ein Wurm winden und jeder Wagen in eine andere Richtung losschießen würde, nur den Speisewagen hinter sich lassend, der kein anderes Ziel hatte als sich selbst.

In diesem Moment bemerkte ich in der Menschenmenge, die sich rempelnd und schiebend vorwärts bewegte, einen beblazerten, äußerst elegant gekleideten Mann mit einem Köfferchen in der Rechten und einem Computerchen in der Linken. Entschlossen, ja arrogant drängte er in Richtung Gleis acht. Aus seinem Auftreten schloß ich, daß er in die Hauptstadt fuhr. Ich täuschte mich nicht. Er stieg ein, ich folgte ihm, er nahm Platz, ich nahm Platz, worauf ich ihn fragte:

»Fährt dieser Zug nach M.?«

»Dort fährt er hin«, sagte er, indem er mich ohne jede Herzlichkeit betrachtete, »aber das hier ist die Erste Klasse.«

»Welch ein Glück«, sagte ich.

Er bedachte mich mit einem Blick, ich weiß nicht, war dieser übelwollend oder dumm, dann entnahm er dem Köfferchen zwei stramm regierungstreue Zeitungen und ein Telefönchen, das umgehend düdelte und seine Aufmerksamkeit beanspruchte. Er blätterte mit der einen Hand in seinem Terminkalender, während er sich mit der anderen eine Zigarette anzuzünden versuchte und mit der anderen eine Telefonnummer notieren und mit der anderen das Computer-Notebook anschalten wollte. Doch wieder düdelte sein Telefönchen, und als ich mich umsah, stellte ich fest, daß ich in einen ganzen Waggon voller Unglücksraben geraten war, die zur Strafe für wer weiß welche Sünden daran gehindert wurden, die Zeitung zu lesen, weil unablässig ihr Telefönchen düdelte, doch sie konnten nicht antworten, weil sie Notizen machen mußten, und mußten die Notizen unterbrechen, weil die Telefönchen düdelten, unterdessen tauschten sie untereinander verzweifelt Grüße aus, als wollten sie sagen, ich kann nicht rüberkommen, und der andere antwortete, ach, ich auch nicht, ich bin am Ort meiner Folter festgeschmiedet, und kaum versuchte einer aufzustehen, um zu einem anderen hinzugehen und ihn zu begrüßen, schon düdelte das Telefönchen, das er auf seinem Sitz zurückgelassen hatte, zornbebend, oder es düdelte beim anderen, und der Schaffner suchte vergebens ihre Aufmerksamkeit zu erlangen, und so unaussprechlich waren ihre Getriebenheit, der Lärm und die

Qual, daß ich diesen Waggon schließlich überstürzt verließ.

Im folgenden Waggon traf ich auf Sünder einer anderen Art. Hier herrschte schreckliche Eiseskälte, was, so sagte man mir, daran lag, daß die Heizung ausgefallen war. Alle waren in Mäntel und Windjacken eingemummt, der Rotz floß auf die Sitze, sie klapperten mit den Zähnen und stießen dabei Flüche und Drohungen gegen Weichensteller, Schaffner, Bahnhofsvorsteher, Untersekretäre und Minister aus.

So hastete ich in den nächsten Wagen, doch dort verschlug es mir den Atem, denn ich wurde von Glutschwaden eingehüllt. Man sagte mir, hier sei die Klimaanlage ausgefallen, alle saßen halbnackt und schweißüberströmt da, hatten die Fenster geöffnet und niesten wegen der Temperaturschwankungen, oder sie suchten krebsrot Linderung bei Bierdosen, in die sie kurz zuvor zerstreut ihre Zigarettenkippen gesteckt hatten, und auch aus diesem Waggon floh ich, doch im nächsten betrat ich den Höllenkreis der Kofferträger, wo die Reisenden, zur einen Hälfte japanischer, zur anderen gemischter Nationalität, allesamt drei Koffer von den Ausmaßen eines Ehebettes mit sich trugen, überall Koffer, Schalenkoffer, gewölbte, weiche Koffer, Koffer auf Rädern, die in jeder Kurve wegrollten und Kinder zerquetschten; dann und wann stürzte ein Koffer mit Bombendonnern aus den dafür vorgesehenen Fächern und verstümmelte einen Unschuldigen. Indem ich über sie wegkletterte, gelang es mir, einen weiteren Wagen zu erreichen, dort jedoch schmachteten die Reservierer, deren Folter darin bestand, daß je zwei oder gar drei denselben Platz reserviert hatten, so daß sie allesamt im Stehen streiten mußten, während ein ungerührter Schaffner die Schuld auf den Computer schob.

Meine weitere Flucht brachte mich in den Waggon der verstopften Scheißhäuser, wo Dutzende winselten, von ihrem körperlichen Bedürfnis gepeinigt, und von dort aus gelangte ich in den Wagen der Fans, wo unter Dreiklanghörnern und Flüchen und Flaggen irgendeine Niederlage gefeiert wurde, allen lief Blut aus der Nase, oder ihnen hing ein Arm in der Schlinge, oder die Schneidezähne waren eingeschlagen, oder ihre Augen waren geschwollen wie Mangofrüchte, aber sie waren glücklich.

Endlich gelangte ich in den letzten höllischen Waggon, wo sich rund dreihundertsechzig menschliche Wesen, die meisten Farbige, in den Gängen drängten oder traubenweise in den Abteilen schliefen. Durch sie hindurch fuhr, sie unter seinen Rädern zerquetschend, ein geheimnisvoller, führerloser Karren mit Brötchen und Getränken. Inmitten dieses Gemetzels stand aufrecht ein Herr in weißer Kleidung, mit noblem Antlitz, der eine Zeitung von offensichtlich fortschrittsgläubiger Gesinnung las. Als er mich erblickte, fragte er hoffnungsfroh:

»Haben Sie den Schaffner gesehen?«

»Ja, aber es ist nicht leicht, zu ihm durchzukommen.«

»Ich weiß«, nickte er betrübt. »Ich habe einen Platz in der Ersten Klasse, aber ich weiß nicht, wie ich da hinkommen soll, wie soll ich wegkommen über all diese ...«

»Neger«, sagte ich.

»Das macht nichts«, sagte er mit noblem Lächeln. »Bisweilen, wenn wir der Rechtlosen Mühsal und Ungemach teilen, bemerken wir erst so richtig, wie bequem und voller Privilegien unser Leben eingerichtet ist, und wahrlich, wir sollten nicht nur mit Worten für die Überwindung des Unrechts kämpfen, sondern manchmal auch mit Taten.«

»Bravo«, sagte ein Senegalese, ein promovierter übrigens.

»Sehen Sie«, sagte der Weißgekleidete, »ich habe noch vier Stunden zu fahren. Glücklicherweise aber habe ich ein Buch dabei, ein Buch, das mir Gesellschaft leisten und mir gewiß helfen wird, über das, was ich soeben zu Ihnen gesagt habe, nachzusinnen. «

»Bravo«, sagte ich.

In diesem Augenblick ging im ganzen Zug wegen eines Elektroschadens das Licht aus, und da Nacht war, herrschte völlige Dunkelheit. Der Mann mit dem weißen Anzug stieß einen Seufzer aus. Augenblicklich wurden ihm die Schuhe gestohlen. Der Karren goß ihm heißen Kaffee über die Füße. Dem Schaffner gelang es, ihm in der Dunkelheit eine Buße abzuknöpfen, denn er hatte keine Rückfahrkarte. Ein Kind von rund sechs Jahren, das seit Stunden versuchte, zur Toilette durchzukommen ...

Doch genug davon. Als wir den Zielbahnhof erreicht hatten, sah ich den Weißgekleideten wieder, barfuß, ohne Krawatte, umgeben von vier Zigeunern. Er blickte mich an und sagte stolz:

»Daß Sie's nur wissen, ich habe meine Meinung nicht geändert!«

Und ich dachte bei mir:

Siehe, das ist ein Mensch.

EIN RUHIGER MANN

Doktor Panunzio, der Leiter des städtischen Büros für Empfänge und Ehrungen gemäß Vaterländischem Zeremoniell, ging nach langjähriger und allseits geschätzter Diensterfüllung in Pension. Über die Gratifikation hinaus wurde ihm ein Bakelit-Tintenfaß verehrt, dazu eine Plakette mit der Darstellung einer Buche und der Aufschrift *Aufforstungsmedaille,* die er entgegennahm, ohne um weitere Erklärungen zu bitten, denn er konnte nicht erwarten, nach Hause zu laufen, um sich endlich ausschließlich seinem Hobby zu widmen, der Zucht von Kletterschnecken.

Die Mitarbeiter des Büros reagierten mit beachtenswerter Gleichgültigkeit auf sein Ausscheiden, die einen gähnten, andere schlummerten während der Feier ein, wieder andere kratzten sich in anatomischen Vertiefungen. Einzig Doktor Mimicrini, Referent des Sektors Teppichentrollung, Botanische und Fanfarische Ehrungen, verfolgte den Abschied seines bisherigen Vorgesetzten aus der ersten Reihe mit schmerzlicher Anteilnahme, gegen Ende auch mit einer verstohlenen Träne.

War Doktor Mimicrini womöglich ein Mann von zarter Gemütsart? Hing er sehr an seinem Vorgesetzten? Rührten ihn festliche Anlässe generell, also Taufen, Hochzeiten, Beerdigungen? Wurde er von seiner Dienststelle bezahlt, um mit dem Schauspiel seiner Anteilnahme die allgemeine Leck-mich-am-Arsch-Haltung zu kompensieren?

Nichts von alldem. Doktor Mimicrini war wirklich betroffen. Nicht vom Abschied des bisherigen Leiters jedoch, sondern von der bevorstehenden Ankunft des neuen. Dies nämlich bedeutete für ihn harte Arbeit, mühevolle Nachforschungen. Es bedeutete, wenn das Wortspiel erlaubt ist, lauter neue Vorsätze mit dem neuen Vorgesetzten.

Doktor Mimicrini hatte nämlich für sein Leben nur eine einzige klare, bestimmende Meinung, von der er nicht abrücken wollte, nämlich die, keine eigene Meinung zu haben. Als Untergebener (mithin) ausschließlich die Meinung seiner Vorgesetzten zu haben. Als theoretische Folge (mithin zum zweiten) ihre Meinungen von Grund auf zu kennen. Als praktische Konsequenz (mithin zum dritten) sein Verhalten in allem und bei allem ihren Meinungen anzupassen.

Im Fall von Doktor Panunzio war es Mimicrini vor Jahren nach nur einem einzigen Monat intensiven Studiums gelungen, sein Vorhaben so erschöpfend in die Tat umzusetzen, daß er sich gar nicht mehr daran erinnern konnte, welche Meinungen, Vorlieben oder Neigungen er übernommen hatte und welche ihm schon vorher zu eigen gewesen waren, so sehr waren ihm diejenigen seines Vorgesetzten in Fleisch und Blut übergegangen. Die politischen Ansichten zum Beispiel, eine puritanisch wohlanständige Regierungstreue mit Widerwillen gegen den Süden des Landes, eine gewisse Frauenfeindlichkeit mit darunter zu erahnenden lolita-seligen Phantasien, Vorliebe für lateinische Zitate, Pfeifenrauch, englische Schuhe, die Nationalmannschaft, den Schauspieler B., den Fernseh-

Kondukator T., für etwas gewagte Witzchen, Bleistiftanspitzer mit Fallbeilmechanismus, für Mißtrauen gegenüber den Ärzten und Gespräche über Magengeschwüre, die als Krankheit der Auserkorenen begriffen wurden. Schließlich für Eclairs, Reisebücher und vor allem die Schnecken, genauer die Terrarienzucht von Kletterschnecken.

Das Magengeschwür, daran erinnerte er sich gut, war nicht durch Vererbung bedingt, sondern erworben. Mimicrini hatte es sich durch übermäßigen Verzehr von Gebratenem geholt, dabei hätte er von sich aus eher zu Bronchitis geneigt. So hatte er sich ein ausgezeichnetes Gesprächsthema mit Panunzio verschafft. In Sachen Schnecken war alles viel einfacher gewesen, da er sie schon immer sympathisch gefunden hatte, vor allem wegen dieser schönen, beruhigenden Erfindung des Hauses auf dem Rücken. Sein Chef züchtete Zwergkletterer, er selber Kopfsalatzyklopen, aber diese kleinen Unterschiede waren nur gut, durch sie blieb ihr Verhältnis im Einklang, ohne zum Gleichklang zu verflachen.

Denn nicht Kriechertum bewegte unseren Helden. Nein, Doktor Mimicrini strebte nicht nach Beförderungen, er wollte nicht auffallen. Er wollte nur einfach in aller Ruhe arbeiten, dieselben Meinungen haben wie sein Vorgesetzter, denn Ungehorsam lag nun mal nicht in seiner Natur, er haßte jeden Zwist, Herausforderungen, Konkurrenz, er wollte es allen recht machen und vor allem seinem Vorgesetzten. Rebellion hatte für ihn nichts Ethisches oder Heroisches an sich: Er war dazu geboren, keine Meinung zu haben. Allein schon das Wort »Meinung« erfüllte ihn mit Entsetzen, die Vorstellung, eine Vorstellung im Kopf zu haben, quälte ihn, war für ihn wie eine Krankheit, ein ansteckender Virus, der sein

Hirn mit weiteren Vorstellungen überschwemmen würde. Er erinnerte sich noch daran, wie er bei seinem Studium vor Jahren entdeckt hatte, daß Schnecken Zwitter sind. Das erfüllte ihn mit Ekel: War am Hobby seines Vorgesetzten am Ende etwas Perverses? Und wenn, mußte er ihm auch darin folgen? Und er träumte von seinem Chef: Er war schwarz und schleimig wie eine Schnecke und ließ eine obszöne, gespaltene Zunge hervorschnellen. Mimicrini konnte nachts nicht schlafen, doch dann begriff er. Was konnte es Schöneres geben? Ist so ein Zwitterdasein nicht eine Möglichkeit, geschlechtliche Differenzen zu beseitigen, Entscheidungen und damit Meinungen überflüssig zu machen? So war er dahin gelangt, daß er dreitausend Schnecken besaß; und seit einer Woche verspeiste er sie in großen Portionen: gekocht, mit Tomaten, Petersilie und Knoblauch, mit Kräuterbutter und auf Barceloneser Art, denn er mußte für eventuelle Hobbys des neuen Vorgesetzten Platz schaffen.

Nur Geduld, sagte er sich, während er gemeinsam mit den anderen Angestellten wieder zur Arbeit schritt und Panunzio für immer und ewig im Fahrstuhl verschwand. Er hatte schon vier Regierungsdirektoren erlebt und sich einem jeden von ihnen angepaßt wie ein Handschuh, durch seine große Geschicklichkeit darin, jede ihrer Vorlieben bis ins Detail aufzuspüren. Nun stand ihm eine etwas schwierige Zeit bevor, ein Monat, vielleicht zwei. Dann würde alles wieder in Ordnung kommen, wie immer. Die Meinungen des Chefs würden seine eigenen werden und mit ihnen unmerklich auch die dialektale Färbung, sogar die Gangart. Anfangs würde es ein wenig Gefrotzel seitens der anderen Mitarbeiter geben, aber an deren Gefrotzel war er gewöhnt, und es hielt auch nie lange an. Im Grunde war Mimicrinis Nachahmung bescheiden, unauffällig, hündisch, gar nichts im Vergleich mit der Schmeichelei und Schleimerei so vieler anderer Kollegen. Ich werde es auch diesmal schaffen, sagte sich Mimicrini immer wieder, während er seelenruhig den Bleistift anspitzte, schließlich habe ich nur ein einziges Talent im Leben: keine eigene Meinung zu haben.

Der neue Leiter hieß Ialini. Am Tage seines Dienstantritts saß Mimicrini nervös wie ein Spürhund am Schreibtisch. Er hatte sich so neutral wie möglich gekleidet, hatte keine Zeitungen (wehe!) mitgebracht, denn er wollte abwarten, als was für einer der Neue sich präsentierte. Er hatte den Aschenbecher versteckt, doch in der Tasche hielt er Zigaretten, Zigarren und Pfeife parat, um jeglicher Tabakvorliebe des Chefs sekundieren zu können. Sein Schreibtisch war aufgeräumt, aber nicht fanatisch ordentlich. Ein kleines Foto seiner Frau war diskret sichtbar aufgestellt, aber er hatte ein viel größeres in der Schublade, dazu ein Portrait seiner Eltern, falls Doktor Ialini sogleich einen Hang zum Familiensinn an den Tag legen sollte. In einer anderen Schublade bewahrte er Fußball-Toto-Scheine auf, dazu ein Dutzend Wimpel der prominentesten Mannschaften des Landes, einen ordentlichen Arzneimittelvorrat und zwanzig Taschenbücher, für jede literarische Tendenz eins.

Fundamental und wesentlich würde es jedoch sein, die politischen Ansichten des Oberen zu erkennen. Vor wenigen Monaten hatte im Lande durch Wahlen ein politischer Wechsel stattgefunden. Obwohl die neue Regierung sich gar nicht so sehr von der alten unterschied, behaupteten viele, etwas Neues, eine Wiedergeburt sei im Gange.

Gewiß hatte dieser Wechsel die bereits reichlich verwirrten Geister im Lande vollends verwirrt. Und da das Büro für Empfänge und Ehrungen für die Ausrichtung sämtlicher offizieller Zeremonien verantwortlich war, galt es, die politischen Ansichten des Vorgesetzten unmittelbar zu erkennen, schließlich gab es neben den Standardabläufen auch heikle kleine Entscheidungen, die einiges über die Hierarchie der Mächte aussagten und darüber, welchen Grad an Wertschätzung der jeweilige Staatsgast genoß. Hundert Meter roter Teppich aus Damast, geht klar, aber ein alter oder ein neuer? Hyazinthenkränze oder Kameliensträuße? Kapelle, aber wieviel Musiker? Undsoweiter.

Daraus, daß Doktor Ialini diesen Posten bekommen hatte, ließ sich schließen, daß er regierungsfreundlich eingestellt war. Doch wehe, man gab sich mit dieser ersten beruhigenden Analyse zufrieden. War er glühend oder zögernd regierungsfreundlich, bewunderte er die Falken in der Regierungspartei oder eher den laschen Flügel, war er rückwärtsgewandt oder reformfreudig, hegte er gegenüber der Opposition eingefleischten Haß oder gleichgültige Toleranz, war er vielleicht sogar (o ja, auch diesen Fall hatte es vor Jahren einmal gegeben) ein Sympathisant der Opposition, den die Wechselfälle des Schicksals dazu zwangen, dem Lande im Sold des Gegners zu dienen und die eigenen Ideale zu unterdrücken? Auch zu dieser Metamorphose war Mimicrini bereit, auch zu dieser Loyalität im Verborgenen. Um all diese Fragen zu klären, hatte er einen ausgeklügelten Test vorbereitet, auf dessen Ergebnis er seine gesamte künftige Strategie aufbauen würde.

Das Büro für Empfänge und Ehrungen war hufeisenförmig angelegt. Man betrat es bei den Direktionsbüros, dann durchschritt man eine langgestreckte Kurve, von kleinen Fenstern durchbrochen, durch die man die anderen Ministerien der Stadt bewundern konnte. Schließlich gelangte man zum Flur der Mitarbeiter. Mimicrinis Schreibtisch war der erste, und direkt über seinem Kopf prangte eine Titanographie des Staatspräsidenten, die bei jedem Amtswechsel auf den neuesten Stand gebracht wurde. Über den Präsidenten wurde wegen seiner unternehmerisch-gangsterhaften Vergangenheit ganz ordentlich geklatscht. Unmöglich, dieses Kolossalporträt ohne die geringste sichtbare Regung von Zustimmung oder Ekel anzusehen: Diese kleine Schwingung würde ein Donnerhall für Mimicrinis empfindliche Sensoren sein. So wartete er also.

Doktor Ialini erschien pünktlich, sagen wir mit eineinhalb Minuten Verspätung, also pünktlich, wenn auch nicht überpünktlich, und stellte sich den Mitarbeitern mit einem Lächeln vor. Was für einem Lächeln? Niemand fand ein Adjektiv, das es hätte beschreiben können, und voller Enttäuschung war auch Mimicrini nicht dazu in der Lage. Es war kein nur förmliches, aber auch kein warmes Lächeln. Es war aufrichtig, aber ein wenig flüchtig. Kurz, es ließ vom Charakter des neuen Regierungsdirektors nichts erkennen.

Auch seine Art, sich zu kleiden, war schwer interpretierbar. Ialini trug einen grauen Anzug von zurückhaltendem Schnitt, doch die Krawatte war auffällig gelb. Seine Schuhe waren recht elegant, vorne spitz, doch unter dem Jackett schaute eine schlichte Strickweste hervor, die irgendwie an Mottenfraß denken ließ. Als hätte er sich beim Anziehen aus vier verschiedenen Garderoben bedient. Dieses verursachte in Mimicrinis Magen einen leichten Krampf. Zudem hatte der neue Leiter keine

Zeitungen unter dem Arm noch Abzeichen am Revers, er legte keinerlei dialektalen Akzent an den Tag, weder humpelte er noch hatte er Ticks oder zog er Grimassen. Maßvoll herzlich händeschüttelnd schritt er durch den Flur, er wechselte förmliche Grußworte mit den Vizedirektoren und näherte sich endlich dem entscheidenden Ort, dem Eingang zum Flur der Angestellten, wo ihn riesig und verführerisch das Präsidenten-Porträt erwartete. Ialini kam vorüber und schaute.

Also, in dreißigjährigem Dienst war Mimicrini noch nie auf einen solchen Blick gestoßen. Absolute Leere, mehr war darin nicht zu sehen. Nicht das winzigste Anzeichen von Zustimmung oder Ablehnung, nicht einmal zur Schau getragene Gleichgültigkeit, gar nichts. Ein tibetanischer Mönch hätte nicht ausdrucksloser dreinschauen können.

Nun also trat Ialini vor seinen Schreibtisch. Er drückte ihm die Hand, weder fest noch schlapp. Und sofort ließ Mimicrini die erste Falle zuschnappen.

»Wir sind sehr geehrt, daß wir für Sie arbeiten dürfen, Herr Regierungsdirektor«, sagte er, »und ebenso hoffen wir, daß Sie sich darauf freuen, in einer Atmosphäre schaffensfroher Kooperation mit uns tätig zu sein.«

Nun konnte Ialini drei verschiedene Seelenregungen an den Tag legen. Entweder ein gewisses Befremden über diesen Angestellten, der ihm sofort vertraulich und schwatzhaft auf die Pelle rückte. Das bedeutete: ein autoritärer und menschenfeindlicher Vorgesetzter, bei dem es schweigen und sich ducken heißt.

Oder er konnte etwas verlegen danken und mit ein paar passende Bemerkungen reagieren: Indizien für einen schüchternen Vorgesetzten, der vor klaren Urteilen zurückschreckt, einen also, der sich mit Komplimenten und kleinen Aufmerksamkeiten gefügig machen läßt.

Dritte mögliche Reaktion: eine kumpelhafte, joviale Antwort, also ein extrovertierter, etwas ranschmeißerischer Vorgesetzter, kein großer Arbeiter, einer, der zu Vertraulichkeiten im Erotischen und Gesprächen über Fußball neigt; der am einfachsten zu behandelnde Typ.

Nun gut, Ialini besah ihn mit einem ätherischen Lächeln und antwortete:

»Natürlich ...«

Und entschwand. Mimicrini mußte sich eingestehen, daß er nicht in der Lage war, diese artige und etwas distanzierte Reaktion zu klassifizieren. ›Dieser Gegenstand‹, dachte er, ›verlangt nach einem langen, genauen Studium.‹

Der folgende Monat war der angstvollste seines Lebens. Er entdeckte nichts, nicht den kleinsten Hinweis, nicht das winzigste Detail, das auf Ialinis Charakter oder Meinungen hätte schließen lassen. Der neue Chef war der schlimmste, den er sich vorstellen konnte, in höchstem Maße ungreifbar, vieldeutig, unstet. Eine solche flüchtige, bruchstückhafte Persönlichkeit ist die einzige, die sich nicht imitieren läßt, nur hin und wieder kann man sich ihr mit großem Energieaufwand und Mühen ein wenig annähern. So antwortete der Direktor auf Mimicrinis Frage, ob er auf seinem Schreibtisch einen Aschenbecher wünsche oder vielleicht auch zwei, er sei nur ein »Gelegenheitsraucher«. In der Tat rauchte er an den ersten drei Tagen nicht, und Mimicrini desgleichen. Dann kam er plötzlich und unerwartet mit einem hellen toskanischen Stumpen in der Tasche daher, einer von der Sorte, die sich nur in gewissen prähistorischen Tabakläden am

Stadtrand auftreiben lassen. Am nächsten Morgen stand Mimicrini um halb sieben auf, um auf die Suche zu gehen, doch erfuhr er zu seinem Entsetzen von der Sekretärin Wanda, seiner Informantin, daß der Direktor an diesem Morgen eine Mentholzigarette geraucht hatte. Und so rauchte er unsystematisch weiter, mit krausem Eklektizismus, er ließ halb zu Ende Gerauchtes liegen, trat mit Tirolerpfeifen auf, die er stopfte und dann wieder in die Tasche steckte, dann zog er amerikanische Zigaretten hervor, ließ die Päckchen aber ungeöffnet auf seinem Schreibtisch liegen, was die Ratlosigkeit nur förderte.

Keiner von Mimicrinis Verhaltenstests griff bei ihm, er glitschte weg wie ein Aal. Auf die Frage, ob er im Büro übliche Bleistiftanspitzer oder welche mit Fallbeilmechanismus vorzog, antwortete er: »Mir sind beide recht«. Gefragt, ob er morgens ein paar Zeitungen auf seinem Schreibtisch wünsche, sagte er, er lese sie zu Hause, ohne zu verraten, welche. Als man ihm den Kalender der Firma, die die Blumen lieferte (zwölf Provence-Landschaften), und den des Teppichlieferanten (zwölf in Damast gewickelte Pin-ups) vorlegte, gab er Anweisung, beide aufzuhängen, denn vielleicht »kommen eines Tages Leute von beiden Firmen hierher«.

Nicht einmal sein Schreibtisch, dieser Spiegel der Seele, gab entscheidende Indizien preis. Er war nicht unordentlich, doch war es schwierig festzustellen, welche Art Ordnung herrschte. Weder eine manische noch eine hierarchische noch eine geometrische, weder eine graphische Kugelschreiber-Apotheose noch eine Terminkalender-Emphase, weder zensorenhafte Radiergummi- und Tintenfleckentferner-Zwangsvorstellungen noch Papiermesser- und Heftklammersadismus. Die Persönlichkeit offenbarte sich nicht in Form von Gekritzel auf Zetteln, nur selten einmal sah man Arzneimittel oder Bonbons, einzig und allein tauchten dann und wann ein paar Lakritzpastillen auf, immer verschiedene Marken, zeitgleich mit leicht angerauhter Stimme. Es gab kein Foto von Frau und Nachkommenschaft, nur den Schnappschuß einer rund zwanzigköpfigen Gruppe vor alpinem Hintergrund, auf dem er lächelnd zwischen einer Frau und einem Jungen stand. Das Foto schien schon älter zu sein, und auf die Frage seiner Sekretärin, wen es zeige, antwortete Ialini »eine Wanderung«. Daraus mochte man fern auf eine Berg-Leidenschaft schließen, doch kaum hatte Mimicrini seinen Schreibtisch durch einen hölzernen Postkartenständer mit der Inschrift »Seiser Alm« verziert, erschien auf dem Schreibtisch des Direktors eine riesige tropische Muschel. Bei der Witzprüfung, abgehalten vom offiziellen Erzähler, Vizedirektor Baratta, lachte Ialini gleichermaßen über den rassistischen Witz wie über den englischen, den leicht politischen, den kindischen, den versauten. Ein Kinderlachen, kurz und schlau, wie von einem, der gleich weiterspielen will oder eher weiterarbeiten. Die Blicke, mit denen er Wanda auf den Hintern schaute, waren nicht so neutral, daß sie ohne ein gewisses ästhetisches Vergnügen gewesen wären, doch hinreichend abgeklärt, um priapcische Absichten ausschließen zu können. Die Beziehungen zum Personal waren von einer etwas vertrackten Herzlichkeit. Nach einem Monat antworteten alle im Büro auf die Frage, ob der neue Direktor ihnen sympathisch sei, mit einer Reihe von Umschreibungen, vielleicht ja, vielleicht nein, mal so, mal so, wenn sie aber genauer sagen wollten, bei welchen Gelegenheiten, konnte niemand ein angenehmes Erlebnis anführen, ebensowenig einen widerlichen Auftritt.

Da ging Mimicrini zum Angriff über. Vor allem anderen analysierte er Ialinis Montags-Laune, was zu der Schlußfolgerung führte, daß er Fan einer Fußballmannschaft der Stadt war. So versuchte er es mit der Vaterlandsliebe und teilte dem Direktor eines Tages mit, wie sehr er eine enttäuschende Leistung der blauen Trikots bedauert habe.

»Haben Sie das Spiel gestern gesehen?« warf er ihm hin, gemeinsam mit einer Akte.

»Nur zum Teil«, antwortete Ialini, »mein Fernseher ist nicht ganz in Ordnung.«

»Es war ein besonderes Spiel ...«

»Tja, der Gegner war gut organisiert ...«

»Donaggio hat mich ein bißchen enttäuscht ...«

»Donaggio ist Nummer acht, nicht wahr?«

»Ja, er war der Mittelstürmer.«

»Tja, das ist eine besonders schwierige Aufgabe.«

»Bei Internacional spielt Donaggio oft Rechtsaußen. Die Spiele von Internacional sehe ich oft. Und Sie?«

»Ich freue mich immer über ein gutes Spiel ...«

»Ich mich natürlich auch ...«

»Muß ich hier unterschreiben?«

»Genau. Danke ...«

»Bitte ...«

Nach dieser mitreißenden Unterredung ging Mimicrini zu regelrechten polizeilichen Ermittlungen über. Er bestach eine Sekretärin der Personalabteilung und ließ sich den Lebenslauf des Direktors bringen. Wie befürchtet: nichts Besonderes. Ialini war verheiratet, hatte einen Sohn, er hatte immer in diesem Ministerium gearbeitet, war dreimal versetzt und ansonsten ganz automatisch befördert worden. Ein Anruf bei einer Kollegin in Ialinis voriger Abteilung bestätigte seinen Verdacht, daß niemand eine genaue Ahnung von dessen politischen Ansichten hatte, daß man ihn als »einen tüchtigen, vielleicht etwas langweiligen« Kollegen im Gedächtnis behielt, sich aber an keinen Vorfall erinnerte, der besondere Kommentare oder gar Gerede ausgelöst hätte.

All diese intensive Ermittlungsarbeit hatte keinen positiven Einfluß auf Mimicrinis Arbeit. Er arbeitete lustlos, wahrte gerade bloß den Standard, suchte für jede Zeremonie die am wenigsten risikoreichen Lösungen. Am Ende verwendete er immer denselben Teppich, hundertzwanzig Meter, und immer dieselben Blumen, Kamelien. Zum Glück fanden zu jener Zeit in der Stadt keine wichtigen Feierlichkeiten statt, und niemand bemerkte Mimicrinis unengagierte Entscheidungen. Zudem war unser Held deprimiert: Seit zwei Monaten hatte er kein Hobby mehr, er las fast nicht mehr, er ging nicht ins Stadion, kannte sich nicht mehr mit dem Stand der Liga aus, auf seinem Schreibtisch standen planlos nebeneinander Meeresmuscheln und Dolomiten-Steinchen, Fotos seiner Frau und anrüchige Kalenderchen, Pfeifen und Zigarillos, dosenweise Lakritz und Buntstifte verschiedenster Größe und Ausführung.

Eines Tages unternahm er eine Verzweiflungstat und simulierte eine Attacke seines Magengeschwürs. Er wurde tatsächlich blaß (so weit ging sein Talent!), beugte den Kopf über den Tisch und rülpste wie ein Ferkel. Vom Lärm angelockt, erschien Ialini.

»Es ist nichts, das überkommt mich manchmal«, ächzte Mimicrini unter geheuchelten Schmerzstichen.

»Ich kann es Ihnen nachfühlen«, sagte Ialini.

Mimicrinio schaute so ruckartig auf, daß ein Kollege dachte, er müsse sich erbrechen, und ihm den Kopf hielt.

»Haben Sie auch Magengeschwüre?« fragte er mit hoffnungsbebender Stimme.

»Nein«, antwortete Ialini, »aber ein entfernter Cousin von mir.«

Mimicrini brach auf dem Schreibtisch zusammen. Zum ersten Mal in seiner Karriere als Chamäleon mußte er sich geschlagen geben. Er würde mit einem Vorgesetzten leben müssen, der ihn vielleicht im geheimen verachtete, mit einem Mann, den er so gut wie jederzeit aufbringen, anwidern, enttäuschen konnte: Zwischen ihnen beiden würde kein heiterer Einklang herrschen können, keine beruhigende Symbiose. Er verkroch sich in seiner Isolation wie ein alter Dachs. Sein Schreibtisch wurde zu einer Wüste. Er rauchte nicht, lachte nicht, redete einsilbig, arbeitete immer widerwilliger. Anfangs schoben seine Kollegen diese Verstimmung auf die angegriffene Gesundheit, das Geschwür. Dann kam das Gerücht auf.

»Mimicrini kommt mit dem neuen Abteilungsleiter nicht zurecht.«

»Warum denn?«

»Das weiß niemand, mit den anderen hat er keine Probleme gehabt, mit diesem offenbar schon. Die mögen sich nicht.«

Eines Tages jedoch, als Mimicrini sich zum Ort seiner Qualen schleppte, schien das Schicksal Mitleid mit seinem Zustand zu empfinden. Sowohl er als auch der Regierungsdirektor waren einige Minuten zu früh dran. Und so konnte Mimicrini, als er durch die angelehnte Tür spähte, sehen, daß Ialini mit großem Interesse eine Zeitschrift las. *Eine Anglerzeitschrift!*

Er stürzte auf die Straße und nutze die wenigen Minuten, die ihm bis zum Arbeitsbeginn noch blieben. Da lag die Zeitschrift schon auf seinem Schreibtisch, dazu ein Sortiment künstlicher Köder und ein Buch über Lachse.

Als Ialini bei ihm vorüberkam, sah er neugierig hin und sagte:

»Das sind Forellenköder, nicht wahr?«

»Ja«, sagte Mimicrini, »verstehen Sie etwas davon?«

»Ein wenig«, antwortet Ialini mit schiefem Lächeln.

Die Hoffnung hielt wieder Einzug in Mimicrinis chamäleontischem Herzen. Er schaffte sich eine komplette Angler-Ausrüstung an, dazu Dutzende Bücher, und lernte ununterbrochen. Nach einem einzigen Wochenende wußte er mehr über Forellen als das ganze Ministerium für die Fischerei in Staatsgewässern zusammen.

Am Montag wieder im Büro, prahlte er von Gemetzeln, die er unter Karpfen angerichtet haben wollte, er zeigte Sechzehner-Haken vor, imitierte mit zweideutigem Geschwänzel den Karpfen, der sich mit aufgerissenem Maul dem verhängnisvollen Polenta-Happen naht, und schilderte mit großem Erfolg die Invasion der sowjetischen Welse in den italienischen Weihern.

Gleich an jenem Nachmittag wurde er zu Ialini gerufen. Das Herz schlug ihm bis zum Halse, als er sah, daß der Abteilungsleiter auf ihn wartete, die Zeitschrift in der Hand.

»Man sagt mir, Mimicrini«, begann er, »Sie seien ein erfahrener Angler ...«

»Ach, na ja, Doktor ... ein Hobby, mehr nicht. Aber Sie wissen ja selbst *(und er zwinkerte),* daß es auch zu einer Art Krankheit werden kann ... ich meine, wenn der Silberblinker, von der elastischen Carbon-Rute geschleudert, den fernen Tiefen zustrebt, wo der Königsbarsch in seiner schimmernden Bronzerüstung steht ...«

»Gewiß, ich verstehe, Hobbys sind eben etwas Mitreißendes ... nun gut, hätten Sie Lust, diesen Samstag am Po angeln zu gehen?«

»Oh, Herr Doktor«, sagte Mimicrini, einen Kloß im Hals, und mehr brachte er nicht heraus. Sie beide zusammen im Nebel am Ufer des Eridanus der Antike, einander hilfsbereit eifrig die Würmer reichend. Welch ein Traum!

»Ich weiß, ich bitte Sie da um einen großen Gefallen«, seufzte Ialini, »aber wir haben dieses Rundschreiben hier vom Innenministerium erhalten, in dem es um ein Wettangeln unter den Angestellten geht. Jede Dienststelle muß einen Kandidaten entsenden, ich verstehe nichts davon, und ich sage es ihnen ganz ehrlich, ich habe noch nie geangelt und finde das Angeln recht, wie soll ich sagen ... also irgendwie ...«

»Unbedeutend?« schlug Mimicrini mit unterdrücktem Schluchzen vor.

»Ach, nicht unbedingt, aber doch ... also, wo Sie sich so gut auskennen, und wenn Sie bereit wären, teilzunehmen und die Ehre unserer Dienststelle zu verteidigen ...«

»Nein«, sagte Mimicrini, »ich finde Angeln langweilig.«

»Aber ich dachte ...«

»Langweilig!« wiederholte Mimicrini fast unter Tränen und veließ das Büro, bucklig wie ein Karpfen.

Eine Woche lang sprach er nicht. Doch der schützende Gott erbarmte sich seiner. Eines Morgens traf unerwartet ein Fax ein und brachte mit einem Schlag die Wende:

Am 12. April wird der Staatspräsident aus Anlaß der Einweihung des Sportzentrums für Jungindustrielle Ihre Stadt besuchen. Ihnen obliegt die Organisation der Empfangszeremonie am Flughafen.

Mimicrini schoß vom Schreibtisch auf, einen animalischen Ausdruck in den Augen. ›Jetzt bist du dran‹, dachte er, ›verfluchter Aal, schlüpfriger Quecksilbertropfen. Diesmal gehst du mir ins Netz.‹ Er klopfte bei seinem Vorgesetzten an und betrat das Büro derart entschlossen, daß der andere von seinem Stuhl hochschrak.

»Ist etwas nicht in Ordnung, Mimicrini?«

Der legte das Fax energisch auf den Schreibtisch.

»Nächste Woche kommt der Staatspräsident. Nun, wie Sie wissen *(er skandierte die Wörter wie Revolverschüsse)*, gibt es für alle Zeremonien Standardschemata gemäß den Vorschriften für unseren Sektor, müssen bei Besuchen *Ersten Grades* – und genau um einen solchen handelt es sich hier – sämtliche Entscheidungen vom Direktor vorgegeben werden, *und zwar jede einzelne.«*

Ialini schien die Ruhe nicht zu verlieren.

»Aber ich vertraue Ihnen, Mimicrini ... Sie wissen ganz gewiß genau, was zu tun ist.«

»Nein!« Mimicrini schrie beinahe. »In diesem Fall gibt es Entscheidungen, die ich nicht allein treffen kann, denn sie verlangen die Beachtung der Sondervorschriften des Ehrungsgesetzes von Juni 1986, außerdem werden die Sicherheitsnormen für einen Besuch erster Klasse in Anwendung gebracht, welche nur Ihnen bekannt sind. Und schließlich habe ich bislang bei jedem Besuch des

Präsidenten alles mit dem Leiter abgesprochen und habe daher keinerlei Erfahrung damit, selbständig Entscheidungen zu treffen.«

»Ich verstehe nicht, was das bedeutet«, sagte Ialini mit leicht brüchiger Stimme.

»Das bedeutet, ich muß Ihnen die verschiedenen Möglichkeiten vortragen, *aber entscheiden müssen Sie!«*

»Geht es nicht anders?« Ialini zündete sich eine Mentholzigarette an.

»Es geht nicht anders.« Mimicrini zündete sich eine Mentholzigarette an.

»Nun, dann fangen Sie einfach an«, seufzte Ialini.

Mimicrini beobachtete wie ein Falke die Reaktionen seiner Beute und legte los:

»Zunächst: der Ehrenteppich auf der Rollbahn. Altes oder neues Modell? Die Länge: hundert, hundertfünfzig oder hundertachtzig? Absperrung mit rotem Seil auf den ersten dreißig Metern oder über die gesamte Länge? Extra-Baldachin für den Regenfall?«

»Hm«, überlegte Ialini. »Wie wurde es denn beim vorigen Präsidentenbesuch gehandhabt?«

›Bastard‹, dachte Mimicrini. Dann zählte er eiskalt auf:

»Amarantroter Versailles-Teppich, hundertfünfzig Meter, Seil auf den ersten dreißig Metern, kein Baldachin, aber es war Juli.«

»Wir können dasselbe nehmen, finden Sie nicht?«

»Das hängt davon ab«, zischte Mimicrini, »ob Sie der Meinung sind, daß die Zeremonie nicht aufwendiger sein sollte als die letzte. Also daß keinerlei Unterschied gemacht wird. Wie Sie aber wissen, wirft man dem Präsidenten vor, er führe die Politik des alten Regimes unverändert weiter, und dieses Fehlen eines Unterschiedes könnte ja mißverstanden werden ... wie soll ich sagen ... als eine ironische Hervorhebung dieser Kontinuität.«

»Ich verstehe«, sagte Ialini. »Na, dann ändern wir eben eine Kleinigkeit, das ist nicht der wichtigste Teil, fahren Sie fort.«

»Dann das kleine Mädchen, das den Präsidenten unten an der Gangway erwartet. Wir haben drei Möglichkeiten:
a) Mädchen aus dem Volke mit Feldblumen und Ähren, ein deutlicher Hinweis auf die Welt der Arbeit;
b) sportlich, leicht militärisch gekleidetes Mädchen mit weißen Blumen, die es hält wie eine Fackel. Signal für Ordnung, eine Verbeugung vor Heer und Tradition;
c) anmutige Tochter eines lokalen Prominenten, sie offeriert ein hiesiges Produkt, eine Süßigkeit, Schrauben, Marmor, eine Pistole, Wurstwaren ...

Sich für einen Prominenten zu entscheiden bedeutet natürlich, viele andere auszuschließen, dasselbe gilt für das Produkt ...«

»Das Problem werden wir lösen.« Ialini zündete sich eine Zigarre an. »Weiter.«

»Gut, das Zeremoniell sieht also vor, daß der Präsident, nachdem er das Mädchen geküßt hat – einmal oder mehrmals, unter freiem Himmel oder unter dem Baldachin – vor eine Abordnung von örtlichen Würdenträgern tritt, deren Zusammensetzung nicht wir zu verantworten haben, zum Glück. An dieser Stelle beginnt die Kapelle zu spielen. Folgende Kapellen sind für Zeremonien erster Klasse vorgesehen:

Polizeikapelle, Spezialität: Nationalhymnen;
Kapelle der Steuerfahndung, Spezialität: Märsche;

Kapelle der Scharfschützen, Spezialität: Galopp und Angriffssignale;
Kapelle der Alpenjäger, Spezialität: Hochgebirgschöre und –lieder;
Kapelle des Roten Kreuzes, Spezialität: Verdi-Märsche und Dixieland;
Kapelle des Kriegsversehrtenverbandes, Schützengraben-Gesänge;
Kapelle des Partisanenverbandes, Kampf- und Tanzlieder;
Kapelle der Waisenkinder, Musik jeder Art, inklusive Erkennungsmelodien der Fernsehsendungen;
Kapelle des Konservatoriums, Opernouvertüren.«

Lange Pause. Ialini studierte aufmerksam die Regelungen der vergangenen Präsidentenbesuche: Kosten, Daten, Maße. Er las die Zeitungsausschnitte. Konsultierte den Katalog der Blumenträgermädchen. Dann stand er auf und begann, langsam seinen Stuhl zu umrunden, so daß Mimicrini, um ihn im Auge zu behalten, gezwungen war, eulengleich mit dem Kopf zu kreisen. Zum ersten Mal wurde ihm bewußt, welche hypnotische Faszination von Ialinis neutraler, farbloser Stimme ausging.

»Schon als ich Sie am ersten Tag gesehen habe, Mimicrini, habe ich sofort begriffen, was für ein Mann Sie sind. Ein Mann, sagen wir es einmal so, der nicht gern eine eigene Meinung hat.«

»In einem gewissen Sinn ...«

»Sie brauchen sich nicht zu verstellen«, fuhr Ialini fort, »ich bin seit vielen Jahren Abteilungsleiter, ich durchschaue meine Angestellten. Von Anfang an haben Sie versucht, herauszufinden, wer ich bin, welche Vorlieben ich habe, Sie wollten mir gefallen, sich mir anpassen. Das ist kein Vorwurf, ich weiß, es handelt sich nicht um gewöhnliche Kriecherei, die Methoden der Schmeichler sind viel durchschaubarer. Ihre Versuche hängen mit ... einer Verdammnis zusammen, mit etwas, das Sie von Geburt an in sich tragen ... nennen wir es einmal, entschuldigen Sie den Ausdruck, einen Herdentrieb.«

»Aber ich wollte nicht ...«

»Rechtfertigen Sie sich nicht, ich kenne diesen Hunger nach Ruhe, das legitime Bedürfnis, mit der Welt im Einklang zu leben, ich verstehe, warum Sie der heiklen Welt der persönlichen Meinungen die schön gepolsterte Welt der Meinungen anderer vorziehen ... Meinungen, auf denen man sich ausruhen kann ... Sie sind gewiß nicht der einzige in diesem Land.«

»Ja.« Mehr brachte Mimicrini nicht heraus.

»Dann hören Sie mal gut zu«, sagte Ialini und neigte mit überraschender Vertraulichkeit seinen Kopf zu ihm hin, bis ihre Profile sich in peinlicher Intimität beinahe berührten, näher, als Mimicrini es je erträumt hätte. »Sie sind einem Irrtum erlegen, als Sie Ihre Anpassungstechnik auf mich anwenden wollten ... Sie haben versucht, meine Meinungen zu erkunden, Sie sind fast verrückt geworden, weil Sie sie nicht herausbekommen konnten, und das einfachste ist Ihnen überhaupt nicht eingefallen, Mimicrini, nämlich folgendes: *ich bin wie Sie.«*

Mimicrini riß die Augen auf. Der Abteilungsleiter legte ihm die Hand auf die Schulter und lächelte ihn wohlwollend an.

»Mir geht es genauso wie Ihnen, ich will keine eigene Meinung haben, sondern die derjenigen, die um mich herum sind. Also, jetzt gehen wir zusammen an die Arbeit und machen aus dieser Zeremonie etwas, woran niemand, ich meine wirklich niemand, irgendeinen Makel wird finden können, niemand soll auch nur den geringsten Anlaß zu Ablehnung oder Begeisterung haben. Der Präsident wird begrüßt, geehrt, mit Blumen überhäuft, er wird über den Teppich schreiten, Minderjährige küssen, Hymnen hören, aber am nächsten Tag wird niemand, ich meine wirklich niemand, sagen können, ob das Ganze zuviel oder zuwenig gewesen ist. Wir werden diesem Präsidenten genau in derselben Weise dienen wie dem vorigen und dem nächsten; Sie haben Talent und Erfahrung, ich auch, wir schaffen das.«

Mimicrini wußte nicht, was er sagen sollte. Die Spannung entlud sich in einem leichten Zittern seiner Knie; besorgt drehte er das Fax in seinen Händen hin und her.

»Regen Sie sich nicht auf«, sagte sein Abteilungsleiter ruhig, »Aufregung kommt einer Meinung schon bedrohlich nah, finden Sie nicht? Bringen Sie alle Unterlagen her. Wir werden die Nacht durcharbeiten, falls nötig.«

»Wir schaffen das«, sagte Mimicrini und stand entschlossen auf.

»Ja«, sagte sein Chef. Und als verlöre er auf einmal das Gleichgewicht, umarmte er seinen Untergebenen. So verharrten sie ein wenig, weder peinlich berührt noch glücklich, als stützten sie sich gegenseitig, als müßte, wenn der eine sich bewegt, der andere umfallen.

Und dann gingen sie ans Werk.

DER SCHWARZE KÖNIG

Der schwarze König betrat den Reitstall. In seinem ebenholzfarbenen Gesicht funkelten die wütenden Augen, die dem Feind in der Schlacht so viel Entsetzen einflößten. Er betrachtete die beiden Pferde, das weiße und das schwarze, Vollblüter von unvorstellbarer Schönheit. Nach gründlicher Erwägung bewegte er sich auf das weiße Pferd zu. Es dauerte kaum Sekunden: Mit einem doppelten Satz sprang das Pferd ihn an und setzte ihn matt.

Der König hatte etwas vergessen: Er war eine Schachfigur.

KÖNIG DER LAUNEN

Grand Hotel, fünf Sterne, im Flur vor der Kaisersuite.

Zwei Etagenkellner in roten Jacken spähen durch das Schlüsselloch.

»Ißt er?«

»Bis jetzt schnuppert er nur dran ...«

»Wie guckt er?«

»Kann ich nicht sehen, er sitzt mit dem Rücken zu uns. Er schnuppert immer noch dran ...«

»Hoffentlich ißt er's.«

»O Gott!«

»Was ist?«

»Irgendwas ist nicht in Ordnung ...«

Manrico Del Pietro, der größte Tenor der Welt, hatte angewidert das getrüffelte Spiegelei weggeschoben, das der Küchenchef des Grand Hotel nach vorheriger telefonischer Konsultation seines Leibkochs zubereitet hatte. Ein ultraschneller Wagen war durch die Provinz gerast, auf der Suche nach einem Ei vom Kornmasthuhn, das den Hintern seiner Herkunft vor nicht länger als einer Stunde verlassen haben durfte. Ein weißer Trüffel aus Monzumo war in durchscheinenden Spänen über das Spiegelei gehobelt worden. Über das Ganze hatte man sodann sechs Tropfen Olivenöl vom Landgut Del Pietros geträufelt. Ein Demi-Chef war vor Aufregung ohnmächtig geworden. Ein Soßenkoch-Lehrling, dem der Trüffel beinahe hinuntergefallen wäre, bekam eine einmonatige Sperre verpaßt. Mit dem Abendessen für die anderen Gäste war man bereits eine halbe Stunde im Rückstand. Und der launenhafte, unberechenbare, eigensinnige, göttliche, unnachahmliche Del Pietro konnte sich immer noch nicht entschließen, davon zu kosten. Riesig und felsengleich thronte er in seinem Sessel, in einen schwarzen Kimono gehüllt, die Mähne im Haarnetz, der gefärbte Schnurrbart unter den Lampen der Suite schillernd.

Sein Blick war scharf auf die Vorhänge gerichtet, die vor den Fenstern des Zimmers hingen; genauer, auf die rechte Ecke des mittleren Vorhangs, dorthin, wo sein Adlerauge eine winzig kleine Wallung wahrgenommen hatte.

Langsam und gemessen legte er die schwarze, mit seinem goldenen Monogramm bestickte Serviette hin.

»Oje, oje!« jammerten die Etagenkellner und nahmen Reißaus wie kleine Fischlein beim Nahen eines Hais. Der größte Tenor der Welt legte seine königliche Hand auf das Telefon und wählte die Nummer des Hoteldirektors.

»Was darf ich für Sie tun?« fragte eine entsetzte Stimme.

»Hier-ist Del-Pie-tro«, sang er auf a-a-h-c-a. Auf der anderen Seite kurzes Schweigen, dann seltsame, verwischte Geräusche. Der Hoteldirektor war von den Anrufen des Maestros so gestreßt, daß er jedesmal ein bißchen zusammenbrach und schnell wiederbelebt werden mußte.

»Ja, Maestro?« flüsterte er kaum hörbar.

»Ja-was-wohl?« (a-d-a)

Einen Augenblick später wurde das Hotel von einem Wutanfall des Tenors erschüttert. Seine Stimme wirbelte durch jedes der zweihundertsechs Zimmer wie ein Unwettersturm, die Kellner suchten in den Aufzügen Zuflucht, die Gäste unter den Betten, die Träger in den Schrankkoffern, in den Küchen kreiselten Töpfe und Pfannen, die Mayonnaisen mißrieten, die Köche zitterten wie Götterspeise – so gewalttätig brandete die Schallwelle dieser tobenden Stimme.

»Ein Luftzug!« schrie der Maestro. »In meinem Zimmer zieht es! Euer Wind ist ein Mörder, Gift für meine Stimme! Der giftige, faule Hauch der Stadt kriecht in mein Zimmer, verbreitet Pollen und Viren und beißt mir in die Kehle. Ich spüre schon, wie meine Stimme in die Knie geht, ich habe gedacht, ich bin hier in einem Grand Hotel, dabei ist es eine Spelunke, von wegen fünf Sterne, nicht mal den kleinsten Asteroid verdient die Bude, aber ich verklage euch, ich ruiniere euch, ich muß heute abend in der *Berenice* singen, und wenn mir die Stimme wegbleibt, dann wird dieses Hotel dem Erdboden gleichgemacht, und ihr sitzt alle auf der Straße *(hier holte er Luft und setzte einen Halbton höher wieder ein).* Ist das, frage ich euch, ist das der Respekt vor dem Mann, der den Namen des Unternehmens Italien in der Welt groß gemacht hat? Behandelt man so die goldene Stimme, die von der ›New York Times‹ der ›Schrein des Orpheus‹ genannt worden ist? Muß ich *(Schluchzer)* nach so vielen Jahren ehrlicher Arbeit in einem Iglu hausen, den Winden ausgesetzt wie irgendein Clochard?«

»Maestro, Maestro«, flehte der Direktor, »erlauben Sie uns, Abhilfe zu schaffen ...«

»Ich verlange sofort«, donnerte Del Pietro, *»primo*

eine Mannschaft Stukkateure, *secondo,* einen Ingenieur oder anderen Techniker, der die gesamte Belüftung des Zimmers kontrolliert! Wie oft habe ich euch gesagt, daß ich bei dreiundzwanzig Grad leben muß, erst gestern ist das Thermometer für eine geschlagene halbe Stunde auf einundzwanzig Grad gefallen, und jetzt weiß ich, warum, das liegt an diesem Luftzug, an diesem Wirbel, der durch das Fenster dringt, und damit nicht genug, der Kaffee ist heute früh mehr als zwei Minuten zu spät gekommen, und warum war eigentlich bei meinen Fruchtsäften zweimal Papaya dabei und Mango hat gefehlt, und warum hat man aus der Zeitung von heute nicht die Seite mit dieser widerlich begeisterten Kritik des Konzertes von diesem Möchtegerntenor Ambrassas entfernt, und warum haben meine Pantoffeln nicht parallel vor meinem Bett gestanden, so daß ich die Beine verdrehen und einen Sturz riskieren mußte, und warum war eigentlich gestern ...« schrie der Tenor, unterbrach sich dann aber, um auf die Uhr zu schauen.

»Bitte, bitte, sprechen Sie weiter«, winselte der Hoteldirektor.

»... warum war eigentlich gestern ... oh, basta, ich bin müde!« schloß Del Pietro und warf den Hörer hin. Wie viele wußten, waren seine Wutanfälle zerstörerisch, wurden aber von der Eigentümlichkeit gemildert, daß sie nie länger als achtzig Sekunden dauerten, um die Stimme nicht zu strapazieren. Außerdem war der Maestro nach jedem dieser Ausbrüche für ein paar Minuten allerbester Laune. Manche sagten, auf ihn wirke so ein Anfall wie ein Glas guten Weines. Und wer wollte dem größten Opernsänger der Welt nicht hin und wieder ein gutes Gläschen gönnen?

Der Direktor erschien umgehend, gefolgt von einer Mannschaft Stukkateure und einem Herrn in Astronautenanzug.

»Maestro, wir sind tief bestürzt über diesen Vorfall. Ich darf Ihnen Professor Maioli vorstellen, den Leiter des NASA-Programms für die hermetische Abdichtung der Raumkapseln. Man hat ihn in Rekordzeit mit dem Hubschrauber eingeflogen. Ich hoffe, Sie werden uns verzeihen können ...«

»Werden sehen, werden sehen«, wedelte Del Pietro großmütig mit der Hand, »na los, an die Arbeit!«

»Maestro, es ist mir eine Ehre«, sagte der Wissenschaftler, »letzten Monat habe ich Sie in Frankfurt in der *Tosca* gehört, ich muß sagen, ...«

»Ein Abend, an dem ich wirklich mein Bestes gegeben habe, in der Tat«, nickte der Tenor, »obgleich ich ein bißchen nervös war.«

»Ich erinnere mich an die Sache. Die Flugzeuge über Ihrem Hotel haben Sie gestört.«

»Ja, aber der Minister war recht entgegenkommend, was das anging, und hat den Flughafen für drei Stunden geschlossen. Nun gut, es gab da dieses kleine Mißgeschick mit dem Flugzeug aus Taiwan, das keinen Kraftstoff mehr hatte, aber große Kunst verlangt eben manchmal auch Opfer.«

»Maestro«, lächelte der Wissenschaftler, »man kann wirklich sagen, daß Sie nicht nur die letzte große Stimme der Oper sind, sondern auch der letzte der großen launenhaften Stars.«

»Das kann ich mir auch erlauben«, sagte Del Pietro. »Sehen Sie, Professor: Ich kann alles von jedem verlangen, aber niemand kann irgend etwas von mir verlangen. Das ist wahre Größe. Und jetzt werde ich, wenn Sie erlauben, mein Bad nehmen.« Der Maestro betrat das Badezimmer, es war vertragsgemäß schwarz gefliest. Hier erwartete ihn sein persönlicher Sekretär, Doktor Fedora, der einzige, der ihn ertragen konnte, denn kein Mensch auf der Welt war serviler und duckmäuserischer als er.

»Ist mein Bad bereit, Fedora?« erkundigte sich der Maestro. Er entstieg seinem Kimono und zeigte seine mächtige Physis, hundertdreißig Kilo Resonanzraum und erweiternde Rundungen, vielleicht ein paar zuviel, aber welche Frau hätte zum Maestro sagen mögen: »Sie zerquetschen mich?« Allenfalls seufzten sie: »Wie klein und zerbrechlich ich mich in Ihren Armen fühle«, und dann gingen sie hin und ließen sich die gebrochenen Rippen eingipsen.

»Wassertemperatur?« fragte Del Pietro.

»Sechsunddreißig Grad«, sagte der Sekretär.

»Badesalz?«

»Désir d'amour mit Sandel, numerierter Flakon, dazu je zehn Tropfen Immortelle und Eukalyptus.«

»Tiefe?«

»Achtzig Zentimeter.«

»Schwamm?«

»Ein sardischer von der Costa Verde.«

»Entchen?«

»Wie befohlen, ein weißes und ein rotes.«

»Mit Schraube?«

»Oh«, sagte Fedora, »ich meine, Sie haben die alten hölzernen haben wollen, die aus der Goering-Sammlung.«

»Nein, Fedora. Ich habe gesagt, die ›kleinen‹ Entchen.

Das bedeutet: die aus Plastik, die den Schnabel auf- und zumachen, quak quak sagen und immer im Kreis schwimmen. Wo sind sie?«

»Zum Glück habe ich sie hier in der Tasche, Maestro«, sagte der Sekretär, »hier sind sie, Marisina und Tommasina.«

»Marilisa und Teresina, Idiot«, sagte der Tenor und bestieg die Wanne wie ein Walroß. »Nicht wahr, du weißt, daß ich dich fast gefeuert hätte?«

»Ja, Maestro. Kann ich gehen?«

»Nein. Mir muß jemand die Haare waschen.«

»Darf ich, Maestro?«

»Im Traum nicht, du mit deinen Hexenkrallen. Ich will, daß sofort mein Leibfriseur herkommt.«

»Aber Maestro ... Wahrscheinlich arbeitet Julien gerade ...«

»Ich weiß, aber ich will ihn. Und *Schluß* mit der Debatte!« unterbach ihn Del Pietro und schleuderte zornig etwas Schaum nach Fedora, der betrübt hinausging und das Telefon ansteuerte.

»Herr Direktor, der Maestro schickt mich.«

»O Schreck, was gibt es schon wieder?«

»Er verlangt nach Julien, seinem Leibfriseur. Könnten Sie ihn mit dem Hotelhubschrauber holen?«

»Mein Gott, wie viel Zeit habe ich?«

»Auf keinen Fall mehr als ein Viertelstunde.«

»Und wo ist dieser Julien?«

»Ich glaube, er frisiert gerade die Gattin des Bürgermeisters für die Premiere heute abend.«

»Aber wie soll ich ...«

»Sie nehmen ihn einfach mit und lassen sie da mit den Lockenwicklern sitzen. Sie haben offenbar keine Ahnung, wozu der Maestro imstande ist, wenn ihm am Tag vor einer Premiere etwas nicht paßt.«

»Ich versuch's.«

Fedora brach auf einem Sessel zusammen. Er hatte kein leichtes Leben. Aus dem Bad erklang die Stimme des Tenors, der abwechselnd Fetzen aus der *Berenice* trällerte und sich mit den Entchen unterhielt.

»Wäre er nur immer so ruhig«, seufzte er still.

»Fedora!« schrie der Maestro, als hätte er es gehört.

»Wie belieben?«

»Komm sofort her.«

Bleich, mit blaßblauen Lippen saß Del Pietro in der Wanne und sah auf das parfümierte Wasser, als verberge es einen Kaiman.

»Was ist, Maestro?«

»Fedora, eben habe ich gefurzt ...«

»Und?«

»Es ist keine Luftblase an die Oberfläche gekommen. Warum? Findest du das normal?«

›Auweia, das kann ja heiter werden‹, dachte Fedora. Die schlimmsten Launen des Tenors waren die hypochondrischen.

»Habe ich vielleicht einen Darmverschluß? Bin ich zuzementiert? Werde ich anschwellen wie ein Zeppelin? Du weißt doch, wie grundlegend wichtig die Entlüftung in meinem Beruf ist, nicht wahr, du weißt, wenn ich im *Nabucco* den halben Chor niedergesungen habe, dann muß ich Luft ablassen, das ist unentbehrlich für meine Atmung, wie für Wale oder Delphine, ruf sofort meinen Arzt ... das heißt nein, da braucht es eine Kapazität, einen Experten für Meeresbiologie, schaff einen her, Fedora, oder ich werfe dich aus dem Fenster ...«

»Ich kümmere mich sofort darum, Maestro.«

Eine Stunde später hatte sich der große Del Pietro vollkommen beruhigt, dank eines Interkontinental-Gesprächs mit dem Ozean-Forschungsinstitut in Miami, genauer mit dem weltbesten Experten für Walkrankheiten, Doktor Starbuck. Nun genoß der Maestro einen Augenblick der Entspannung, hier ein Entchen, da ein Schluck von seinem Lieblingsmineralwasser – Himalaya-Auslese –, als es an der Tür klopfte. Ein einziger Mensch durfte an die Badezimmertür des Maestros klopfen, ohne seinen Zorn auf sich zu ziehen: sein Manager Caprone.

Und tatsächlich, es war Caprone; er trat ein, grüßte und setzte sich würdig auf den Klodeckel. Auch er war einst ein Tenor gewesen, wenn auch ein mäßig talentierter, und er war noch stattlicher gebaut als der Maestro. Er trug einen knöchellangen sibirischen Wolfspelzmantel, und bald ließen Wärme und Dampf des Bades ihn in Strömen schwitzen. Er räusperte sich verlegen und sagte:

»Manrico, seit wie vielen Jahren arbeiten wir zusammen, ich und du?«

Der große Tenor blickte ihn mißtrauisch an: Dieser Satz ließ immer unschöne Neuigkeiten vermuten.

»Spuck's aus, Caprone, was ist Unangenehmes passiert? Ist es die Lodoletti, diese Laientheater-Sopranistin?«

»Nein, nein, die Lodoletti macht keinen Ärger. Sie ist einverstanden, sich erst wieder zu zeigen, wenn deine Vorhänge vorbei sind.«

»Diese Schwuchtel von Blumenthal?«

»Nein, nein, er ist geehrt, daß er für dich dirigieren darf, obwohl du seit drei Tagen nicht mehr geprobt hast ...«

»Was dann? Ambrassas? Wieder der? Hat er bei einem von diesen giftigen Interviews etwas Heimtückisches über mich gesagt, dieses Tingeltangel-Tenörchen, dieser verstimmte Rabe, den bring ich vor Gericht, den mach ich fertig, der muß auf der Straße singen, ich ...«

»Nichts von alldem«, sagte Caprone und knöpfte seinen Pelzmantel auf, »es hat etwas ... mit dem Präsidenten zu tun ...«

»Er kommt nicht?« schrie der Maestro auf, er zuckte in der Wanne zusammen und brachte Teresina zum Kentern. »Das ist eine Beleidigung!«

»Er kommt, er kommt, beruhige dich. Obwohl, genau da liegt das Problem. Ein kleines Problemchen, mit dem werden wir leicht fertig. Der Präsident ist ein großer Opernfan und dein glühender Verehrer. Ja, ich würde sagen, er ist ein wahrer Fanatiker, und du weißt ja, wie diese Fanatiker so sind ...«

»Unerträglich«, seufzte der Maestro und sank ins Wasser, bis nur noch das Atoll seines Wanstes herausschaute.

»Da es sich um den Präsidenten handelt, wäre der Begriff ›launenhaft‹ wahrscheinlich angebrachter. Wer alles hat, leistet sich halt hin und wieder ein paar Launen, das kennst du ja, oder? Heißt du nicht mit Spitznamen ›König der Launen‹?«

»Das sagen die ambrassasfreundlichen Schmierfinken. Ich habe gewisse Vorlieben, das ist alles.«

»Einverstanden«, sagte Caprone, »sagen wir also, auch der Präsident hat eine geheime Vorliebe. Er ist ein sehr mächtiger Mann, ihm gehört ein ganzes Land, mit einer Regung seines kleinen Fingers kann er aufbauen oder zerstören, aber er hat einen Traum, den er noch nie hat verwirklichen können ... Und wir können ihm helfen.«

»Genauer bitte.«

»Der Präsident träumt davon, eine Opernbühne zu betreten. Genauer gesagt, an deiner Seite zu singen.«

Der Schrei des Maestros drang wie das Geräusch eines Bohrers durch die zwanzig Etagen des Hotels. Fedora mußte alle Stockwerke ablaufen und die Gäste überzeugen, daß es sich lediglich um eine kleine Arbeitsbesprechung handelte. Aus der Suite war das Geräusch berstenden Glases und fliegenden Porzellans zu hören. Als der Tornado abgeflaut schien, betrat Fedora vorsichtig die Suite. Del Pietro trug einen Morgenmantel, seine Haare waren gesträubt wie die einer Erinnye, wegen des Zorns und wegen Juliens Fön. Auf dem Bett lag eine Art großer nasser Hund; das war Caprone, der die Hand auf ein blaues Auge hielt. Kaputte Lampen, Aschenbecher, goldene Schallplatten und tropische Früchte, alles lag im Zimmer verstreut. Aber des Maestros Szene hatte schon länger als eine Minute gedauert, und die letzten Donner verhallten eben in der Ferne.

»Eine Beleidigung meiner Größe! Niemand darf so etwas von mir verlangen, nicht einmal der Präsident. Ich bin genug gestraft, daß ich die Bühne mit rülpsenden Bässen, kurzatmigen Baritonen und quietschenden Sopranen teilen muß. Nie, niemals!« wetterte er, während Julien ihm sanft den Nacken massierte.

»Aber er will nur ... ganz kurz auf der Bühne erscheinen, mehr nicht. Der Präsident hat keine üble Baritonstimme: Er könnte, sagen wir mal, den Part des Wahrsagers übernehmen.«

»Nicht mal im Traum. Viel zu lang.«

»Dann den Doktor, das ist es, nur drei Takte, wenn er

dich von Berenices Krankheit unterrichtet, *Welch bläßliches Wänglein,* und du antwortest *O Unheilverkünder! ...«*

»Nie! Das ist ein grundlegend wichtiger, dramatischer Moment.«

»Er wäre sogar bereit, sich als Priester zu verkleiden, im zweiten Akt, und *Lästerung war diese Rede* zu singen.«

»Lästerung, genau der richtige Begriff für das, was man mir da antun will!«

»Na gut« – jetzt war Caprone es leid – »dann muß ich es dir klipp und klar sagen: Der Schauspielminister hat angedroht, wenn du dich weigerst, dann wirst du nie wieder in diesem Land singen dürfen. Du kriegst kein Engagement mehr, und die Zeitungen verbreiten, dir würde jeden zweiten Tag die Stimme wegbleiben.«

»Es gibt immer noch das Ausland.«

»Der Präsident hat seine Verbindungen. Er macht Geschäfte in der ganzen Welt und kommt an jeden ran ...«

»Ich gebe nicht klein bei. Ich bin der größte Sänger der Welt und habe die größten Launen der Welt. Wie kannst du nur annehmen, ich würde diesen Ruf aufs Spiel setzen wollen?«

»Er wird Ambrassas bei der Eröffnung der Fußballmeisterschaft singen lassen.«

»Nur zu. Ein aufgeblasener Ball zwischen den anderen Ballen *(tenorales Gelächter).«*

Schluchzend fiel Caprone auf die Knie.

»Tu's für mich, Manrico, ich habe drei Söhne, drei Frauen ...«

»Er kann in der Kulisse stehen, wenn er will ...« Der Maestro betrachtete ihn ungerührt.

»Nein! Er will auf die Bühne!«

»Mein Motto ist: Ich kann alles von jedem verlangen,

aber niemand kann irgend etwas von mir verlangen. Das sage ich, das wiederhole ich, und dabei bleibe ich.«

»Dann mach dich auf das Schlimmste gefaßt: Vor einer Stunde ist Anatoli Ambrassas auf dem Flugplatz gelandet. Ich fürchte, heute abend will der Präsident aus Trotz ...«

»Das nicht! Nicht in meiner Rolle, das kann ich nicht zulassen!«

Wie ein wütendes Wiesel schoß er im Zimmer hin und her, von Juliens Fön verfolgt. Dann sagte er:

»Teile dem Präsidenten mit, daß er mit mir auf die Bühne kommen kann, aber singen darf er nicht. Eine Komparsenrolle, mehr kann ich ihm nicht bieten.«

Caprone sprang auf und rannte zum Telefon. Seine Stimme wurde bonbonsüß, und man zählte sechzehnmal: »Sie haben völlig recht«, während er mit dem Präsidenten verhandelte. Am Ende verkündete er strahlend:

»Er ist einverstanden!«

»Gut, aber was will er auf der Bühne tun? Einen Soldaten spielen? Einen Ritter beim Ball? Einen der Mönche?«

»Das muß er noch entscheiden«, sagte Caprone leise.

Mit komplizenhaftem Getue machte sich Fedora an ihn heran.

»Das mit Ambrassas war doch ein Bluff, nicht wahr?«

»Halt den Mund.« Caprone hüllte sich in seinen Pelzmantel. »Wenn der Einsatz so hoch ist, sind alle Mittel erlaubt.«

So kam es, daß im handverlesenen Publikum das Gerücht kursierte, bei der Premiere der *Berenice* heute abend werde es »eine Überraschung« geben. Der Präsident saß in der Königsloge und stellte sein übliches Fotomontagen-Lächeln zur Schau, die First Lady ihren bekannten Locken-Arcimboldo. Die schönen Damen schnatterten über die unmögliche Frisur der Frau des Bürgermeisters, die Großen des Regimes schlossen aus den Plätzen, die ihnen und anderen zugedacht worden waren, wer noch zählte und wer nicht mehr. Vom kompetenten Olymp herab wurde die Hammelherde im Parkett, die so tat, als bemerke sie nichts, bespuckt und mit Pistazien bombardiert, junge Aktivisten ließen Flugblätter gegen die Verweiblichung der Oper und für die Invasion des Engadins herumflattern. Endlich trat Maestro Blumenthal ein, mußte ein – allerdings vereinzeltes – »Juden raus« hören und ließ *Berenice* beginnen.

Schon im ersten Auftritt, der »Abschiedsszene«, wirkte Del Pietro sehr nervös. Er wandelte im Chor seiner Waffengenossen mit, der *»Ach wieviel härter noch sind des Herzens Schlachten«* sang, und schielte unter dem Käppi umher, ob irgendwo das Gesicht des Präsidenten auftauchte. Der aber saß dort oben in seiner Loge, und Del Pietro sang gewohnt meisterhaft *»Lebt wohl, ihr Biwaks«*. Der erste Akt war ein Triumph, der zweite ebenso, trotz einer Vorwitzigkeit der Berenice-Lodoletti, die sich beim Liebesduett vordrängeln wollte, wofür sich Del Pietro revanchierte, indem er ihr ein Bein stellte, und der Ärmsten blieb mitten im abschließenden Spitzenton die Luft weg.

Zwischen dem zweiten und dem dritten Akt leistete sich der große Tenor eine seine üblichen Launen. Er verlangte einen Kräuterlikör auf Eis, und die Alpenjäger eilten los, einen zu beschaffen, denn Caprone hatte befohlen, ihm jeden Wunsch zu erfüllen, selbst wenn er Menschenblut haben wollte.

So beginnt der letzte Akt. Die arme Berenice liegt in ihrem Bett. Drei Tage und drei Nächte hat sie auf der Straße, im Schnee gewartet, daß Edgardo alias Del Pietro ihr die Tür wieder öffnet. Dabei hat sie sich, wie es sich gehört, eine Lungenentzündung eingefangen. Edgardo hat sie verjagt und verstoßen, denn er meint gesehen zu haben, wie sie im Duell seinen Bruder Ermanno getötet hat. Was er jedoch nicht weiß: Der wirkliche Mörder ist Berenicens Zwillingsbruder, der Leutnant Berengario, als Frau verkleidet, um aus der Kaserne zum Duell entweichen zu können. In der Mitte des Aktes werden alle Mißverständnisse im berühmten »Verwechslungsquartett« aufgeklärt, das auch das herzzerreißende Finale, das Liebesduett und den Tod einleitet. Edgardo betritt Berenicens Schlafzimmer, um sie um Verzeihung zu bitten. Er sieht, wie bleich und blutlos sie ist, und es verschlägt ihm den Atem für sein Reuebekenntnis, denn er hat bemerkt, daß der Präsident aus der Königsloge verschwunden ist.

So beginnt er *»Ein Sünder fleht dich an«*. Die Stimme ist fest, der Maestro wankt. Er beginnt, kreuz und quer über die Bühne zu laufen. Er schaut dem Arzt prüfend ins Gesicht, blickt den Damen unter die Trauerschleierchen, kontrolliert einen Verwandten nach dem anderen, eilt nach hinten, einen Haushofmeister zu untersuchen. Publikum wie Kritik sind geteilter Meinung. Manche vermissen die sonstige statuarische Körpersprache des Tenors. Andere indes rühmen diesen genialen Regieeinfall: Der Schmerz treibt Edgardo in den Wahnsinn, er findet keine Ruhe, es treibt ihn fieberhaft um, sogar unter dem Bett schaut er nach, doch da gehen alle von der Bühne, und er bleibt mit Berenice allein; auf seinem Gesicht zeichnet sich schmerzliche Spannung ab *(Wo steckt er?*

Hat er aufgegeben?). Wir sind beim Epilog: Edgardo nimmt die mittlerweile sterbende Berenice in die Arme und trägt sie dem Publikum entgegen, dann singt er die unvergeßliche Arie *»Sie war doch schon so rein«*.

Was die Zuschauer dann zu sehen bekamen, war in der Tat unvergeßlich. Der große Tenor naht sich dem Bett, hebt Berenice hoch, und unter einer strohblonden Perücke lächelt ihn breit und obszön geschminkt – der Präsident an. Aus den Armen Del Pietros winkt er dem Publikum zu, das ihn erkannt hat und begeistert klatscht, und er mimt Berenices Tod mit derart konvulsivischen Zuckungen, daß man die Stimme des Großen Tenors daneben völlig vergißt. Als der Vorhang fällt, explodiert das Publikum in Ovationen.

Es schreit einen Namen – aber nicht den des Tenors.

Der Vorhang geht wieder hoch, und da sind sie, Hand in Hand, der Präsident weint vor Rührung, wirft Kußhände, wird unter Blumen begraben, während neben ihm gebückt mit Grabesmiene Del Pietro steht, dessen Schminke zu einer tragischen Maske zerläuft. Er verbeugt sich, aber das Publikum ignoriert ihn und wirft seiner Berenice weiter Blumen hin. Siebenmal kehren sie gemeinsam auf die Bühne zurück, beim achten Vorhang tritt der Präsident allein hinaus, und das Theater bricht unter den Begeisterungsstürmen schier zusammen.

In seiner Garderobe zieht Manrico Del Pietro den Offiziersdolch aus dem ersten Akt hervor und rammt ihn sich in den Bauch.

Der Dolch ist aus Gummi.

REX UND TYRA

Wenn man jung und verliebt ist, dann hat man es eilig. Mit großen Sätzen durcheilte Rex das steinige Tal, an dessen Ende Tyra zu Hause war. Wenn er sich umdrehte, konnte er sehen, wie sich seine großen Fußspuren in der Ferne verloren. Ach ja, er war schon weit gelaufen! Was mußt du dir auch unbedingt eine Freundin aussuchen, die im Gebirge wohnt, hatte sein Vater ihn gefragt, gibt es hier unten nicht genug? Aber Tyra hatte etwas, das die anderen nicht hatten. Diesen besonderen Blick mit halbgeschlossenen Augen. Und dazu ihre Zähne, weiß, strahlend. Ja, Tyra war die schönste Kleine, der er je begegnet war. Es lohnte den weiten Weg, um sie zu sehen. Außerdem war Rex ein kräftiger junger Tyrannosaurus, so eine Felsenwüste konnte ihn nicht schrecken.

Er kam an einem Wasserloch vorüber, in dem sich faul vier fette, supergepanzerte Topse suhlten.

»Wohin so schnell, Dickerchen?« grinste einer.

»Schau mal«, meinte ein anderer, »sein Kopf ist so was von fett, wenn er stehenbleibt, fällt er vornüber.«

»Und du bist ja so schön, du Gehörnter«, meinte Rex, ohne anzuhalten.

»He, was treibst du hier in unserem Revier?« kreischte eine junge Topse mit spitzem Schnabel; für ihre Art war sie ganz passabel. »Weißt du nicht, daß wir hier keine Fleischfresser wollen?«

Rex antwortete nicht. Besser, man ließ sich auf Provokationen gar nicht erst ein. Triceratopse waren langsam, aber wenn sie ihn zu siebt oder acht einkreisten, könnten sie ihm durchaus gefährlich werden. Und das hier war in der Tat ihre Gegend. Mit großen Schritten erklomm er den Hang, der ihn zu Tyra führen sollte. Er gelangte vor eine große Höhle in einer überhängenden Felswand. Er holte tief Luft und rief nach ihr:

»Hallo, Kleine ...«

Langsam kam Tyra aus der Höhle. Sie war noch schöner, als er sie in Erinnerung hatte. Sie hatte gebadet; ihre dunkle Haut glänzte in der Sonne. Sie lächelte und entblößte dabei ihr prachtvolles Gebiß.

»Hallo, Rex. Na, gehen wir rauf?«

»Hab ich dir doch versprochen. Der Kraterrand wartet auf uns.«

»Dann laß uns keine Zeit verlieren. Mein Vater ist auf der Jagd, aber vielleicht kommt er bald zurück, und wenn er zurückkommt, ist er immer geladen.«

Seite an Seite machten sie sich auf und traten auf ihrem Weg große Felsbrocken los, die den Hang hinunterpolterten.

»Weißt du«, sagte Tyra, »Papa will nicht einsehen, daß er alt wird. Alle sind schneller als er, sogar die Bradosaurier. Vorgestern hat er es mit einem Bronto versucht, und der hätte ihn fast auseinandergenommen. Er hat einen Schwanzhieb ins Gesicht gekriegt, den Striemen sieht man jetzt noch. Und wenn er ohne Beute nach Hause kommt, kriegt er Zoff mit Mama.«

»Mein Alter wird auch oft wütend«, sagte Rex, »zum

Glück fängt er ab und zu noch etwas. Aber wenn er anfängt, von seinen früheren Beutezügen zu erzählen, kann er nicht mehr aufhören. Ja, damals gab es noch Wild! sagt er. Die Story mit dem Pterodactylus, den er aus vollem Flug gefangen hat, die habe ich sicher zwanzigmal gehört.«

»Schlimm, wenn man alt wird«, seufzte Tyra.

»Tja«, meinte Rex und versuchte, sie mit der kleinen Vorderpfote in den Rücken zu kneifen, aber Tyra entwischte ihm lachend bergauf.

Mittlerweile waren sie an den Fuß des Kraters gelangt. Die Erde wurde dunkler und wärmer. Sie kamen an zwei Stegosauriern vorbei, die sich mit ihren Stachelschwänzen prügelten, um im Training zu bleiben.

»Hallo Steve, hallo Greg«, grüßte Tyra.

»Hallo Hübsche!« rief Steve. »Gehst du zum Krater?«

»Paß auf, daß du dich nicht verbrennst!« Greg zwinkerte ihr zu.

»Ich weiß nicht, was du an den Typen da findest«, grummelte Rex leicht vergrätzt. »Diese halben Portionen. Den ganzen Tag nichts als kauen. Dieser winzige Kopf. Und ihr Fleisch ist hart und voller Gräten.«

»Es sind nette Jungs«, meinte Tyra. »Du wirst doch nicht den Eifersüchtigen spielen, oder?«

Sie begannen den Aufstieg zum Kraterrand. Es war nicht sehr steil, aber ihr Gewicht löste kleine Erdrutsche aus. Rex stupste Tyra von hinten mit der Schnauze an. Sie tat so, als würde sie wütend. Endlich langten sie oben an. Rauchsäulen und ein beißender Geruch stiegen aus dem Krater auf. Die Luft war trübe und glutheiß.

»Ich komme gern hierher, aber ich habe auch ein bißchen Angst«, sagte Tyra. »Mein Großvater hat mir immer erzählt, daß viele von uns umgekommen sind, als der Große Fliegende Stein dieses Loch gerissen hat.«

»Mein Großvater hat mir das auch immer erzählt«, sagte Rex und rückte etwas näher, »und dann hat er mir einen wertvollen Rat gegeben.«

»So, welchen denn?« fragte Tyra und schmiegte sich an ihn.

»Er sagte: Weißt du, kleiner Rex, eines Tages wird ein noch größerer Stein als alle anderen auf dieses Tal stürzen und einen Riesenkrater reißen, vom Gebirge bis zu den Seen. Der Himmel wird brennen, wie am Tag des Großen Steins. Und weißt du, was für einen Rat mein Großvater mir dann gegeben hat?«

»Da bin ich aber wirklich neugierig«, zwitscherte Tyra.

»Er hat gesagt: Rex, wenn du eines Tages mal mit einer hübschen Kleinen allein bist und Lust bekommst, sie zu küssen, dann zögere nicht, denn dieser Große Stein kann jederzeit kommen.«

»Und wenn sie nicht will?« lachte Tyra.

»Dann sage ihr: Stell dir vor, was für ein Pech, Kleine, wenn der Große Stein genau jetzt käme, dann würdest du nie erfahren, was ein Kuß ist.«

»Wer sagt, daß ich das nicht weiß?«

Ein gelber Lichtschein erleuchtete den Himmel. Rex deutete lächelnd darauf.

»Da, ein Zeichen. Willst du diese Gelegenheit verpassen?«

»Ich glaube nicht«, sagte sie. Sie brauchten ein bißchen, denn so ein Kuß zwischen zwei Tyrannosauriern ist keine kleine Sache. Aber als sie die Stoßzähne geordnet hatten und sich ihre Mäuler vereinigten, da kam es ihnen vor, als bebte die Erde und ein warmer Lufthauch höbe sie vom Boden hoch.

›Hoppla, das ist mal ein Kuß‹, dachte er und betrachtete den wirbelnden Sand und die Risse, die sich im Gelände auftaten.

»Oh, Rex«, seufzte sie und küßte ihn weiter. Auch wenn sie hätten aufhören wollen, es wäre nicht gegangen, denn jetzt hatten sie sich gründlich ineinander verhakelt. Maul auf Maul, die Augen geschlossen, bemerkten sie nicht die große gelbe Kugel, die dort oben am Himmel immer größer wurde. Sie hörten das Geräusch von tausend rennenden Beinen und zerberstenden Felsen, aber was da geschah, interessierte sie nicht so brennend.

Wenn man jung ist, hat man das ganze Leben noch vor sich.

DER PALAST DER NEUN KÖSTLICHKEITEN

Um Punkt neun Uhr kam der Mann ihn abholen, er saß am Steuer einer schwarzen Limousine, die so lang war wie ein U-Boot. Gespielt leichtfüßig sprang er heraus. Er wog bestimmt einen Doppelzentner, war kahlgeschoren, und an einem Ohr baumelte ein goldenes Kreuz. Er trug den blauen Blazer der Regierungsanimateure und eine violette Barbie-Brille.

»Signor Baccini, der König der Titten?« erkundigte er sich.

»Ja, ich heiße Baccini, aber ...«

»Sie sind doch der Besitzer der schönsten Kühe unseres Landes, die täglich Millionen Liter Milch ablassen, die dann in den Cappuccini meiner Chefs landen, damit die weniger stinkig in den Tag gehen, stimmt's?«

»Ja – obwohl, um die Wahrheit zu sagen, der Vertrag ist noch nicht unterzeichnet«, wandte Baccini, ein runzeliges Männchen mit breiter Boxernase, schüchtern ein. Er trug einen zerknautschten Regenmantel und einen Borsalino mit Feder.

»Also, ich bin Doktor Ascari, N.M., Night Man, Nachtbetreuer mit Staatsdiplom, und ich schwöre Ihnen, wenn Sie gesehen haben, was ich Ihnen zeigen werde, dann unterschreiben Sie mir alles, inklusive Blankoschecks.« Und er hieb Baccini mit der Pranke in den

Nacken. »Klar, war nur ein Witz, mein lieber Cowboy. Darf ich Sie so nennen?«

›Wer weiß, ob er wirklich Witze macht‹, dachte Baccini, während er in den Wagen stieg. Man hatte ihn vor den Nachtbetreuern gewarnt. Sie waren zu allem bereit, wenn es was einbrachte. Die Regierung wollte seine Milch, bis auf den letzten Liter, und zwar so billig wie möglich. Die Verhandlungen würden nicht einfach werden, aber er wollte es versuchen. Er war ein dickköpfiger Cowboy.

»Haben Sie schon mal was vom Palast der Neun Köstlichkeiten gehört?« fragte Ascari. Er kaute einheimischen Kaugummi und fuhr mit Hupkonzert.

»Ja, ich glaube, ich hab da mal was im Fernsehen gesehen.«

»Tja, da fahren wir hin. Da bringe ich nur die wichtigen Kunden hin, wie Sie einer sind«, lächelte Ascari. »Zigarette? Pfefferminzpastillen? Einheimischen Kaugummi? Eine Prise Koks?«

»Nein danke.«

»Strenge Sitten, was? Nichts als Haus Stall Familie. Los, Cowboy, lächeln Sie, mir zuliebe. Heute nacht lassen wir die Sau raus« – er zwinkerte ihm zweimal zu.

Baccini lächelte wohlerzogen. Vom Programm neugierig gemacht, hatte er eingewilligt: »21 Uhr, nächtlicher Ausflug mit Betreuer.« Jetzt konnte er keinen Rückzieher machen, jetzt mußte er sich als Mann von Welt erweisen.

»Also, Baccini, man sagt, Sie produzieren die beste Milch des Landes. Ihr Hof ist die Amme aller Patrioten ...«

»Ich habe zweitausend Kühe vier verschiedener Rassen, so kann ich mischen und immer gleiche Qualität erzielen, gleichen Fett- und Eiweißgehalt. Außerdem wird natürlich alles pasteurisiert ...«

»Ich weiß, ich weiß. Achtzigtausend Liter am Tag, eine hübsche Produktion. Aber hören Sie mal, wie war das eigentlich mit den Kühen von Malastalla?«

Baccini täuschte Gelassenheit vor. Er wußte, die Regierung verfügte über sehr viel überzeugendere Mittel als nur einen schwatzhaften Animateur.

»Das war wirklich rätselhaft«, sagte er, »eine Futtervergiftung offenbar.«

»Ja ja, hab ich in der Zeitung gelesen. Sechshundert Kühe, abends gesund und munter, und morgens, zack, alle viere in die Luft. Verreckt, in einem Meer aus Dünnschiß. Hat nicht mal mehr für Dosenfutter getaugt, ein Scheißgeschäft, das.«

»Ja, der Inhaber war ein Freund von mir. Ein Scheißgeschäft.«

»Aber wir sind ja hier, um über ein gutes Geschäft zu reden, und vor allem, um uns zu amüsieren«, sagte Ascari. »Kennen Sie den Witz von dem schwulen Stier?«

Baccini kannte ihn, aber er ließ ihn sich trotzdem erzählen und lachte brav. Kein Zweifel, dieser Ascari konnte Witze erzählen, er schmückte sie aus, spielte sie regelrecht vor. War ja schließlich seine Arbeit.

Ascari pfiff und rief einer Blondine auf einem Motorrad ein paar Sauereien nach. Dann steckte er sich eine Kaugummikugel und ein paar Pfefferminzpastillen in den Mund und schoß mit Blitzgeschwindigkeit in eine Unterführung; sie trennte die eine Hälfte der Stadt, die sich amüsieren ging, von der anderen, die schlafen ging. Aus dem Autoradio erscholl eine nippohypnotische Technoleier, während sie auf eine Brücke fuhren, von der aus man auf eine Landschaft voller Neonlichter, Dachgarten-Restaurants und Millionen von Autos im Stau hinabsah.

»Da bitte, das neue Viertel, um das uns die ganze Welt beneidet. Ganz was anderes als Soho, Pigalle, Sankt Pauli oder die 42nd Street! Der Präsident hat seinen Untertanen ein explosives Viertelchen gebaut: Caligula Zwei. Wissen Sie, daß wir dieses Jahr schon sechs Millionen Touristen hatten? Eine Ladung Eber und Säue nach der andern, zum Fürchten. Noch nie hiergewesen, Cowboy?«

»Nein. Ich komme nicht oft in die neue Hauptstadt ...«

»Wird Ihnen gefallen«, grinste Ascari anzüglich, »es gefällt allen.«

Mittlerweile fuhr er den Einkaufsboulevard hinunter, langsam, damit Baccini die Reklamen bewundern konnte, die Waren in den Geschäften und die Leuchtkästen mit den Fotos von der Hochzeit des Präsidentensohnes mit dem russischen Topmodel.

»Caligula Zwei ist von den japanischen Lastervierteln inspiriert, vor allem von Kabuchi-cho in Tokio. Die haben immer uns alles nachgemacht, jetzt wir ihnen. Das heißt, natürlich haben wir sie übertroffen. Nicht mal da drüben haben sie so was wie den Palast der Neun Köstlichkeiten. Gelb vor Neid sind die geworden!« Er lachte schallend und spuckte den durchgekauten Mix zum Fenster raus.

»Und wir fahren zum Palast?« fragte Baccini.

»Da können Sie Gift drauf nehmen, ja«, bestätigte Ascari. »Da kommt durchaus nicht jeder rein. Man braucht einen Spezialausweis, um eingelassen zu werden. Und ... starke Nerven vor allem. Der Untersekretär für das Frühstückswesen hat gesagt, wir sollen Sie behandeln wie einen Ehrengast.«

»Zuviel der Ehre«, sagte Baccini.

»Wie viele Kühe haben Sie noch auf Ihrem Hof, Cowboy? Ich hab's vergessen.«

»Rund zweitausend.«

»Ha, hier in Caligula Zwei sind es mindestens doppelt soviele, wenn Sie verstehen, was ich meine.« Er nahm die violette Brille ab, ließ die Wimpern klimpern und schnalzte graziös mit der Zunge. Baccini rang sich ein Lachen ab. Er empfand eine Mischung aus Erregtheit und Angst, aber das ließ er sich nicht anmerken: Er wollte nicht provinziell wirken. Die Limousine hielt vor einem Polizeiposten. Eine riesige Neonreklame über ihren Köpfen zeigte eine Schlange, die ein Mädchen mit zerrissenen Kleidern im Schlund hielt. Gelbe und rote Lichtwellen liefen abwechselnd am Straßenrand entlang. Ascari zeigte den Polizisten seinen Spezialausweis, und sie fuhren weiter, bis neben ihnen der Palast emporragte, ein riesiger zylindrischer Wolkenkratzer. An den Außenwänden schossen Fahrstühle voller Menschen empor. Jedes Stockwerk war andersfarbig erleuchtet, ganz oben kreiste das pyramidenförmige Restaurant und projizierte einen unendlichen Laserstrahl in den Himmel. Wenig Polizei war zu sehen, die Ordnung wurde vor allem von den Mafiosi des Tatarenclans aufrechterhalten, der die Hälfte des Viertels gepachtet hatte. Alle trugen elegante Leder-Anzüge, Sonnenbrille und im Knopfloch ein phosphoreszierendes Herzchen.

Zwei fette, höfliche Exemplare standen am Eingang Eins, dem für die VIPs. Nachdem der Wagen abgegeben war, begleiteten sie Ascari und Baccini ins Innere. Die Eingangshalle des Palastes erinnerte eher an das Atrium eines Krankenhauses als an die Vorhöfe Sodoms: ein endloser Flughafenschalter, lächelnde Hostessen in tief ausgeschnittenen, überall mit Sponsorenlabels bedeckten weißen Kimonos. Es roch stark nach Desinfektionsmitteln. In der Ecke eine Bar mit Séparées, und überall Sofas, auf denen Singles, Paare oder Grüppchen in die Lektüre von Faltblättern vertieft waren.

Mit der Miene des Stammgastes steuerte Ascari einen der Check-in-Schalter an, wedelte mit einem Ausweis und gab Baccini Zeichen, er solle ihm durch eine Drehtür folgen. Baccini schlüpfte mit angehaltenem Atem hindurch; er war darauf gefaßt, auf der andern Seite Teuflinnen mit Strumpfbändern anzutreffen oder wer weiß was. Er war sehr enttäuscht, denn er fand sich in einem gesichtslosen Raum wieder, dessen Atmosphäre von einem weißen Teppichboden gedämpft wurde. Eine bleichblondierte Bedienstete in einem sexy Schwesternkittel forderte sie auf, sich zu setzen, und reichte Ascari etwas, das wie eine Speisekarte aussah. Ascari steckte ihr eine Banknote in den Ausschnitt. Das Mädchen dankte mit einer kleinen Verbeugung. Ein junger Farbiger brachte zwei fuchsienrote Drinks.

Ascari las aufmerksam die Karte.

»Alles wie immer«, verkündete er am Ende, »und jetzt, mein lieber Baccini, auch wenn wir uns erst kurz kennen, sollten wir uns sozusagen ein bißchen ... Vertraulichkeit gönnen, gesunde männliche Kameradschaft. Sie verstehen doch, hier geht es nicht um eine Geschäftsbesprechung, hier wollen wir unseren Spaß haben ...«

»Spaß«, wiederholte Baccini folgsam lächelnd.

»Also, wenn Sie irgendwelche Vorlieben haben, immer raus damit.«

»Vorlieben? Inwiefern?«

»Also bitte, Cowboy!« prustete Ascari. »Gibt's was Spezielles, egal was, das Sie gern mit irgendeinem Geschöpf egal welchen Geschlechts und in egal welcher Stellung machen wollen, mit irgendwelchem Zubehör, in egal welcher Körperöffnung und mit egal welchen zusätzlichen Sauereien, die Sie schon ausprobiert haben oder von denen Sie nur träumen?«

»Ich habe schon verstanden, was Sie meinen«, sagte Baccini und trank zwei Schluck Fuchsienrotes. »Aber da, wo ich herkomme ... sind wir nicht sehr pervers ... Also, wir mögen die Frauen, aber originell sind wir nicht ... Sie kennen sich hier aus, schlagen Sie mir doch was vor ...«

»Klar, verstanden«, sagte Ascari und gab ihm einen väterlichen Knuff, »so welche wie Sie habe ich viele erlebt, erst schüchtern, und dann immer heißer, je höher das Stockwerk wird, und zum Schluß lassen sie sich von einer Python einen blasen.«

»Mein Gott, bloß nicht«, ächzte Baccini.

»War doch nur ein Beispiel. Aber geben tut's das. Schauen wir mal, was für so einen gesunden Verrückten vom Land auf der Karte steht. Also die ersten drei Etagen sollten wir schon mal auslassen. Das sind normale Bordelle, bißchen hetero, bißchen homo, bißchen transi, hier oder da vielleicht mal ein Extra-Large-Dildo, ein paar Titten, die man sich über die Schulter werfen kann, aber insgesamt nichts als Standard, Strip, kleine Vorführungen, Pornotelefone, Hin- und Hergevögel, lauter Zeug, das wir alle aus dem Fernsehen kennen. Im vierten Stock gibt es dann Sadomaso, was halten Sie davon? Wir leihen uns ein nettes Dominator-Kostüm, wenn Sie gern draufhauen, oder einen Sklavenanzug, wenn Sie gern ein paar übergebraten kriegen, wir haben Apparate zum Fesseln und Verschnüren, ein paar Genuß-Klappergestelle, wenn Sie da rauskommen, fühlen Sie sich wie durch den Mähdrescher gedreht, wir haben böse große Mädchen und böse Jungs, so richtig böse ...«

»Nein, das ist nicht meine Art, außerdem habe ich einen verspannten Nacken.«

»Also in den fünften: alles Mini, Baby, Lolita, Amoretto, Pädo, Mädelchen von zehn aufwärts, Obergrenze ist sechzehn, Thai, Brasilianerinnen und auch eine Hübsche aus Varese oder ein kleiner Sizilianer, wenn Sie wollen, keine Entrüstung, für immer zehn von ihnen haben wir eine Sozialarbeiterin, alle machen freiwillig mit und sind desinfiziert ...«

»Um Himmels willen, meine Tochter ist fünfzehn.«

»Hätten Sie die doch mitgebracht, genau mein Geschmack ... Ich mache Witze, ziehen Sie nicht so ein Gesicht, Cowboy, was soll ich Ihnen vorschlagen? Im sechsten: Voyeur, Peeping Tom, Schlüsselloch, heiße Augen ... ah, da funkelt's in der Pupille ...«

»Na ja, geht so ... zuschauen ist nicht schlecht, wenn die Paare hübsch sind ... außerdem gesund ... vom Zuschauen holt man sich ja nichts, oder?« lachte Baccini piepsig.

Ascaris Hand sauste begeistert auf seinen Schenkel und entlockte ihm einen Aufschrei. »So gefällst du mir, Cowboy«, sagte der Kleiderschrank. Er stand aus dem Sessel auf, zog sich die Hose hoch und rückte die Lage seines Gliedes zurecht. Dann rief er die Geisha und befahl:

»Sechster Stock, Süße.«

Die Geisha lächelte. Sie zog den Ausweis durch den Magnetstreifenleser, der Fahrstuhl öffnete sich mit einem melodischen Akkord. Ein normaler Metallfahrstuhl mit Mozart als Hintergrundmusik. Einzige Besonderheit: ein Papiertaschentuchspender.

»Manchen kommt's eben schon geflitzt, wenn sie nur dran denken«, erklärte Ascari todernst. »Wir sind schon da.«

Die Aufzugtür öffnete sich, und wieder wurde Baccini enttäuscht. Nichts von wegen Vulkan der Lüste, nichts von wegen wogende Hintern und Vulven allüberall. Der übliche Krankenhausflur, dazu cremeweißer Teppichboden und eine Reihe Séparées, ein jedes bewacht von Bediensteten beider Geschlechter in Lederoveralls und mit tiefgefrorenem Lächeln.

»Nicht besonders fröhlich hier«, meinte Baccini.

»Die Intimsphäre muß ja gewahrt bleiben«, sagte Ascari. »Das Schöne kommt erst noch.«

Sie betraten Séparée Nummer acht. Ein kleiner runder Raum mit Barwagen, Ehebett, auf einem Tischchen ein Videocomputer. Ascari streckte sich auf dem Bett aus, tat wieder einen ordnenden Griff und stopfte sich Pfefferminzpastillen in den Mund.

»Und jetzt?« fragte Baccini.

»Ein bißchen Geduld, Cowboy.«

Die Stirnwand glitt beiseite und enthüllte eine dicke Glasscheibe, dahinter ein rundes Bett unter blauen Strahlern. Kein Lebenszeichen. Ein Terrarium ohne Schlangen.

»Und jetzt?« erkundigte sich Baccini erneut.

»Herrgottnochmal, Cowboy«, sagte Ascari. »Wenn Sie Druck haben, begreifen Sie gar nichts mehr. Lesen Sie die Gebrauchsanweisung auf dem Video rechts von Ihnen.«

»Um die Vorführung zu starten, wählen Sie bitte den Anfangsbuchstaben des erotischen Operators, den Sie als ersten einsetzen möchten. Wir weisen darauf hin, daß aus gesetzlichen Gründen nicht mehr als drei Operators zugleich gestattet sind …«

Baccini zögerte verblüfft.

»Entschuldigung, was bedeutet ›Anfangsbuchstaben des erotischen Operators‹ undsoweiter?«

»Das bedeutet, daß es hier im sechsten Stock eine Riesenauswahl gibt. Was für eine Paarung möchten Sie sehen?«

Baccini wollte schon sagen, ein Mann und eine Frau, aber dann wurde ihm klar, daß das keine sehr passende Antwort wäre. Also sagte er, wie sonst auch:

»Schlagen Sie doch was vor.«

Ascari ging mit offener Hose zum Video und drückte mit seinem Wurstfinger auf den Knopf.

»So geht das: Nehmen wir mal an, Sie wollen eine Paarung von zwei erotischen Operators sehen, irgendwer und eine Kuh, wo die Ihnen so am Herzen liegen. Also drücke ich auf K und schaue im Verzeichnis nach: Kabinettsmitglied, Kackefresser, Kaffernbüffel, Karbolmaus, Kardinal, Kavallerist, Kellner, Kicker, Kinderfräulein, Kirchendiener, Klosterfrau, Knabenschänder, Knastbruder, Kobold, Koch, Kokotte, Königstochter, Kosmonaut, Kraftmeier, Kriegsinvalide, Krokodil, Kubaner, KUH ... da, bitte, wenn ich jetzt drücke, kommt Ihr Lieblingseuter. Und dann suchen Sie den Partner aus. Dreihunderttausend Kombinationsmöglichkeiten. Nicht schlecht, was?«

»Also ich drücke, und ...«

»Und Ihre Kuh treibt's, mit wem Sie wollen.«

»Aber Kühe sehe ich schon genug ...«

»Na, dann lassen Sie ein bißchen die Phantasie spielen: Was weiß ich, zwei lesbische Negerinnen? Zwei Neger und ein Zwerg? Zwei Zwerge und eine deutsche Nazibraut? Zwei Nazis und eine junge Jüdin?«

»Ich bitte Sie ...«

»Keine Sorge, die meisten sind Schauspieler mit regelmäßigem Gehalt von der Regierung und mit medizinisch-psychologischer Betreuung. Machen Sie nicht so auf schüchtern. Suchen Sie ein bißchen in der Kornkammer der geheimsten Begierden ...«

»Also, die Frau könnte ja ...« fing Baccini schüchtern an.

»Immer raus mit der Sprache ...«

»Eine Hirtin ... eine junge Hirtin.«

»Was für eine ausgefallene Phantasie.« Ascari rollte mit den Augen. »Na gut, hier haben wir das H, Henker, Hirschkuh, *Hirtin,* da ist sie, der Knopf, bitte sehr, und jetzt suchen Sie auf dem anderen Bildschirm, was für einer soll er sein? Wer nagelt die schöne Hirtin? Jetzt um Himmels willen nicht der Wolf.«

»Um die Wahrheit zu sagen«, errötete Baccini, »das erinnert mich an etwas, das ich als kleiner Junge gesehen habe, auf dem Land ... eine Hirtin und ...«

»Nur Mut, Baccini!«

»Der Küchenjunge.«

»Das ist ja wild. Also, suchen Sie und drücken Sie auf den Knopf. Schaffen Sie's allein, oder muß ich helfen?«

Baccini schüttelte den Kopf, schob vor Konzentration die Zunge zwischen die Zähne und machte sich an die Arbeit. Nach einem kurzen Augenblick der Spannung wurde das Terrarium hell, man hörte einen Ländler, und die Hirtin erschien, leicht bekleidet, aber nicht zu leicht, mit Holzpantinen, Eierkorb, das Leibchen ein wenig aufgeschnürt. Sie setzte sich hin und schnürte es noch weiter auf, indem sie sommerliche Temperaturen mimte.

»Zufrieden, Baccini?« fragte Ascari gönnerhaft.

»Ja, aber was sollen die Eier? Seit wann legen Schafe ...«

»Still, schauen Sie hin.«

Die junge Hirtin räkelte sich schmachtend, zeigte ihre weißen Strümpfe, die für Pornohirtinnen typischen ohne Strumpfhalter, steckte sich einen Finger in den Mund, eine in den Bergtälern recht geläufige Geste, und plötzlich wurde ihre Aufmerksamkeit von dem Eierkorb erregt. Sie nahm ein Ei in die Hand und hielt es sich ans Ohr, als hörte sie etwas darin. Dann schüttelte sie es sacht.

»Was macht sie jetzt, einen Pfannkuchen?« fragte Ascari ein wenig verblüfft. Und siehe da, das Ei brach auf und entließ ein piepsendes gelbes Küken. Sofort fing die Hirtin an, es zu streicheln, dann barg sie es an ihrem warmen, üppigen Busen. Danach fummelte sie weiter an dem kleinen Hühnervogel herum, herzte und koste ihn mit immer größer werdender Verzückung, sie fing zu winseln an und verwendete das Küken als Puderquaste am Hals und anderen konkaven wie konvexen Körpergegenden.

»Komisch«, sagte Baccini, während die Hirtin mit entblößter Brust das Neugeborene massierte, »wie das wohl weitergehen soll.«

»Weiter in die Hose, Baccini!« sagte Ascari. »Sie sind ein Trottel. Sehen Sie sich den Bildschirm an. Sie haben danebengetippt, nicht *Küchenjunge,* sondern *Küken.«*

»Ich fürchte auch«, sagte Baccini nach kurzer Kontrolle.

»Na dann viel Spaß, ändern läßt sich das jetzt nicht mehr.«

Die Hirtin zog sich ganz aus, und das Küken war sehr kooperativ; als das Ärmste nur noch ein nasser Lappen war, setzte sie es sich zwischen die Brüste, machte überflüssigerweise noch einmal Spagat, und mit einer wenig überzeugten Verbeugung verschwand sie von der Bühne.

Ascari zerrte Baccini den Flur entlang an den Séparées vorbei, irgend etwas von mühevoller Arbeit murmelnd. Baccini schaute bedripst drein und putzte sich die Brille, die etwas beschlagen war.

»Entschuldigen Sie, aber hier ist alles so ... modern, seltsam. Wo ich herkomme, bekommt man manche Dinge eben nicht alle Tage zu sehen.«

Ascari betrachtete Baccini. ›Wenn die Regierung nicht so auf diese Milch angewiesen wäre‹, dachte er, ›würde ich ihn in sein Dorf zurückschicken. Aber ich schwöre, den kriege ich soweit, daß er etwas tut, wofür er sich sein Leben lang schämt, oder ich gebe meinen Beruf auf.‹

Sie gingen und tranken auf einer Dachterrasse, von der aus man die ganze lichterfunkelnde Stadt überblickte, noch einen Fuchsiendrink. Autos schlängelten sich hierhin und dorthin. Die Atompilze der Industrie stiegen langsam zum Himmel auf. Aus verschiedenen Stockwerken des Palastes waren Schreie und Musik zu hören.

»Und was machen wir jetzt?« fragte Baccini, mittlerweile leicht berauscht.

»Es gibt noch drei Stockwerke. Der siebte ist der Natur gewidmet, da können Sie's mit der gesamten Tier- und Pflanzenwelt treiben, von der Aubergine bis zum Zebra. Aber das Küken reicht uns wohl. Dann gibt es eine pornomechanische Abteilung, Sex-Slot-Machines, Turbovibratoren, Puppen beiderlei Geschlechts. Der achte Stock wird viel besucht, Blut und Schläge. Es gibt Filme, die sind ... tja, starker Tobak, Kriegsszenen mit echten oder fast echten Vergewaltigungen, auch Mord in

Live-Übertragung, und eine Porno-Show mit einer simulierten Hinrichtung ... einer vielleicht simulierten.«

»Sie machen bloß Witze, nicht wahr?«

»Ja, natürlich mache ich bloß Witze, Cowboy.« Ascari lächelte spöttisch. »Ich empfehle Ihnen das letzte Stockwerk, die virtuelle Etage. Da ist alles erlaubt.«

»Richtig alles?«

»Alles. Da gibt es Sensor-Overalls, den V-SEX, Pornopyjamas, hypervirtuelle Sexmaschinen. Damit läßt sich so gut wie jede Ekstase simulieren, Sie können jedes Geschöpf auf jede Weise nehmen, Sie können sich die verbotensten Situationen ausdenken: töten, vergewaltigen, kandieren, fressen, und es wird echter sein als echt.«

»Davon habe ich schon gehört. Gehen wir«, sagte Baccini, ein bislang nicht gesehenes Funkeln in den Augen. Sie fuhren in den achten Stock. Ascari grinste befriedigt. Es kam doch immer soweit. In diesem Stockwerk, wenn sie im Sensor-Overall steckten und dachten, kein Mensch könne sie sehen, ließen alle ihre geheimsten Perversionen von der Leine. Sie hatten ja keine Ahnung, daß alles, was in diesem Overall geschah, kontrolliert, mitgeschnitten, ausgewertet wurde. Die Zeit der ersten Erotik-Overalls war vorbei, die neuen Regierungsmodelle waren ein Wunderwerk der Technik. Jetzt haben wir dich in der Falle, Cowboy. Jetzt wirst du der Star einer netten Videokassette und gibst uns deine Milch gratis oder so gut wie.

Der neunte Stock wirkte trostloser als alle anderen. Man kam sich vor wie auf einer Intensivstation. Auf dem langen Mittelgang standen Betten, darauf Leute, in Overalls geschnallt, durch Tentakel und Schläuche mit Computern aller Größen verbunden. Techniker in weißen Kitteln kontrollierten die Reaktionen und achteten darauf, daß es nicht zu hoch herging. Ein Bett geriet ins Zittern, und es erschollen obszöne Schreie; ein Techniker drehte den Ton leiser.

»Das hier ist sozusagen die Abteilung für die Kassenpatienten«, sagte Ascari, als sie den Flur durchschritten. »Die Regierungsunternehmen schenken den Angestellten einen Tag V-SEX als Produktionsprämie oder statt Urlaub. Aber für Sie haben wir ein Einbettzimmer.«

Der Nachtbetreuer schien hier ganz zu Hause zu sein: Er tuschelte mit dem Schichtleiter, beide lachten verschwörerisch. Dann wurde Baccini in ein hübsches weißes Zimmerchen gebracht, sogar mit Ficus und Mineralwasser auf dem Nachttisch. Zwei Krankenschwester-Häschen zogen ihn behutsam aus, bestrichen ihn mit einer kalten Kontaktcreme und steckten ihn in den Overall. Auf dem Nachttischchen stand auch der Helm, ein monsterhafter, von Drähten wimmelnder Schädel.

»Und jetzt, mein Freund«, sagte Ascari, »lasse ich Sie mit Virtual Operator Nummer Sechs allein. Er unterliegt dem Berufsgeheimnis, wie ein Priester oder ein Psychiater. Außerdem, wenn Sie den Helm aufgesetzt haben, wird nicht einmal er erfahren, was in Ihrem kleinen Hirn und mit Ihrem Piephahn passiert. Sie brauchen nur einen Partner für Ihr Abenteuer auszusuchen. Es gibt alle bekannten Models, männliche wie weibliche, berühmte Schauspieler und Schauspielerinnen, historische Gestalten. Wenn Sie Lust haben, können Sie sogar mit Moses vögeln. Überdies lassen sich mit dem Grafikwandler Personen herstellen, die Sie gekannt haben oder kennen. Die Frau Ihrer Träume, ob es die gegeben hat oder nicht, wird mit einem Identikit gebastelt, oder wenn Sie zum Beispiel ein Foto haben ...«

»Habe ich«, sagte Baccini errötend.

»Perfekt«, reagierte Nummer Sechs. »Könnten Sie es mir geben?«

»Ja, aber ... was passiert dann?«

»Dann«, erklärte Nummer Sechs, »stecke ich es in den virtuellen Umwandler. Die Person von dem Foto wird vor Ihnen erscheinen, als wäre sie lebendig. Sie wird sogar mit Ihnen sprechen, dafür haben wir extra ausgebildete Schauspielerinnen. Sie brauchen nur verbale Befehle zu geben: komm näher, schau mich an, zieh dich aus.«

»Undsoweiter, undsoweiter«, feixte Ascari.

»Und Sie versichern mir, daß ich *alles* machen kann?«

»Natürlich«, sagte Nummer Sechs. »Da es sich um eine virtuelle Realität handelt, gibt es keine Probleme, wenn Sie ... also wenn Sie den virtuellen Partner beschädigen oder einer ausgefallenen Behandlung unterziehen. Dank der Sensorverzweigungen des Overalls genießen Sie sämtliche Berührungen mit ihrem Partner, mit allen gewünschten Gegenständen und mit der Umgebung. Noch einmal. Sie brauchen nur zu befehlen. Alles wird in dem Overall bleiben, niemand wird jemals etwas erfahren.«

»Ist das nicht ideal?« fragte Ascari mit einem verständnisinnigen Blick zum Operator. »Ihr geheimer Garten ist bereit für Ihren Besuch, Cowboy.«

»Gut«, sagte Baccini. Mit zitternden Händen schlug er seine Brieftasche auf. »Dann würde ich gern ... mit dieser Person zusammentreffen.«

Er hielt ihnen das Foto hin. Es zeigte eine dicke Frau, die auf einer Bank saß, rund fünfzig Jahre alt, die gedrungenen Beine in Wollstrümpfen steckend.

›Eine Hure, unterste Schublade‹, dachte Ascari, ›das ist also der ausgefallene Geschmack von unserem Baccini.‹

Das Foto glitt in einen Schlitz am Computer, der virtuelle Gestalter begann seine Arbeit. Ascari ging zu Baccini, den Helm in Händen wie den einer Ritterrüstung.

»Aufgeregt?«

»Ja«, sagte Baccini. »Jetzt ja.«

»Gut. Sie denken an mein Geschenk, wenn Sie morgen vormittag den Vertrag aushandeln?«

»Gewiß, gewiß. Aber sagen Sie nochmal, kann mich wirklich niemand hier drin sehen?«

»Kein Mensch. Als würden Sie nur träumen. Also, dann träumen Sie mal schön, Cowboy.«

Der Helm schluckte Baccinis Kopf. Ascari setzte sich an das Kontrollpult. Operator Nummer Sechs hatte mit spezieller Regierungserlaubnis bereits Aufnahme und automatische Archivierung eingeleitet. Zwei Monitore gaben Auskunft über Baccinis Gefühlslage. Er war äußerst erregt.

»Puls: hundertvierzig, Adrenalin: im siebten Himmel. Aber keinerlei Erektion. Ihr Freund ist wirklich verliebt«, lachte Operator Nummer Sechs.

»Wo muß ich hinschauen?« fragte Ascari.

»Auf den großen Bildschirm gleich vor Ihnen, dort wird alles so gezeigt, wie Ihr Kunde es gerade sieht. Im Augenblick ist alles noch weiß, aber gleich starte ich die virtuelle Vorstellung.«

Eine dicke Frau erschien auf dem Bildschirm, identisch mit der auf dem Foto. Die Bildqualität war hervorragend, viel besser als diejenige, die Ascari auf den älteren Modellen vor wenigen Monaten gesehen hatte.

»Hallo, Armando«, sagte die Schauspielerin. »Gefällt dir meine Stimme? Ist sie ähnlich?«

»Etwas sanfter«, sagte Baccini, »und außerdem hast du nicht den Akzent von unserem Dorf.«

Nummer Einundzwanzig, ein bebrilltes Fräulein mit professionellem Gesichtsausdruck, konsultierte rasch Baccinis biographische Daten und stellte sofort die Stimme um.

»Ist es so besser, Armando?«

»Wunderbar«, seufzte Baccini, »du hast ja keine Ahnung, wie ich mich danach gesehnt habe, dich zu sehen.«

»Jetzt«, sagte die dicke Frau, während sie auf dem Bildschirm größer wurde, »mußt du mich um eine Landschaft bitten, einen Ort, an dem wir uns begegnen können.«

»Eine Wiese«, sagte Baccini, »eine schöne Wiese. Und wir beide liegen im Gras.«

Der Bildschirm füllte sich mit Grün. In der Ferne eine Baumreihe. Die Berührung feuchten Grases, von den hundertzwanzig Ganglien des Overalls vermittelt, ließ Baccini frösteln. Ohne jede Vorwarnung schoß ihm der Inhalator Heuduft in die Nase. Baccini nieste.

»Wie schön«, sagte er.

»Und was soll ich jetzt machen?« fragte die dicke Frau.

»Komm näher«, sagte Baccini.

Die Frau kam langsam auf ihn zu, bis sie fast den gesamten Bildschirm ausfüllte.

»Was kann ich für dich tun, Liebling?«

»Ich will dir den Kopf in den Schoß legen.«

»In Ordnung. Ich setze mich hierhin.«

Jetzt war die lächelnde Frau auf dem Bildschirm von unten zu sehen, aus Baccinis Perspektive, und der Operator schaltete schnell noch einen schönen blauen Himmel hinzu, über den langsam zwei weiße Wolken trieben.

»Phantastisch«, meinte Ascari.

Baccinis Herz schlug schnell. Mit seinem Kopf spürte er den weichen Schoß der Frau, ihr Atem war ganz nah bei ihm.

»Und jetzt?« fragte die Frau und beugte sich über Baccini.

»Jetzt«, seufzte der, »erzähl mir das Märchen von den drei goldenen Äpfeln, Mama.«

Ascari fluchte. Der Operator schüttelte den Kopf und suchte hastig die Datei »Märchen« im Computer. Die Schauspielerin hielt sich die Hände vor den Mund, so mußte sie lachen.

»Ich bring den Text auf Bildschirm zwei«, sagte Sechs zu Einundzwanzig.

»Es war einmal ein Kaiser«, begann Einundzwanzig zu lesen, »der hatte drei wunderschöne Töchter ...«

Auf dem Bildschirm erzählte die dicke Frau seelenruhig. Ascari rauchte, finster dreinschauend. Baccinis Herz schlug ruhig.

Oben am Himmel flogen zwei Enten vorbei. Alles im Preis inbegriffen.

WIE IST DAS WETTER?

Der Mann in dem Himmelbett wachte auf. Der Duft des Kaffees, den ihm sein Haushofmeister wie jeden Tag brachte, hatte ihn aus seinen Träumen geholt. Er räkelte sich, betrachtete die hermetisch geschlossenen Vorhänge vor den Fenstern und fragte:

»Giuseppe, wie ist heute das Wetter?«

Der Haushofmeister verneigte sich respektvoll.

»Herr, gestatten Sie mir, daran zu erinnern, daß es Ihnen obliegt zu entscheiden, wie das Wetter heute ist.«

»Ach, stimmt ja«, sagte der Mann mit einer Bewegung voller Überdruß, »manchmal vergesse ich einfach meine Herrscherpflichten. Na, sagen wir mal ... schöner Sonnenschein.«

»Ich werde dafür sorgen, daß es sofort der Presse mitgeteilt wird. Wünschen Sie, daß ich die Vorhänge aufziehe?«

»Nein, vielleicht schlafe ich noch ein bißchen. Und dann ... gehe ich Golf spielen.«

»Dann vergessen Sie nicht den Reg ...«

»Was soll ich nicht vergessen, Giuseppe?«

»Ihren Hut, Herr. Die Sonne sticht etwas«, sagte der Haushofmeister, verbeugte sich nochmals und ging.

ERASMO, DER WELTRAUM-HÄNDLER

Leute, das Leben als Raumhändler ist hart! Wenn ihr es nicht glaubt, dann hört euch an, was mir neulich passiert ist. Ich hatte das Geschäft meines Lebens am Wikkel: fünfhunderttausend Quadratmeter Schatten, den ich nach Bleton verscherbeln wollte, einen kleinen Planeten der saturnischen Föderation. Bleton ist nur ein Zehntel so groß wie Terra und so flach, flacher geht's nicht. Die höchste Erhebung, der Bletberg, ist sechs Meter zwölf hoch, und auf den haben sie einen Skilift und sämtliche Fernsehantennen des Landes gepflanzt. Die armen Bletonier sind ziemlich angeschmiert, denn sie haben kein Fitzelchen Schatten, weder Bäume noch Höhlen noch Bushaltestellen. Und sie haben nicht eine, sondern elf Sonnen, die rund um die Uhr auf Bleton runterbrennen, erbarmungslos, man entgeht ihnen nicht. Die einzige Zuflucht bieten Geschöpfe namens Oye-Oye, die zwei riesige Ohren haben, unter denen man Platz findet, wenn sie sie ausfalten. Aber sämtliche Oye-Oyes sind Eigentum der königlichen Familie, die daher so gut wie hundert Prozent vom Schatten des Planeten besitzt.

Vor einem Monat bricht endlich die Revolution aus, und die wütenden Bletonier stürzen die Monarchie. Der Neopräsident lanciert sofort einen Vorschlag: Kaufen wir doch Schatten von anderen Planeten! Ich schieße los und hänge die Konkurrenz ab. Keine drei Tage, und schon habe ich fünfhunderttausend Quadratmeter Schatten zusammen. Ich kriege zum halben Preis tausend gebrauchte Zelte vom Heer aus Umruik und sechzig Kapuzenbäume aus Andromeda, da kriegst du für ein paar Drogen einen ganzen Vulkan. Und dann noch ein Geniestreich. Kennt ihr Regnluvian, den Matschplaneten, diese Kugel aus Wolken und Blitzen auf der Astrostrecke zum uranischen System? Na, da regnet es eben seit einer Milliarde Jahren, und jedem, der da lebt, sprießt sein Regenschirm direkt auf dem Kopf, eine Operation gleich nach der Geburt, damit die Leute die Hände frei haben. Ich kriege einen Tip, daß da bald der Komet Mistinguette vorbeikommt, der Paskynda gespalten und das ganze Jupiter-Asien in Klump und Asche gehauen hat. Der Komet zischt mit neuntausend Sachen pro Stunde an Regnluvian vorbei, verpaßt dem Planeten einen Tritt in die Rotation und ändert sämtliche Parameter: Rotationsrichtung, Revolution usw. Und vor allem schubst er ihn in einen Orbit um die vierte uranische Sonne.

Erstes Ergebnis: Klimaänderung. Nichts mehr von wegen Gewitter, dafür gibt es jetzt acht wohltemperierte Jahreszeiten. Zweites willkommenes Ergebnis: Zwei Millionen Regnluvianer reißen sich die Regenschirme aus dem Kopf, und wer steht sofort auf der Matte? Euer Erasmo, der Weltraum-Händler; er tauscht den gesamten Regenschirmvorrat gegen zwei Tonnen Sonnencreme ein. Kapiert ihr den Coup? Ich setze zwei Kosmofaxe ab, wegen der Kaufoption, und lade die ganze Ware auf ein Astrocargo Richtung Bletonia, da zahlen die in Rohsmaragden, mit denen sie ihre Straßen pflastern. Mein

Ehrenwort, das von Leproni Erasmo, diesmal werde ich reich.

Aber dann geht's los. Nach drei Tagen Fahrt auf der Asteroidenbahn – du kotzt dir die Därme aus dem Leib – komme ich zum Raumhafen von Bletonia und sehe mich schon mit einem Haufen Smaragden in der Tasche. Ich bin in der VIP-Lounge verabredet, habe mein überzeugendstes Lächeln und einen schönen Vertrag aufgesetzt, unterschriftsreif. Aber in dem Augenblick dämmert mir ein unerfreuliches Detail: Ich weiß nicht, wie so ein Bletonier beschaffen ist! Ein Haufen Leute ist in diesem Raumhafen unterwegs: Terraner, Seleniter, Andromedaner, Budrianer, Sha-Naga-Mönche, Mirale aus Torbaka und Ghergher aus Ghergheron, kenne ich alles, aber keine Ahnung, wie ein verfluchter Bletonier aussehen könnte.

Die Lage ist ernst: Ich kann keinen Bletonier fragen, wie die Bletonier aussehen, dafür müßte ich das ja schon wissen. Und es wäre auch zu peinlich, über Lautsprecher ausrufen zu lassen: »Herr Leproni Erasmo von Terra bittet alle anwesenden Bletonier freundlich, die Hand zu heben, wenn sie eine haben.«

Bleibt nur, denke ich mir, zu warten, daß sich einer zu erkennen gibt. Also mache ich mir's auf dem VIP-Sofa bequem und bestelle einen dreifachen Cosmoball. Der terranische Barkeeper schaut mich mißtrauisch an und fragt, ob ich noch nie auf Bleton war. Ich will nicht zeigen, daß ich in der Klemme sitze, und antworte, x-mal sei ich schon hiergewesen.

Währenddessen kommt alles Mögliche vorbei: Gelatinen, Myriapoden, Seegurken mit Gelenktäschchen, Kettenkugeln, Similkacken, grünliche Längler, Pelz-Amöben, am Ende sogar ein Jamreshanter aus Muassijamreshanter, sein Schwanz ist hundertdreißig Meter lang, und seine zweihundert Kleinen tragen ihn ihm nach. Dann werde ich langsam unruhig, rufe den Barkeeper und frage ihn:

»Hör mal, Chef, ich erwarte eine Regierungsdelegation von Bletoniern, aber ich kenne ihre ... Mäuler ... Gesichter nicht so recht, die Visagen, Fratzen, egal, helfen Sie mir doch mal, sehen Sie einen Bletonier, der irgendwie nach Ministerium aussieht?«

Der Keeper schaut sich um und sagt:

»Ich weiß nicht, mein Herr, die Bletonier sind sehr von uns verschieden, vielleicht ist der da hinten« – und weist ans andere Ende der Halle, wo was riesiges Schwarzgrünes an eine Zelle gelehnt telefoniert.

Ich warte, bis er fertig ist, und grüße ihn mit einer Handbewegung. Er erwidert den Gruß und kommt zu mir: Ein braungebrannter Zwei-Meter-Frosch mit zwei Schwimmhaut-Pfoten, die aus seiner Jacke in Kosmo-Kroko herausschauen. Er duftet wie ein venusianisches Animiermädchen und jedesmal, wenn er ein »s« ausspricht, läßt er einen halben Meter Zunge rausschnellen. Das beeindruckt mich aber nicht: Die Kundschaft hat reich zu sein, nicht schön.

»Ich bin Leproni Erasmo, der Weltraum-Händler«, stelle ich mich vor, »und komme wegen diesem Schattengeschäft.«

»Intereschant«, meint er.

»Ich hab alles dabei: zwei Millionen Sonnenschirmchen, fünfzig Bäume und zweihundert Zelte für die VIPs ...«

»Klingt nach einem auschgescheichneten Geschäft, schtimmt ...«

»Also, schließen wie das Verträgelchen ab?«

»Langscham, langscham. Ich bin auf den Handel mit Lebendwürmern schpetschialischiert, aber die Schache intereschiert mich trotschdem. Womit kann ich Ihnen dienen? Scholl ich Schie einem groschen Tier vorschtellen? Oder«, flüstert er mir ins Ohr und macht es pitschnaß, »ischt die Ware nicht gansch schauber? Keine Schorge, ich weisch, wen man schmieren musch, aber dasch koschtet Schie einen Haufen Wau ...«

»Was jetzt?« platze ich raus, »Sind Sie ein Bletonier oder nicht?«

»Wiescho Bletonier?« fragt die Kröte. »Ich bin ein Schoschibe ausch Schaam. Und Schie schind beschoffen oder wasch? Halten Schie mich für den Schuck?«

Und geht vergrätzt. Ich möchte ihn anhalten, ihm alles erklären, aber ich kann nicht. Auch er ist ein Händler der Föderation, eine Plaudertasche (wie man sieht!). Wenn er das überall im Kosmos rumtratscht, ist mein Ruf im Eimer. Erasmo Leproni, der größte Händler der Galaxien, stand kurz vor dem Geschäft seines Lebens: Aber leider wußte er nicht, wie seine Kunden aussehen! Kann man sich vorstellen, wie die lachen, in der Börse von Betelgeuze!

In diesem Augenblick betreten neue Gruppen die Halle. Sechs berüsselte Similterraner, ein Paar einfüßiger Gelbzwerge und eine Ladung Heuschrecken im Smoking. Und wen soll ich jetzt ansprechen? Gleich blamiere ich mich nochmal! Doch da kommt mir ein genialer Gedanke: mein Freund Marulli! Pompeo Marulli hat schon mal mit den Bletoniern gehandelt, den brauche ich bloß auf Terra anzurufen und zu fragen.

Ich renne zu der Telefonzelle. Mal was ganz Neues, die Tür geht schlecht auf, ich trete einmal kräftig dagegen, und schon bin ich drin. Jetzt schnell. Leider sind die Zahlen auf den Tasten bletonisch, und es gibt eine ganze Reihe Wahlmöglichkeiten, die ich alle nicht kapiere, aber eigentlich sind Telefone doch im ganzen Kosmos gleich. Tatsächlich, ich entdecke sofort einen Schlitz für die Interspatial-Karte. Ich schiebe sie rein, aber das Telefon spuckt sie wieder aus: die übliche Geschichte. Ich hab's eilig, scheißwau, ich schiebe sie mit Gewalt wieder rein, das Ding spuckt sie wieder aus, ich verpasse ihm einen Mordshieb auf die Tastatur, und diesmal schluckt es sie. Ich will den Hörer nehmen, er geht nicht ab, ich muß ihn mit Gewalt losreißen, und dann untersuche ich die Tasten: Die Nummern sind anders, aber die Verteilung ist doch in allen Galaxien gleich, die erste muß die Eins sein. Ich drücke drauf, das Telefon läßt einen mordslauten Pieps los, und sofort geht ein rotes Lämpchen an. Der Kosmos ist ein Dorf, die Telefone brechen überall sofort zusammen. Aber ich gebe nicht auf, ich verpasse ihm noch einen Hieb, und da spuckt das Telefon ein Dutzend weißer bletonischer Telefonchips aus, dann wähle ich die elf Zahlen, jedesmal von diesem nervtötenden Piepser begleitet. Ich höre ein Besetztzeichen aus dem Hörer, ein rasend schnelles Tuut; also nochmal von vorn, Karte rein, noch ein Hieb, damit es sie schluckt, die Nummer, das rote Licht, noch ein Hieb und endlich das Freizeichen. Das wird aber immer leiser. Und dann rasselt was und es erlischt.

Verdammtes Telefon, fluche ich, kann mir mal jemand sagen, wie ... Ich drehe mich um und sehe, daß ich wohl irgendwas falsch gemacht habe. Mich umringen acht Telefonzellen, die vorhin nicht da waren.

Tja, Leute, nach den beiden Tagen im Knast bin ich klüger. Die Bletonier sind Organo-Roboter, sehr empfindlich, sie bestehen aus einem Innenkörper und einem antisolaren Außenskelett in der Form, auweia, einer Telefonzelle. Den ich da malträtiert habe, war der Industrieminister. Mein Zellengenosse hat mir erklärt, daß ich ihn mit der Telefonkarte mehr oder weniger erstickt, ihm einen Arm ausgekugelt, die Hälfte der Zähne ausgeschlagen und auf die empfindlichsten Teile geprügelt habe, und am Ende habe ich ihm elf seiner sechzehn Augen zerquetscht. Mein Glück: Offensichtlich war dieser Minister in Ungnade gefallen. Deswegen haben sie sich damit begnügt, meine gesamte Ware zu beschlagnahmen und mir eine Strafe von einer Million Wau aufzubrummen, zu zahlen bar Kralle. Aber die Anklage wegen fahrlässiger Bletötung haben sie fallengelassen, weil sie eingesehen haben, daß sie einen Dolmetscher hätten vorschicken müssen. So ist mir das Geschäft meines Lebens durch die Lappen gegangen, aber ich habe mein Leben für weitere Geschäfte gerettet. Und eins schwöre ich euch, Leute, bald bin ich wieder obenauf. Gerade verhandele ich wegen einer Partie Helme für den Planeten des Harten Regens und wegen einer Partie amerikanischem Kaugummi für das Hundertmaul von Tropezar. Aber diesmal laß ich mir Fotos von den Kunden schicken. Man sollte immer wissen, mit wem man es zu tun hat.

DAS BADEZIMMER

Wovon singen die Zikaden, mitten in all dem Elend? In dieser Straße aus ein paar weißen, von der Sonne gequälten Häusern, auf der Hundeskelette um staubbedeckte Feigenkakteen kreisen? Und dort unten rauscht das grenzenlose Meer, vom Wind, der weit draußen weht, in zwei Farben geteilt.

Wovon singen die Zikaden, in diesen wallenden Kloakendünsten, im Geruch welker Blumen? Sie singen davon, daß oben, in dem Flugzeug, das den Himmel mit seinem weißen Kondensstreifen zerschneidet, daß dort oben in den Wolken Großmutter Maria, Nonna Maria aus Amerika zurückkommt.

Ganz schön kühl hier im Flughafen, verglichen mit der prähistorischen Hitze draußen, und wieviel Leute auf Nonna Maria warten!

Da sind ihr Sohn Giuseppe und ihre Enkelin Cettina, er in Blau, sie in Marzipanrosa wie am Tag der Erstkommunion, mit einem Wolkenkratzer-Eis in der Hand, je mehr sie schleckt, desto weniger stellt sie dumme Fragen. Und da sind vor allem die Gebrüder Cinque. Sie sind viele Jahre in Amerika gewesen, das letzte Mal, weil irgendein Schurke sie verleumdet hatte, doch jetzt ist die Stimmung im Dorf wieder gut, die Cinques sind zurück, mächtiger und großzügiger als zuvor. Da stehen sie und warten auf Nonna Maria, als wäre sie eine hochgestellte Persönlichkeit.

Salvatore Cinque, der jüngste, lockig und athletisch, hält einen Blumenstrauß in der Hand, so groß, wie er ihn nicht einmal den Mädchen von Brooklyn geschenkt hat.

Giovanni Cinque, genannt der Advokat, groß und elegant, in zabaionefarbenem Anzug, hat seine Frau Lucia untergehakt, ein juwelenbehangenes Matrönchen, das den Zollbeamten nervös zulächelt.

Rosario Cinque, der Älteste, sitzt mit gespreizten Beinen da, zwischen denen er den Gehstock hält wie ein Zepter. Sein von drei Narben gezeichnetes Gesicht ist undurchdringlich, geisterhaft. Nicht umsonst hatte er in Amerika den Spitznamen »Bad News Rosario«, Rosario Cattive Notizie, Schlechte-Neuigkeiten-Rosario. An seiner Seite steht ein riesiges, in Goldpapier und Bänder gehülltes Paket. Pralinen für Nonna Maria.

Die Passagiere aus New York verlassen das Flugzeug, und Nonna Maria ist schon unter den ersten, dick, schwarz und hinkend, ein Steward dient ihr als Krücke. Sie schnaubt und wirkt deutlich erleichtert, als sie ihre Verwandtschaft erblickt. Cattive Notizie's Grabesmiene öffnet sich zu einem von sechs Goldzähnen funkelnden Lächeln, und auf dieses Lächeln hin rennen die anderen Brüder zu Nonna Maria und geleiten sie rasch und wortlos an den Zollbeamten vorbei. Nur eine Minute, und schon sitzt Nonna Maria in einer blauen Limousine, die lautlos zum Meer hin rollt.

»Wie lieb von euch, daß ihr mich alle zusammen abgeholt habt«, sagt die Großmama. »Und die Blumen, und die Pralinen! Nicht einmal meinen Ausweis haben sie sehen wollen ...«

»Signora Maria«, sagt Cattive Notizie, »Sie sind eine viel zu angesehene Reisende, als daß die Ihren Ausweis sehen wollten.«

»Wenn hier bei uns einer Ausweise sehen will, dann höchstens wir ihre!« lacht Salvatore. Sein großer Bruder blitzt ihn an.

»Erzähl uns von Amerika, Großmutter«, bittet Cettina und kuschelt sich an sie.

»Was soll ich euch erzählen? Nichts als essen mußte ich, drei Tage, ununterbrochen. Sie haben auch ein Fest mir zu Ehren veranstaltet, mit einer Sängerin, die Liebeslieder gesungen hat, extra für mich! War das peinlich!«

»Und Giuliano?« erkundigt sich Giovanni. »Ist Giuliano nett zu Ihnen gewesen?« Giuliano Cinque ist der vierte Bruder, der mittlerweile fest in Amerika lebt.

»Giuliano ist ein echter Ehrenmann«, lächelt Nonna Maria. »Und er hat mir ein Geschenk für euch mitgegeben.«

Der Wagen biegt auf einmal rechts ab, in das Industriegebiet der Stadt, wo er vor einer Werkhalle langsamer wird.

»Hier lang geht es doch gar nicht ins Dorf«, meint Cettina.

»Nonna Maria ist müde« sagt ihr Vater. »Sie braucht eine kleine Pause.«

»Kann sie sich nicht zu Hause ausruhen?«

»Halt den Mund.«

Mit aller Vorsicht, als wäre es pures Gold, helfen sie den hundert Kilo von Nonna Maria aus dem Auto.

»Mußte das Mädchen unbedingt mitkommen?« fragt Salvatore leise.

»Kinder machen sich immer gut, wenn man als Gruppe auftaucht. Wirken sympathisch. Aber jetzt haltet sie beiseite, daß sie mir nicht auf die Eier geht«, sagt Cattive Notizie.

Ein paar Minuten später. Giuseppe spricht mit dem Chauffeur, einem jungen Mann mit Falkengesicht. Er bemerkt nicht, daß seine Tochter heimlich aus dem Auto gestiegen ist und an dem Schuppen entlangschleicht, bis zu einem Fenster. Sie schaut hinein. Und was sieht sie? Nonna Maria, mitten in der Halle, in nichts als den Unterhosen, den runzeligen Leib mit schwarzen Streifen überzogen. Neben ihr die Brüder Cinque. Cattive Notizie sitzt wie immer, die beiden anderen packen das Ende eines der Streifen und ziehen kräftig, Nonna Maria stößt einen Schrei aus. Klebeband, denkt Cettina, warum haben die in Amerika sie bloß so verpflastert? Dann sieht sie, wie die Brüder weiße Tütchen von dem Klebeband pflücken, wie die Zuckerbriefchen im Café. Cattive Notizie kostet aus einem und sagt etwas, alle lachen, inklusive Nonna Maria, die rot ist vor Scham und jedesmal röter wird, wenn sie einen weiteren Streifen von ihr abreißen. Es ertönt ein ratschendes Geräusch, und Nonna Maria schreit vor Schmerz, und die Brüder sammeln die weißen Tütchen ab. Sollte ich vielleicht Papa Bescheid sagen, daß sie der Nonna wehtun? denkt Cettina, aber die Nonna lacht. Was ist das für ein seltsames Spiel?

Unvermittelt kracht ihr eine heftige Ohrfeige ins Gesicht. Ihr Vater hat sie entdeckt, vor Wut kann er fast nicht reden.

»Gnade dir Gott, Cettina, wenn du ausplauderst, was du hier gesehen hast!«

»Aber warum?« weint das Mädchen. »Warum tun sie der Nonna weh?«

Giuseppe beugt sich über sie, schaut sich um, ob jemand kommt, wischt ihr die Tränen ab.

»Weißt du noch, Cettina, als dieser Laster aus der Stadt zu uns ins Dorf gekommen ist mit den geblümten Badezimmerkacheln und diesen schönen kleinen rosa Waschbecken und du gesagt hast, aus denen würdest du so gern trinken? Und die Kloschüssel, und die Wasserhähne, weißt du noch, als sie die ausgeladen haben, da hast du gesagt: Muß der glücklich sein, der sich so ein Bad kaufen kann.«

»Ich weiß es noch genau, Papa, und du hast gesagt: Glücklich schon, aber wehe, alle Welt erfährt davon.«

»Ganz genau. Damals hat Nonna Maria gehört, was du gesagt hast, und sie hat dir ein Geschenk machen wollen. Deswegen ist sie nach Amerika geflogen. Aber Vorsicht, über dieses Geschenk darfst du niemals mit irgendwem reden. Versprochen?«

»Versprochen.«

Wovon singen die Zikaden, mitten in all dem Elend? Zwischen diesen wenigen, salzbewehten Häusern, vor deren Türen vier leere Stühle stehen und ein blutiges Kaninchenfell hängt, an deren Fenstern sich ein Gesicht zeigt, zwischen denen der Wind auf der Straße den Staub aufwirbelt, so daß die Kopfsteine wie Wirbelknochen herausragen.

Wovon singen die Zikaden? Sie singen davon, daß im ältesten und elendsten Haus des Dorfes, in dessen Fenster die Plastikmadonna steht, daß genau dort Nonna Maria in einer goldenen Wanne mit goldenen Wasserhähnen badet.

Die Wanne ist so groß wie zwei normale Badewannen, eine Königskutsche, und auf den Hähnen schimmern perlengleich die Tropfen. Nonna Maria liegt in dem vom Badesalz rosa gefärbten Wasser, eine reglose, glückliche Riesenschildkröte, nur der Kopf schaut heraus und ein geschwollener Fuß mit gekreuzten Zehen.

Im hellblau gefliesten Badezimmer, es ist geräumig wie ein Salon, befinden sich zwei Waschbecken mit Spiegeln darüber, die von Lämpchen gerahmt sind wie in den Schauspielergarderoben von Hollywood oder wie die Lichterkrone der Madonna. Es gibt ein blendend weißes Klosett, in das man Blumen stellen könnte, und ein Bidet mit Dreifachdüse, so zart, daß man einem Fischlein den Popo damit waschen könnte. Überall hängen Handtücher und Morgenmäntel in verschiedenen Farben. Außerdem gibt es Grünpflanzen und ein Regal mit sämtlichen italienischen und amerikanischen Kosmetika. Hinten ist eine Ecke noch nicht ganz fertig, der Estrich liegt bloß und Rohrstümpfe schauen aus der Wand, dort kommt der Whirlpool hin oder wer weiß was, vielleicht noch ein Klo, man kackt und macht zugleich Konversation. Nonna Maria bewegt sich schwer und läßt das Wasser aus der Wanne schwappen, sie betrachtet ihr Feenreich, wer ahnt schon, daß sich in diesem Häuschen dieses Wunder von einem Badezimmer verbirgt? Wenige wissen es, und sie werden es nicht verraten.

»Na, jetzt reicht's«, denkt Nonna Maria und zieht an einer Strippe, daß es durchs ganze Haus schallt, ihr Bad ist beendet, die Zikaden klatschen Beifall.

Cettina kommt herein und hilft Nonna Maria aus der Wanne. Die Nonna streichelt sie zum Dank pitschnass.

»Jetzt«, sagt sie, »kannst du in die Wanne. Wie eine

Prinzessin. Ach was, nicht einmal eine Prinzessin hat so ein Badezimmer!«

»Danke, Nonna«, sagt Cettina.

»Warum bedankst du dich bei mir?«

»Ist das Badezimmer nicht ein Geschenk von dir?«

»Dieses Badezimmer hat dein Vater gekauft, von seinem Geld, vergiß das nie!«

»Und wir sind die einzigen im Dorf, die so ein Bad haben?«

»Ganz genau.«

»Aber warum kommen dann fast jeden Tag LKW's mit Kacheln und Waschbecken? Auch heute ist wieder einer gekommen, zu den Provenzanos, ich habe gesehen, wie abgeladen wurde.«

Nonna Maria lacht und legt Cettina einen Finger auf den Mund.

»Da kann man sehen, auch Signora Rosa hat eine Reise nach Amerika gemacht.«

Sie lachen alle beide. Cettina dreht den Hahn auf, und ein geräuschvoller Wasserfall stürzt herab, laut wie das Meer unten in der Grotte, wenn die Flut steigt. Die Zikaden sind nicht mehr zu hören.

UNGLAUBLICH, ABER WAHR

Als Mrs. Judy O'Flannagan aus Ballyamosduff (Irland) eines Morgens im Jahre 1964 erwachte, stellte sie fest, daß ihr Haus vollkommen von einer rosa Wolke eingehüllt war.

Ihre Schwester Sheena und sie versuchten mit allen Mitteln, die Wolke zu vertreiben: Sie wedelten mit Laken, gossen Wasser aus Eimern dagegen und beteten in gälischer Sprache. Erst nach einiger Zeit bemerkte die Lady, daß es sich um das Ende eines außergewöhnlich großen und kompakten Regenbogens handelte, das auf ihrer Heimstatt ruhte. Die Wolke gehörte in der Tat zu einem der Farbringe.

Die Feuerwehrleute, sofort gerufen, konnten einige Meter des Regenbogens ersteigen, doch dann mußten sie aufgeben, weil die Wand so steil und glitschig war.

Zum Glück verschwand der Regenbogen nach kurzer Zeit ebenso unversehens, wie er gekommen war. Mrs. O'Flannagans Haus trug keine Schäden davon, außer daß sämtliche Hemden des Gatten der Besitzerin von dem irisierenden Bad einen leichten Rosastich zurückbehielten.

Ein analoges Phänomen wurde vom anderen Ende des Regenbogens berichtet, genau sechs Meilen entfernt, im Orte Bailieborough, vom Bauernhof der Edna O'Raferty. Der einzige Unterschied: Hier war der Lichtschein gelb, und Ednas Mann Paddy O'Raferty, ein Mensch von wenig entwickelter Phantasie und geringen meteorologischen Kenntnissen, wollte der Erklärung seiner Frau, die Hemden betreffend, keinen Glauben schenken.

»Wenn Sie mich fragen, dann hat da eine verdammte Socke abgefärbt«, erklärte er gegenüber der Presse.

Eine Gruppe von Wissenschaftlern der Universität Belfast begab sich an Ort und Stelle, doch ihre Schlußfolgerungen sind nie bekannt geworden.

Im Sommer 1969 fuhr Herr Erik Karlsson aus Lyby (Schweden) auf Besuch zu Verwandten nach Dänemark. Vor dem Aufbruch machte er seine treue Stute Linnea mit der Kette an einem Pfahl mitten auf seiner Wiese fest. Zudem wies er seine Frau Karin an, täglich einen halben Meter Kette zuzugeben, damit die Stute einen größeren Kreis abschreiten und so immer frisches Gras weiden konnte.

Leider jedoch verschwand Herr Karlsson spurlos, nachdem man ihn noch einmal in reizender blonder Gesellschaft auf der Fähre nach Kopenhagen gesichtet hatte. Obwohl sie ihn nicht wiedersah, verfuhr seine Frau, wie er ihr gesagt hatte, und verlängerte jeden Tag Linneas Kette. So kommt es, daß die Stute heute, fünfundzwanzig Jahre später, fast die gesamte Vegetation Südschwedens und große Teile der norwegischen Weiden verschlungen hat.

Wenn Herr Karlsson nicht doch noch rechtzeitig zurückkehrt, gerät auch Kontinentaleuropa in ernste Gefahr, da Linnea eine ausgezeichnete Schwimmerin ist.

Señor Epaminondas Rios aus Cali (Kolumbien) hat vor

zwei Jahren in seinem Gemüsegarten eine sechsunddreißig Kilo schwere Kartoffel entdeckt und sie ein halbes Jahr später geheiratet.

Die Hirten Efisio Collu aus Maracalagonis (Sardinien) und Willie Cash aus Perth (Australien) erproben als erste in der Praxis das Projekt Intersheep, welches der Zusammenarbeit zwischen der italienischen und der australischen Regierung sowie einer großen japanischen Telesatelliten-Firma entspringt.

Auf ihren Hirtenhütten wurden Parabolantennen installiert, mit deren Hilfe sie bequem im Sitzen ihre Schafe über Video verfolgen können. Collu beobachtet die australische Herde, Cash die sardische. Im Falle einer Gefahr warnt ein Kollege den anderen mit einem Alarmsignal via Satellit. Für die unwahrscheinliche Eventualität, daß beide Systeme ausfallen, werden die Herden zusätzlich von einer japanischen Station aus bewacht. Das Projekt Intersheep hat bislang so hervorragende Ergebnisse erbracht, daß man seinen baldigen Einsatz im großen Maßstab plant.

Monsieur Jacques Dubois aus Arles (Frankreich), genannt »Jojo«, hat eine ganz außergewöhnliche Eigenart: Als einziger Angler der Welt spielt er in seinen Berichten Größe und Gewicht seines Fangs herunter. So hat er zum Beispiel letzten Monat einen Karpfen von sieben Kilo geangelt, aber seinen Freunden in der Bar nur von einem Viereinhalb-Kilo-Fisch erzählt. Der unglaubliche Fall wird gegenwärtig von Medizinern untersucht.

LARA

Ich habe schon immer gewußt, daß ich anders bin, schon seit meiner Jugend. Fragt mich nicht woher. Ich hatte mich erst wenige Male gehäutet und lebte glücklich zwischen den Korallen des Riffs, hundertzwanzig Meter tief unter Wasser.

Schon damals verbrachte ich viel Zeit allein, während meine Gefährtinnen sich schwanzschlagend jagten, den Tintenfischen vor der Nase weg in die Höhlen witschten und mit anmutigen Bewegungen unseres natürlichen Bestecks, der Zangen, toten Fisch aßen.

Schon damals schaute ich nach oben, zu jener geheimnisvollen Fläche, woher an hellen, windstillen Tagen jenes Licht kam, dieser Farbschimmer wie von einem anderen Planeten.

Schon damals spähte ich in die Tiefe und sandte meinen Ultraschall in den Abgrund, aus dem meine größeren Artgenossen aufstiegen, dazu Fische mit großen, angsterfüllten Augen und kurvenreiche Tintenfische.

Mehr als alle anderen beneidete ich den Wal, diesen großen, dunklen Körper, der weit hinabtauchen konnte, zweitausend Meter tief, bis er im eiskalten Dunkel verschwand, der aber auch zum Licht emporfliegen konnte, sein von der Tiefe berauschtes Auge kam dicht an mir vorüber, ohne mich zu sehen, denn ich war zu klein, nur eine kleine rote Languste, schimmernd wie eine Koralle, aber mit einem Schicksal, das sich von demjenigen aller anderer unterschied. Ich heiße Lara.

Schon damals konnte ich mehr als meine Gefährtinnen. Der Radar meiner Fühler war kräftiger als ihrer, ich empfing alle Geräusche des Meeres und konnte sie mühelos imitieren, ich konnte den Gesang des Wales nachahmen und das Lachen des Delphins, das bedrohliche Zischeln des sich mit Rückstoß fortbewegenden Tintenfisches, manchmal erschreckte ich mit diesem Geräusch meine Gefährtinnen, wenn ich von fern herangeschwommen kam. Aber ich verwandte mein Talent nicht, um Theater zu spielen. Es war kein Spiel, es gehörte zu meiner Neugier auf die große Welt, die noch ganz zu entdecken war. Mir genügte diese Zwischenwelt nicht, der Bereich der mit Korallen und Seerosen bewachsenen Felsen, der trägen Brassenschwärme und der vorüberziehenden Thunfische. Ich liebte es, nach oben und nach unten, das Licht und die Tiefe zu erforschen.

Häufig suchte ich die dunkleren Gefilde des Meeres auf, glitt an der Riffmauer hinab, bis der Druck meinen Panzer fest packte, bis ich in allen Knorpeln knirschte und ächzte. (Vielleicht habt ihr dieses Geräusch schon einmal gehört, wenn ihr eine von uns gekocht habt.)

Ich schwamm ins Lichtlose und begegnete Fischen, die ich nie zuvor gesehen hatte, einzeln oder in Schwärmen, Kalmare in großen Gruppen und Wolken von Garnelen. Ich sah den leuchtenden Pelacodus wie ein Sonnenblitz an mir vorüberzischen, verfolgt von einer dunklen, geflügelten Form, vielleicht einem Mantarochen, dem seinerseits etwas noch größeres dicht folgte, von dem das Wasser und meine Fühler erbebten, denn so lautet die Regel Nummer eins im Meer:

Niemand ist so groß, daß er nicht eines Tages jemandem begegnet, der größer ist als er.

Oh, ich war klein. Nicht länger als zwanzig Zentimeter, und ich hatte nicht einmal den harten Panzer des Hummers, dieses grünlichen Stänkerers, immer bereit, sich auf uns zu stürzen und uns zu verstümmeln. Ich verstand nichts von Mimikry, wie der prähistorische Heuschrekkenkrebs, ich verbarg mich nicht im Sand wie der Seeteufel, hatte nicht zu meiner Verteidigung die schwarze Farbe der Tintenfische noch die Zähne der Muränen oder die Tentakel der Seepolypen. Ich hatte meine Schale, war aber eine miserable Kämpferin. Eine Aasfresserin eben. Und zu meinem Unglück war ich auch eine begehrte Beute.

Einmal kam ich bis auf vierhundert Meter hinunter und traf die weißen Langusten. Ich hatte von ihnen gehört, aber noch nie eine gesehen. Sie waren sehr groß, fünf-, sechsmal so groß wie ich, und bewegten sich gespenstergleich. Manche waren durchscheinend, man konnte sehen, wie die Lymphe in ihren Beinen rann, in den Fühlern, ja sogar in den Augen. Sie tanzten (das hatte man mir erzählt), schwammen mit langsamen Schlägen der Schwänze im Kreis, einer Figur nach, die spiralig in die Tiefe führte. Sie lauschten der Musik der Strömungen, der kalten Strömung der Kalmare, die an dieser Stelle das laue Wasser durchbricht, fast wie ein Meer innerhalb eines anderen.

Gleich begriff ich den Anlaß zu diesem Tanz: In der Mitte des Reigens befand sich eine weiße Languste. Sie schlug nicht mehr mit dem Schwanz, regte nur noch ein wenig die Beine, den Bauch nach oben: Sie starb, und die anderen begleiteten sie in die Tiefe. Die Große sank in ihrer Agonie, sie kreiselte, ließ sich gehen: Nichts schien mir erstrebenswerter als dieser engelhafte Sturz. Doch während ich wieder aufstieg, wurde mir bewußt, daß ich das Licht über mir ebenso ersehnte, den schwindelerregenden Aufstieg zu einem anderen Mysterium.

Als ich zurückkehrte, lachten meine Gefährtinnen mich aus. Die Kälte hatte meinen Panzer mit einer dunklen Patina überzogen, meine Fühler zitterten. Sie fragten, ob ich den Riesenkraken gesehen hätte, lang wie sieben Schiffe, oder den Wolfshummer, der die Langusten mitten durchschneidet, eine Hälfte verschlingt er, die andere bespringt er, oder ob ich eine schöne Matrosenleiche als Mahlzeit gefunden hätte. Mach uns den Gesang des Celacadus nach, sagte eine. Ich zeigte ihnen die kalte Schulter.

Als ich noch zehnmal den Panzer gewechselt hatte, gab mir das Schicksal endlich das Zeichen, auf das ich so lange gewartet hatte. Während ich gerade die heimtückischen Manöver eines im Sande verborgenen Seeteufels beobachtete, entdeckte ich ein Netz, das im Wasser trieb. Oh, es war nicht das erste Mal. Ich hatte oft gesehen, wie meine dummen Gefährtinnen sich auf die Fische stürzten, die sich in den Maschen verfangen hatten, hatte den Kopf abgewandt, wenn ich sah, wie sie selber als Gefangene strampelten und sich in einem sinnlosen Kampf verausgabten, bei lebendigem Leibe von den Seeflöhen angefressen, in den Wänden aus Fäden baumelnd. Doch dieses Netz war anders: Hinter ihm erschien mir zum ersten Mal ein Mensch. Er war ganz schwarz und hatte lange Flossen. Ich wußte, daß das nicht seine natürliche

Erscheinung war, sondern eine Verkleidung, mittels derer er in unser Reich eindringen konnte. Dennoch sah er gar nicht so anders aus als ein Geschöpf des Meeres. Hinter sich ließ er eine wunderschöne Reihe Luftblasen, klein und wirbelig die einen, dick die anderen, wie Quallen, die nach oben stiegen.

Ich lernte sofort, ihre Geräusche zu imitieren, ihr leises Zerplatzen. Und ich begriff gleich, was den Menschen interessierte. Er sammelte Korallen, die Zweige, die unser Dorf waren, das Haus, in dem Millionen kleiner Tiere miteinander leben. Es gab einen Korallenwald, den ich gut kannte, auf einem runden, von den Höhlen der Zakkenbarsche durchlöcherten Felsen. Jahre und Jahre hatte es gedauert, bis dieser Wald herangewachsen war. Jetzt brach der Mensch Zweige von ihm ab und steckte sie in ein kleines Netz. Er lag waagerecht auf dem Boden, langsam die Flossen bewegend, und ging in aller Ruhe seiner Tätigkeit nach. Zwischen uns war das Netz. So hatte ich keine Angst, als er mich entdeckte. Ohne das Netz wäre ich vielleicht geflohen, vielleicht auch nicht. Aber das Netz war da, ein Hindernis auch für ihn.

Ich schwamm hin, um ihm in die Augen schauen zu können, hinter der durchsichtigen Wand seines Panzers. Er sah mich seinerseits an und vollführte mit der Hand einen tolpatschigen Versuch, durch die Maschen nach mir zu greifen. Ich dachte, es wäre lustig, wenn auch er im Netz hängenbliebe wie eine dumme Languste, auch ich hätte an dem Festmahl teilgenommen, ein Menschenwesen habe ich noch nie gegessen, im Grunde ist es auch nur Fleisch, sonst nichts, das nach kurzem mürbe wird und stinkt wie anderes auch.

Er gab seinen Versuch bald auf und wandte sich wieder

seiner Arbeit zu. Dann nahm er eine neue Position ein, Flossen nach unten, Kopf nach oben, und stieg nach oben zum Licht auf. Ich folgte ihm, er war schnell, aber es gelang mir, ihn zu ereichen. Ich bemerkte, daß er mich erstaunt ansah. Dann hörte das Netz, das uns trennte, auf, nur noch lange Seile waren zwischen uns, doch der Mensch machte keinerlei Versuche mehr, mich zu fangen, ich begriff, daß er es eilig damit hatte, hochzukommen, daß das Meer ihm in diesem Augenblick unheimlich war. Plötzlich hielt er an und ergriff ein Seil, das von oben her kam, wo man deutlich den weißen Bauch eines Bootes erkannte. Wie verblüfft blieb er an Ort und Stelle.

Er nahm sich den blubbernden Apparat, mit dem er atmete, vom Rücken, und von oben ließ man ihm einen anderen herab. Immer noch hielt er inne, er atmete ruhig. Vielleicht wollte er nicht mehr hinauf, ging es ihm gut hier. Ich begann, ihn zu umkreisen. Ich meinte, wir könnten Freundschaft schließen. Eigentlich befanden wir uns ja in einem Zwischenbereich, dort, wo es noch nicht richtig dunkel ist und das Licht noch nicht blendet, dort, wo die laue Strömung herrscht und die Delphine spielen. Also versuchte ich, mit den Fühlern die Konsistenz einer seiner Flossen zu erkunden. Er schaute zu, schien an meinen Bewegungen interessiert. In seiner Hand sah ich eine schwarze Tafel, auf die er Zeichen malte. Er band sie an eine Leine, zog daran, und die Tafel verschwand zum Licht. Jetzt wartete er. Dann kam von oben etwas Längliches. Im allerletzten Moment sah ich, daß am Ende eine Harpunenspitze befestigt war, eine mit drei Zacken. Ich ahnte die Gefahr und floh. Die Harpune zischte mit all ihrer Bösartigkeit an mir vorbei und beendete ihren Flug mit einem heftigen Purzelbaum.

Es war nicht leicht, Freundschaft mit dem Menschen zu schließen, die Delphine hatten mir das schon gesagt, dennoch hatte ich es versuchen wollen. Doch an jenem Tag war mir auch klar geworden, daß mein Schicksal mich nach oben trieb, zur Welt des Lichts.

Und das Schicksal erfüllte sich, zehn Häutungen später. Mittlerweile war ich eine große, angesehene Languste, ich hatte schon dreihunderttausend Nachkommen, auch wenn wohl nur zwei oder drei hatten heranwachsen können. Ich war derart erfahren und schnell, wenn es galt, einem Tintenfisch zu entkommen, daß ich mich manchmal in frechem Zickzack zwischen seinen ausgestreckten Tentakeln hindurchschlängelte. Ich fürchtete nicht einmal die Rangeleien mit den Hummern. Das konnte nicht gutgehen: Allzuviel Selbstsicherheit ist keine gute Überlebensstrategie im Meer.

Als ich also eines Tages faul rückwärts schwamm, spürte ich die gefährliche Nähe des Netzes. Mein Radarsystem hatte mich schon so vielen Netzen ausweichen lassen, und dieses hier hatte sehr weite Maschen: Ich wollte den Kitzel verspüren, hindurchzuschwimmen. Und es gelang mir. Doch hinter dem ersten Netz war ein zweites, engeres. Ich erlebte nur einen kurzen Augenblick der Panik, in dem ich zappelte und mir eine Zange verrenkte. Dann beruhigte ich mich. In den Maschen hängend, gefangen, harrte ich meines Schicksals. Lange brauchte ich nicht zu warten. Die Folter, von den Seeflöhen zerbissen zu werden, blieb mir erspart. Das Netz geriet in Bewegung. Ich sah, wie es gen Licht anstieg, wie der weiße Bauch des Schiffes sich näherte. Als es fast oben war, beschleunigte sich die Bewegung des Netzes. Angenehm war das nicht. Auch wenn wir Langusten große Druckunterschiede aushalten, ließ mir die Angst bei diesem Aufstieg zum Licht den Panzer eng werden und erfüllte mir das Herz, das ich nicht habe.

Immer weiter stieg ich hinauf, benommen. Ich schlug gegen die Schiffswand. Das Licht blendete mich, mir schwanden die Sinne. Dann spürte ich ein Tentakel, das mich behutsam aus dem Netz befreite. UND ICH SAH. Ich sah eure Welt, oder einen Teil davon, ich sah den Todeskampf der Fische ringsum, deren Schwimmblase geplatzt war. Ich sah vier oder fünf Menschenwesen, erkannte, wie sie wirklich gebaut sind, nicht wie irgendein Seewesen, höchstens daß ihr Gesicht dem der Schildkröten ähnelt. Sie steckten mich in eine Wanne voll übelriechendem Wasser, gemeinsam mit vier oder fünf Schicksalsgenossinnen, und alle weinten und wehklagten und stellten absurde Fragen der Art: Was soll jetzt bloß aus uns werden? Am Grunde der Wanne saß ein mürrischer Hummer. Seine Zangen waren zugebunden, das hatten die Menschen getan, damit er uns nicht wehtat und unser zartes Fleisch zerriß. Er beschimpfte mich. Ich pißte ihm ins Gesicht.

Jetzt möchte ich versuchen, euch zu beschreiben, wo ich bin. In einem »Kühlschrank«, so heißt das, wenn ich recht verstanden habe. Also lebe ich noch, auch wenn ich ein wenig benommen und kältestarr bin. Man hat mich oft von hier nach dort gebracht, einen Monat lang habe ich in etwas gelebt, daß sie Aufenthaltsbecken nannten, gemeinsam mit zweihundert weiteren Gefährtinnen, ein paar Hummern mit Handschellen und einem Zackenbarsch als Maskottchen.

Dann bin ich eines Tages »gekauft« worden. Der Chef des Fischhandels, ein Mann, der uns »meine kleinen Ballerinas« nannte, kam zusammen mit einem anderen Mann herein, einem, der ganz wichtig sprach (bei den Menschenwesen zeigt die Stimme den Platz in der Hierarchie an). Eine nach der anderen haben sie uns gemustert, und dann haben sie mich ausgewählt und noch eine, die wir die Fette getauft hatten. Eine über die andere haben sie uns in eine Plastiktüte gestopft, die Fette hielt nie still und jammerte und bat mich, sie aus Barmherzigkeit zu töten, weil sie nicht leiden wollte. Die Fette ist eine ganz Tragische. Dann hat der Mann uns dahin gebracht, wo er wohnt, und wir sind im Kühlschrank getrennt worden. Die Fette war am Ende, sie haben sie weiter oben reingetan, in ein Abteil, aus dem ein eisiger Wind herabkam, und mich in einen Glaskasten, zusammen mit einer Seebarsch-Leiche von drei Kilo. Ich habe mich draufgelegt, ein kaltes, feuchtes Bett. Und ich habe gewartet.

An diesem Abend haben sie die Fette geholt, und ich habe das Radar abgeschaltet, weil ich keine Lust hatte, ihr ganzes Gejammer und die testamentarischen Verfügungen zu hören, bevor sie starb. Nur für einen einzigen Augenblick habe ich die Antennen angemacht. Die Fette teilte mir mit, daß die Menschen, wie gütig, uns in unserem Element umbringen: dem Wasser. Dann hörte ich noch deutlich die Nachricht: »Hilfe, ist das heiß«. Und dann Schluß. Tschüß, Fette. Ich habe die ganze Nacht lang geschlafen, der Kühlschrank brummte, dann und wann machte ein schwitzender Mensch die Tür auf und holte Wasser und verschiedenfarbige Flüssigkeiten heraus. Einmal hat er mich auch angesehen. Ich hielt ganz still, war mißtrauisch. Da hat er mich an einem Fühler gezogen. Ich habe mich bewegt, und er hat gesagt: »Ein Glück, sie lebt noch.« Welch gutes Herz. Jetzt verstehe ich auch alles, was sie sagen, jeden Ton, jede Schwingung, ich höre all ihre Gespräche genau mit.

Gut, heute abend erfüllt sich mein Geschick. Sie haben mich herausgenommen und gefesselt, und jetzt trägt mich der Hausherr zur Todeszelle, er hält mich mit ausgestreckten Armen vor sich wie ein heiliges Opfer. Und da hinten steht er, der tödliche Topf, Dampf quillt heraus, vier Personen quietschen in gespieltem Schrecken, o Gott, die Ärmste, höre ich, eine Frau tut so, als könnte sie nicht hinsehen, blinzelt aber zwischen den Fingern hindurch, eine andere grinst, scheint sie zu verspotten, ein Mann zieht ein ernstes Gesicht, um ganz deutlich zu zeigen: Er ist kein Sadist, aber so ist nun mal das Gesetz der Natur; der vierte hingegen ist ganz rot, erregt, man sieht, daß er die Szene genießt. Schon hält der Henker mich über den Topf. Ich spüre große Hitze, höre noch einen kurzen Frauenquieker, und der Henker zögert kurz, er weiß, daß er mich rasch und entschlossen hineinstecken muß, sonst verbrühe ich ihn mit einem Schwanzschlag. Er wappnet sich, mich zu töten, hält die Luft an, auch alle anderen halten sie an, die Sonne bleibt am Himmel stehen, und die Wellen erstarren auf dem Meere, ich begreife, daß dieser Moment kosmischen Schweigens genau das ist, worauf ich gewartet habe. Ich hebe einen Fühler wie einen Zeigefinger zu seinem Gesicht und imitiere die menschliche Stimme; mit klirrendem Falsett frage ich ihn:

»Und Sie, glauben Sie an die Wiedergeburt?«

Und jetzt sind sie an der Reihe. Ich werde von nun an nicht mehr sprechen, sollen erstmal die Wissenschaftler kommen und die Fernsehleute aus aller Welt. Wenn ich das Wort recht verstanden habe.

DIE MUSKATELLER-MADONNA

Wenn man vor dem Gedränge und Gerempel des lärmigen Städtchens Zuflucht im Innenhof eines alten Palazzos sucht und von dort aus in die stille Konzentration eines Museums eintaucht, während fern die letzten Hupen und Schreie verhallen, so tritt man drinnen vor ein Gemälde, eine Landschaft, ein Antlitz, und die Seele taucht in diese schweigende Schönheit ein, sie beruhigt sich und vergißt das, was sie zuvor kränkte, es ist, als schlösse man hinter sich die Tür zu einer Einsiedelei, als verließe man einen Planeten und begäbe sich auf einen anderen. So erging es uns, als wir die Staus auf der Autobahn hinter uns ließen, die Schlangen beim Anstehen um einen wäßrigen Kaffee, die Benzindünste, das Geholper auf den Überführungen, die dröhnende Rechthaberei der Gelenkbusse und den nervtötenden Lärm der Hubschrauber über unseren Häuptern, als wir dann den Schalter, an dem wir die Autobahngebühr entrichten mußten, hinter uns gelassen hatten und nach wenigen Kurven schon über eine Straße am Fuße der Berge dahinfuhren, die die Landschaft teilte, zur Rechten welliges Land, hier und dort von pittoresken Weilern besät, und zur Linken grüne, waldreiche Hügel, so daß, während wir den launenhaften Windungen des Flüßchen Nevo hinauf folgten, zwischen auf Felsen ragenden

Schlössern und Klöstern auf überkragenden Steinwänden, unsere Straße immer steiler und gewundener wurde, immer klarer die Luft.

So entfernten wir uns von unserer bisherigen Welt und näherten uns Stille und Einsamkeit, der zeitlosen Zeit uralter Dörfchen.

Dank unserem wertvollen Führer Tersite, der Jahre zuvor in diesen Orten Bücher auf Raten verkauft hatte, fanden wir gleich eine kleine Brücke, die über ein grünschillerndes Wasserbecken führte, und gelangten nach und nach in das grüne, liebliche Tal des Nevolo, eines schäumenden, dem Nevo zustrebenden Sturzbaches.

Schattiger Frieden umfing uns. Das einzige Geräusch war der Aufprall einiger Kiefernzapfen auf der Motorhaube. Die Sonne blinzelte durch die Wipfel der Nadelbäume und entsandte unvermittelt Pfeile auf die Windschutzscheibe, deren Stadtschmutz sie so offenbarte.

»Die wird jetzt gewaschen«, sagte Tersite mit plötzlicher Bestimmtheit. Folglich hielten wir alsbald an einer geeigneten, grasbewachsenen Stelle, am Fuße eines von Kastanienbäumen gespickten Steilhangs, von dem herab unsichtbar und schelmisch ein weiterer kleiner Zufluß, ein Nevolino, herabkam und sich verbarg; unsere Schuhe jedoch bemerkten ihn sogleich, denn das Gelände ringsum war sumpfig.

Vor unseren Augen erstreckte sich ein vielfarbiges Schachbrettmuster von Feldfrüchten und geometrisch genauen Ackerfurchen bis zum Fluß, auf dessen anderer Seite das Gelände unvermittelt schwindelerregend emporstieg, bis sich oben auf einem gewaltigen Felsen unser Ziel erhob: San Crispino, das mittelalterliche Dorf, ein Schrein unermeßlicher Kunstschätze.

»Man muß doch zugeben«, sagte Tersite, indem er schwungvoll auf einen wedelnden Farn pißte, »daß man nur in unserem Land solche Landschaften so nahe bei der Stadt finden kann.«

»Stimmt genau«, pflichtete ihm seine Frau Clorinda bei. »Stellt euch vor, keine halbe Stunde von hier, und schon seit ihr bei den Lifts, die zum Greccio hinaufführen, umrahmt von gesunden Wäldern und verschneiten Pisten. Auf der anderen Seite könntet ihr ebenfalls in einer halben Stunde zum Meer hinunterfahren, und dort, zwischen Dünen, die mit duftendem Rosmarin und wildem Ginster gespickt sind, erblickt ihr die Einrichtungen des Badeortes Pavoncello, wo euch neben Bädern und Thalassotherapie Shoppingmöglichkeiten erwarten, die denen der Großstadt in nichts nachstehen.«

»Nun ja«, unterbrach sie meine Frau Fellavia, »all das gehört zur Ferienroutine, zum touristischen Déjà-vu. Demgegenüber ist doch das, was wir hier finden, unvergleichlich und auf der Welt einzigartig, diese Konzentration von zinnengekrönten Türmen, römischen Ruinen, Krypten mit ausgesuchten Beinhäusern, Volter-Akropolen und gothisch-zisterziensischen Abteien. Denkt daran, daß es hier keine Wand, kein Zimmer und keine Kirche gibt, die nicht wenigstens ein Werk von Goccioli bergen, von Tornasacco, Pennarecchio oder Tornelli, bis hin zum Juwel der Juwelen, dem Ziel unserer Reise, der Muskateller-Madonna.«

»Bei dieser Gelegenheit«, führte ich aus, »möchte ich daran erinnern, daß hier auf wenigen Quadratkilometern einige der besten gastronomischen Hervorbringungen der Gegend, ja des Landes zu finden sind, ich meine: Pilze, Trüffel, Artischocken, Trauben, Wurstwaren, die luftgetrocknete Salami von Mongerlo und die Amaretti von Gualdino, die Brottorte von Naldi und der Judaswein von Ponziano, ganz zu schweigen vom Sangioseppe, jenem Ochsenmaulgericht, das seinen Namen ...«

Allgemeines Gelächter erscholl. Gewiß, unser Nachgeäffe des Reiseführerjargons hatte den Beigeschmack eines fröhlichen kulturellen Amüsements, es war aber auch der Ausdruck eines kindlichen Freiheitsgefühls, der Erleichterung, daß wir uns fern der Entstellungen und inneren Zerrissenheiten unseres Landes befanden, dicht aber an seiner Geschichte und seiner Kunst, inmitten einer Schönheit, für die, Gott sei es geklagt, die meisten Leute mittlerweile nicht mehr empfänglich waren, abgestumpft durch die Hypnose der Medien.

»Wehe, einer kauft auch nur eine Zeitung!« So hatte die Losung gelautet. Und wir hatten uns alle daran gehalten.

»Wenn ich dran denke«, sagte Tersite, indem er weiter den Farn beträufelte, denn er war von schwacher Prostata, »wer alles viel Geld ausgibt, um exotische Tempel und tropische Länder zu besuchen, ohne einen Gedanken daran, daß eine Stunde, ja wirklich, eine Stunde von seinem Wohnort Schönheiten erblühen, um die uns die ganze Welt beneidet ...«

»Der Brunnen, der Brunnen«, trillerte Clorinda plötzlich und tanzte wie eine Bacchantin einen Pfad entlang, der sich im Waldesdunkel verlor.

Wir folgten ihr zögernd, denn der Pfad war schlammig und voller Pfützen. So fanden wir Clorinda tatsächlich bald am Boden liegend. Beim Versuch, ein Bächlein zu überspringen, das ihren Weg kreuzte, hatte sie den Anlauf falsch berechnet und war elendig im Matsch ausgeglitten. Aber sie klagte nicht, obgleich ihr Angora-Cardigan bei dem Vorfall recht naß geworden war.

Tief die gute Luft atmend, schritten wir weiter. Ringsum sprossen Alpenveilchen und Blasenkirschen, und über unsere Köpfe flatterte ein mächtiger Fasan weit in den Wald hinein.

»Ein Fasan, ein Fasan!« teilten wir einander mit, aufgeregt schreiend, *»ein Fasan, ein Fasan!«*, und es störte uns mitnichten, daß es, da wir alle mit derselben Begeisterung denselben Anblick beschrien, vollkommen überflüssig war, dem uns zunächst Stehenden den Fluchtweg des Federwildes mitzuteilen, *ein Fasan, ein Fasan,* doch die Freude, die uns aus diesem ungewohnten Vorfall erwuchs, war dergestalt, daß wir eine geschlagene Minute lang *ein Fasan, ein Fasan* schrien, mit anschwellenden Wiederholungen, bis wir sicher sein konnten, jeder angemessen an dem Ereignis beteiligt gewesen zu sein.

Wenige Minuten darauf erblickten wir den Brunnen, ein breites steinernes Becken, mit einem Türmchen, aus dem ein Wasserrohr ragte, das Ganze in der Mitte einer Lichtung. Dort stand er wie ein nasser Altar, umkränzt von Efeuranken und von oben her beschattet durch ein sich wölbendes Büschel hängender goldgelber Blüten. Aus dem Wasserrohr troff ein dünnes Rinnsal, ähnlich demjenigen, das Tersite eben hervorgebracht hatte. Im Wasser des Beckens, das einen deutlichen Moschusgeruch verströmte, dümpelten verschiedene Wespen und Schwalbenschwanz-Schmetterlinge, dazu neben den herabgefallenen Blütenblättern Laub verschiedenster Formen, eine Mischung von Flüssig und Faulig, die einen Bachelard oder Monet entzückt hätte, eine brackige, faszinierende Brühe, wie man sie auf manchen präraffaelitischen Gemälden sieht, und es hätte uns nicht überrascht, wäre mitten darin wunderschön und bleich Ophelias Leichnam aufgetaucht.

O Stätte, der liebenden Begegnung von Satyrn und Dryaden günstig, wollte ich gerade deklamieren, als ich bemerkte, daß im Grase etliche Gegenstände lagen, länglich und aus Gummi, von denen die griechischen Texte nichts sagten, kein Wort, Gegenstände, die wohl eher dem kindermordenden Saturn als dem befruchtenden Eros gefallen hätten. Gerade als ich sah, daß meine Frau einen davon am Absatz mit sich zog, warf Tersite ein Problem auf, das unser aller Aufmerksamkeit beanspruchte.

In der Tat schien es jedenfalls auf den ersten Blick unmöglich, hier unseren Durst zu stillen oder irgendwie an das Wasser aus dem Rohre zu kommen, da nämlich das Türmchen in den Fels hineingebaut und von uns durch das Becken getrennt war, das offenkundig kein Trinkwasser enthielt. Das Rinnsal war überdies derart dünn, daß wir es nicht einmal dann mit den Lippen hätten erreichen können, wenn wir uns mit den Oberkörpern über das Becken gelehnt hätten.

Tersite jedoch, ein beharrlicher Mann, geübt, ganze Enzyklopädien an einsilbige Menschen zu verkaufen, erklomm den Rand des Beckens und versuchte, von mir gehalten, sich über die Wasserfläche zu beugen, als wäre er eine Galionsfigur am Bug eines Schiffes oder stünde auf einem olympischen Sprungturm, und er tat dies mit soviel Schwung, daß er meinem Griff entglitt und sich unversehens mit den Händen an das Türmchen des Brunnens klammerte, während seine Füße auf dem entgegengesetzten Rand des Beckens standen, eine Position, steil wie eine Gangway.

Sich aus ihr zu befreien schien theoretisch wie praktisch durchaus nicht leicht zu sein. Würde Tersite loslassen, würde er vornüber in das Becken fallen, würde er die Füße vom Rand nehmen, würde er mit dem Unterkörper darin landen. So versuchten wir es mit einer genialen Strategie. Wir nahmen einen dicken Ast, ich am einen Ende, die Gattinnen am anderen. Wir schoben ihn unter Tersites Bauch hindurch und versuchten mit großer Mühe, ihn hochzudrücken, bis er aufrecht auf dem Beckenrand stünde. Doch ach, der Ast zerbrach mit grausem Krachen, und da hatten wir unsere Ophelia.

Aber keine Sorge, bald war das alles vergessen. Unser Wagen fuhr triumphal durch ein Stadttor, den Arco degli Alabardieri, den »Bogen der Hellebardenträger«, nach San Crispino ein, auf die Ringstraße, die zur Piazza delle Chiese Coeve führt, dem Platz der Alten Kirchen. In der Tat standen dort die Kirchen von San Crispino Piagato, dem Wundenreichen, berühmt für Krypta und Ziborium, und die der Santa Zenobia Decollata, der Geköpften, einander gegenüber, eine kleine Kirche mit Fresken des Tornasacco, diversen Tafelbildern des Gekreuzigten und vor allem mit der Muskateller-Madonna, unserem Hauptziel.

Wir fuhren bergan bis zu einer engen Kehre, von der aus wir das wellige Hügelland Kilometer um Kilometer überblicken konnten. Ganz gefangen von diesem Panorama, übersah ich, daß die Straße immer enger wurde und ein Souvenir-Lädchen auf dem Pflaster Hellebarden, Morgensterne und vor allem eine kolossale Rüstung ausstellte, inspiriert von derjenigen des Condottiere Benozzo di Bonconto, eines Freischärlerhauptmanns, der hier in San Crispino das Licht der Welt erblickt hatte und für Siege, Vergewaltigungen und Meucheltaten berühmt geworden war. Unser rechter Scheinwerfer geriet mit einem Knie der Rüstung in Berührung und verursachte deren Auseinanderbrechen und Einsturz, und da die Straße äußerst abschüssig war, kollerten die Einzelteile geräuschvoll hinab: eines vor allem, der Helm samt Visier, er hüpfte über das Mäuerchen, und wir hörten, wie er hundert Meter tiefer auf etwas Hartem aufschlug, das sich als das Dach des einzigen Schulbusses herausstellte, der zum Transport der Kleinen des Dorfes vorhanden und glücklicherweise leer war.

Obschon niemand empört aus einer Tür kam noch sich aus einem Fenster lehnte, hielt ich an. Tersite jedoch wies mich darauf hin, daß die notwendigen Erklärungen und daraus erwachsenden Unannehmlichkeiten uns den ganzen Tag verderben würden. In der Tat war es recht unklar, ob die Schuld an dem Schaden bei meiner kühnen Fahrweise oder der werblichen Emphase des Souvenirhändlers lag, der eine seiner besten Rüstungen mitten auf der Straße ausgestellt hatte.

Also fuhren wir mit schuldbewußter Hast weiter, zurückblickend, in der Angst, man könnte uns verfolgen. Doch das Dorf schien menschenleer, und so gelangten wir ohne weitere Zwischenfälle auf die kleine Piazza unserer Träume.

Die beiden Kirchen empfingen uns, als wollten sie darum wetteifern, welche mehr düstere Anmut verströmte, welcher die Ehre unseres ersten Blickes zuteil würde. Über den Platz hinaus ging die Sicht auf einen gewellten, waldigen Ausschnitt des Panoramas, er wirkte fast wie ein in die Luft gemaltes Bild, gerahmt von zwei Mauern und dem knorrigen Ast eines Nußbaums. Auf der anderen Seite des Platzes (in der Tat hatte er deren vier) bemerkten wir das Ristorante Fagiano, dem als Wirtshausschild der Kopf eines Fasanenhahnes diente, überragt vom Helm eines Armbrustschützen, im Schnabel eine Speisekarte mit Frakturschrift.

Dort standen wir, unentschieden zwischen so vielen Schönheiten. Tersite schlug vor, zuerst einmal die Lasagnette mit Haseninnereien essen zu gehen, dann die Krypta zu besichtigen, dann eine Runde durchs Dorf zu drehen, um die Sportzeitung zu kaufen (die seiner Meinung nach von unserer Verabredung ausgenommen war) und als letztes die Muskateller-Madonna zu besichtigen.

Ich hingegen regte an, zunächst eine Benzinstation zu suchen, da unser Tank fast leer war, wonach wir die Krypta besichtigen könnten, dann die Madonna, um den Tag hernach mit einem Gericht aus Kaiserschwämmen, Pfifferlingen und Herbsttrompeten zu beschließen.

Clorinda indes meinte, wir sollten sofort zur Muskateller-Madonna gehen, danach eventuell in die Krypta, dann ein Rauken-Salätchen, dann Benzin und Shopping.

Meine Frau schlug das folgende Programm vor:

a) Kloster;

b) Ruine des ehemaligen Schlosses der Grafen von Pescosenego (hier erwies sie sich als besser präpariert, als wir es waren);

c) Madonna, Essen davor oder danach;

d) gegebenenfalls Oktane.

Der Entwurf meiner Frau trug den Sieg davon, nicht ohne einiges Murren seitens Tersites, der schwer unter dem Mangel der Sportzeitung litt, welche er als »notwendige tägliche Dosis Muße« definierte.

Also nahten wir uns der Chiesa di San Crispino Piagato. Deren Tür fanden wir verschlossen, entdeckten keinerlei Hinweis auf Öffnungszeiten noch sonstwelche Informationen. Wir klopften vergebens an. Doch Clorinda entdeckte um die westliche Ecke herum ein offenes Gittertürchen, das in einen Garten voll aufgeschossenen Unkrautes führte, und von hier aus müßten wir, so meinte sie, in das Kloster gelangen und die guten Mönche nach dem Grund der unerwarteten Verschlossenheit fragen können, denn schließlich war im Führer vermerkt:

»Besichtigung täglich.«

Wir traten ohne Schwierigkeiten ein, abgesehen davon, daß ich ungeschickterweise eine Brennessel mit der Hand streifte, und standen vor einer weiteren Tür, uralt, verrammelt und verriegelt.

An dieser Stelle gab Tersite die ersten Anzeichen von Ungeduld zu erkennen, er hämmerte gegen die Tür und machte trotz unserer Einwände laut und mit flegelhaften Worten sein touristisches Recht auf Zugang zum Kloster geltend. Gebell in seinem Rücken unterbrach ihn.

Durch das hohe Gras, aufgetaucht aus Gott weiß was für einem Loch oder unterirdischer Höhle, kam der fetteste, wildeste und ungeselligste Hund auf uns zu, den wir jemals gesehen hatten. Er war ein Mischung von Wolf und Wildschwein, mit gesträubtem Fell, bemerkenswerten Reißzähnen, und selbst auf eine Entfernung von zehn Metern verströmte er einen entsetzlichen Gestank. Er bellte mit einer Besessenheit, die uns sofort klarmachte, daß wir uns hier vor dem Hüter des Gartens befanden. Fliehen konnten wir nicht, weil das Untier den Durchgang zum Gittertürchen versperrte, also versuchten wir es mit den schlichtesten und bewährtesten Befriedungsmethoden.

Clorinda zum Beispiel sagte:

»Was für ein braver Hund du bist, ein braver schwarzer Hund ...«

Doch Angst und Lüge schwangen so deutlich in ihrer Stimme mit, daß der Hund, weit davon entfernt, sich beeindrucken zu lassen, die Lautstärke seiner Drohung nur noch erhöhte und näher auf uns zukam.

Als wahrer Krieger trat Tersite an einen Baum und versuchte, einen als Schwert oder Lanze verwendbaren Ast abzureißen, doch der Baum war durchaus nicht gesonnen, Teile von sich abzugeben. Der Hund fuhr wachsam mit seinen Anstrengungen fort und kam dann entschlossen auf Tersite zu, ihm immer voraus jener schreckliche Geruch.

Tersite wich zurück und quetschte seine Frau an die Wand. Da fiel mir ein, daß ich noch Kekse in meinem kleinen Rucksack hatte; ich warf sie ihm, als wären es Goldmünzen, einen Meter vor das Maul. Der Hund beschnupperte sie und wirkte dann unendlich beleidigt, mehr noch, diese versuchte Bestechung ließ ihm das Blut zu Kopfe steigen, er zog die Lefzen hoch und legte immer mehr Zähne bloß, und während Tersite überraschend feige eine ganze Reihe von Hilferufen losließ, schickte er sich zum Sprung an. Doch da erscholl eine ruhige Stimme:

»Kusch, Bulette.«

Die schreckliche Kreatur hielt inne.

Vor unseren Augen erschien ein kahles Männlein mit Kochschürze; er nahm Bulette am Halsband und gab uns mit sprechender Handbewegung zu verstehen, daß, so wir den Garten schleunigst verließen, der Hund uns für diesmal ausnahmsweise nicht auffressen würde. Was wir denn auch taten.

Als Bulette weggesperrt war, erläuterte uns das Männlein, das sich als der Inhaber des *Fagiano* entpuppte, es sei wirklich sehr gefährlich, in Bulettes Reich einzudringen; dieser war in der Tat der Wachhund des Restaurants, was sowohl seinen Leibesumfang erklärte als auch den Geruch (er fraß für sein Leben gern Zwiebeln) als auch den Umstand, daß er die Kekse verweigert hatte.

Was die Kirche anging, informierte er uns, sie sei geschlossen, weil in einem Dorf unten im Tal eine Karaoke-Show samt Fernsehaufzeichnung stattfand und die gesamte Bevölkerung von San Crispino, Laien wie Kirchenleute, dorthin gefahren war. Ebenso machte er uns im Laufe von drei dramatischen Minuten klar, daß der Tankwart geschlossen hatte, ebenso der Kiosk, ebenso Souvenirläden, ebenso das Restaurant (und weitere gab es nicht), denn er selber stehe im Begriffe, sich mit seiner Nachkommenschaft zum Karaoke zu begeben.

»Können Sie uns nicht einmal ein Schinkenbrötchen machen?« fragte Clorinda schüchtern. Der Mann schüttelte den Kopf. An dieser Stelle begann Tersite eine lebhafte Diskussion mit ihm, an der sich vom Garten her auch Bulette beteiligte. Beschimpfungen und lautes Gekläffe flogen hin und her, bis sie beide am Ende gemeinsam entschlossen das Restaurant betraten. Wir fürchteten, es könnte zum Duell kommen, doch kurz darauf kam Tersite lebendig und triumphierend heraus, einen runden Brotlaib und eine Salami schwenkend, und das Männlein ging grußlos davon.

»Dem hab ich gründlich Bescheid gesagt, diesem Dörfler«, sagte Tersite. »Ich weiß genau, was die Leute hier für eine Sorte sind. Dumm wie ein Kürbis, und null Bock zum Arbeiten ...«

»Immer mit der Ruhe«, meinte Clorinda, indem sie

ihm geschickt die Wurst entwand. »Was machen wir jetzt?«

»Keine Angst«, sagte Tersite, »der Hinterwäldler hat mir gesagt, daß die Kirche mit der Muskateller-Madonna offen ist, denn der alte Pfarrer ist taub und als einziger aus dem ganzen Dorf zu Hause geblieben. Man muß nur laut genug anklopfen.«

Wir klopften laut an, und laut schrien wir. Und bei jedem Klopfen, jedem Ruf schwoll Tersites Zorn. Meine Frau erinnerte daran, daß wir ja erst einmal auf die Ruinen des Schlosses der Pescosenego zurückgreifen konnten, aber Tersite schrie sie an, er sei gekommen, um die Madonna zu sehen, nicht einen Haufen Steine voller Brennesseln, und wenn ein alter vertrottelter Sack von Priester an der Spitze einer Gemeinde von Idioten dachte, er könnte fröhlich auf dem Arsch liegen und pennen, während er, Tersite, zweihundert Kilometer hergefahren sei, und das ohne seine Sportzeitung, um dieses Scheißdorf zu besichtigen, dann irrte er sich, dieser Priester, und dies gesagt, begann er, die Kirchentür mit Steinen zu bombardieren.

Mir wurde in diesem Moment klar, daß irgend etwas in unserer Beziehung zu der Landschaft und vielleicht auch in unserer Beziehung zum Kunsterbe unseres Landes dabei war, in die Brüche zu gehen, als zum Glück die Tür aufging und eine bucklige, in einen Talar gekleidete Küchenschabe herauskam. Tersite versuchte kurz, mit ihr zu kommunizieren, dann drückte er ihr barsch zehntausend Lire in die Hand, schob sie beiseite und bedeutete uns, hineinzugehen. Die Küchenschabe verschwand. Kaum waren wir in der Kirche, schon war unsere Beziehung zu Geschichte und Kunst auf magische Weise wiederhergestellt. Clorinda steckte sich wohlerzogen die angebissene Salami in die Handtasche. Tersite setzte sich auf eine Bank, wenngleich mitnichten versöhnt, und begann, sich Kletten aus den Socken zu zupfen. Meine Frau zückte den Reiseführer und begann, uns mit entschiedenen Gesten auf die umgebenden Schönheiten hinzuweisen.

»Im linken Querschiff beachte man das Grab von Bischof Ughino; das Fresko darüber, ein Werk Tornasaccos, stellt das Martyrium der Heiligen Zenobia dar, wie sie mit Brennesseln ausgepeitscht wird. Die angrenzende Kapelle beherbergt ein hölzernes Kruzifix des Tornelli. Der Weg führt nun über den mit Mosaiken bedeckten Boden in die erste Kapelle rechts, wo unser Blick auf die Porträts der vier Hauptpropheten fällt, sie stammen aus der Schule des Goccioli. In der zweiten Kapelle können wir neben dem Altar, der ein Reliquiar mit einer Locke der Heiligen enthält, die berühmte Muskateller-Madonna bewundern, ein Meisterwerk des Sottanino, eines einzigartigen Bildhauers, welcher undsoweiter undsoweiter ...

Diese Madonna, ein Wunder an Einlegearbeit aus den verschiedensten Edelsteinen und Halbedelsteinen, gearbeitet in einem orientalisierenden Stil, ist vor allem für die kühn-originellen Muskateller-Trauben berühmt, aus runden Lapislazulis gearbeitet, die, so nimmt man an, der Kirche vom Condottiere Bonconto« – dem von der Rüstung – »als Sühne für sein verbrecherisches Leben gestiftet wurden.

Die Madonna hält mit ihrer Linken die Trauben dem Jesuskindlein vor das Gesicht; sie hängen an einem hauchfeinen Stengel, ebenfalls aus Lapislazuli. Möglich ist dies dank der genauestens ausbalancierten Gewichtsverhältnisse. In der Tat ruhen die Trauben zum Teil auf der rechten Hand des göttlichen Knaben, der sie ausstreckt, als wollte er eine Beere abpflücken, eine künstlerisch hinreißend gestaltete Geste, die jedoch auch technisch von Interesse ist, da dank ihrer der dünne Stengel nicht das gesamte Gewicht der Trauben zu tragen braucht.

Das Werk wird also ebenso um seiner Schönheit willen wie um Sottaninos bildhauerisch-technischer Raffinesse willen geschätzt; der Künstler war zudem auch Goldschmied undsoweiter undsoweiter, und auch heute noch ist kaum zu entscheiden, was uns mehr bezaubert, die freudenvolle Anmut der Madonna, die die Trauben ihrem Kinde vor dem Gesicht baumeln läßt, oder die kindlich gierige Geste des Jesuskindes oder das Geheimnis, dank dessen der feine Stengel, an dem die Traube hängt, Jahrhunderte überdauern konnte.«

Nach beendeter Vorlesung sahen wir einander bewegt an. Das Sonnenlicht fiel durch die Glasfenster und ließ die Farbe der Lapislazuli-Trauben so intensiv, so lebhaft schillern, daß man sie gern berührt hätte. Wäre nicht zwischen uns und der Skulptur ein mächtiges Eisengitter gewesen, wir hätten Mühe gehabt, der Versuchung zu widerstehen.

Eben wollte ich meiner Frau diesen Gedanken mitteilen, als sie bleich wurde und auf etwas hinter mir deutete. Ich hörte ein Knarren, wandte mich um und sah, daß Tersite das Gitter erkletterte.

»Was machst du da, spinnst du, komm runter!« schrie Clorinda.

»Alle beim Karaoke, was?« prustete Tersite, der bereits rittlings dort oben saß. »Brave Leute, überlaßt unsere Kunstschätze nur immer den Vandalen und sorgt dafür, daß niemand sie bewacht außer einem alten Trottel von Pfarrer …«

»Tersite!« rief meine Frau, »was hast du vor?«

Der gab keine Antwort, sondern sprang schwer in die Kapelle, von wo er mich aus irre funkelnden Augen ansah. Da kam mir ein Ferienerlebnis in den Sinn, wie Tersite einen Felsen in Form eines Adlerkopfes, der seit zweitausend Jahren die Klippe auf einer Insel zierte, mit einem Hammerschlag enthauptet hatte.

Hör auf, wollte ich noch sagen, aber es war zu spät.

Mit einem wohlgezielten Fausthieb brach er die Traube ab, und nachdem ihm Jahrhunderte lang das Wasser im Mund zusammengelaufen war, sah das Jesuskindlein die Früchte an seinem Mund vorbeischweben; mit letztem verweifelten Flehen reckte es die Hand, doch Tersite hatte seine Beute bereits im Rucksack versenkt und kletterte erneut an dem Gitter hoch.

»Liebling, bitte«, sagte Clorinda, die Stimme von Tränen brüchig, »tu das wieder an seinen Platz.«

»Die wollen uns kein Essen geben, kein Benzin, keine Zeitung«, sagte Tersite finster, »die lassen unsere Kunstschätze zurück, um eine Karaoke-Show zu sehen, sie sind unwürdige Bürger, das hier ist bei uns zu Hause sicherer als hier. Außerdem, passiert ist passiert, ich kann das jetzt nicht wieder ankleben.«

Um die Wahrheit zu sagen: Keiner von uns versuchte ernsthaft, ihn umzustimmen. Im Gegenteil, meine Frau bat sofort darum, die Trauben berühren zu dürfen. »Nein, später«, sagte Tersite und eilte hinaus.

Und so fuhren wir wieder los. Das Benzin ging fast sofort aus, wir rollten die verlassenen Spitzkehren hinab, fern hörten wir die Stimmen von der Karaoke-Versammlung, wir schwiegen alle vier. Der Himmel verdüsterte sich, dicke Regentopfen begannen zu fallen, die Landschaft, zuvor grün und strahlend, schien uns schwarz zu werden, jede Mauer und jede Kirche, jede Ruine und jede Stadtburg schien uns lauthals des Sakrilegs zu bezichtigen, San Crispinos Gebeine knirschten im Grab, das Jesuskindlein weinte verzweifelt, und wir machten uns darauf gefaßt, daß sich jeden Moment der Himmel auftun und Gott in Person herabkommen würde, um den Nachtisch seines Sohnes zurückzuholen.

Nichts von all dem geschah.

Die Muskatellertraube befindet sich, behutsam restauriert, in Tersites Ferienhaus am Meer auf einem Barwagen, und fragt jemand, woher sie stammt, antwortet er, er habe sie von einem Flohmarkt in Paris. Clorinda bewahrt in der Schublade einen Zeitungsausschnitt mit der Überschrift »Unbekannte Vandalen«, undsoweiter ...

Meine Frau und ich erwähnten den Vorfall zunächst nicht weiter, mir schien es, als würde die Erinnerung daran sie zutiefst beunruhigen, bis mir eines Tages die Bemerkung entschlüpfte: »Manchmal benimmt unser Freund Tersite sich wirklich wie ein Idiot.«

»Kann schon sein«, antwortete sie mit einer gewissen Härte, »aber wenigstens zeigt er Initiative.«

Seitdem studiere ich die Kunstschätze der kleinen umbrischen Kirchen. Ich hoffe, ich kann ihr bald auch einmal etwas Schönes mitbringen.

DIE POPULARITÄTS-SONDE

Unsere Arbeit ist hart, aber ausgesprochen faszinierend«, sagte der Chefredakteur der Zeitung zu dem jungen, frisch bestallten Journalisten.

Der Chefredakteur rauchte eine amerikanische Zigarette, in seinem deutschen Drehsessel sitzend, und er hatte die Füße auf seinen hochglanzpolierten schwedischen Schreibtisch gelegt, in hochglanzpolierten englischen Schuhen, die zusammen mit ihrem Spiegelbild aussahen wie vier englische Schuhe.

Der Jungjournalist saß steif da, mit demütigem Gesichtsausdruck, die Füße einen vor dem anderen, so daß es aussah, als hätte er nur einen einzigen englischen Schuh.

»Ihre Bewerbungsunterlagen sehen gut aus, aber ein mit Auszeichnung bestandenes Diplom an der staatlichen Journalistenschule wird nicht genügen, Sie werden schuften müssen, sich mächtig ranhalten, von den Veteranen lernen. Haben Sie eine Ahnung, wieviele Schwierigkeiten auf Sie warten, mein Junge?«

Der Chefredakteur runzelte die Stirn wie jemand, der gleich etwas Wichtiges sagen wird, der Jungbestallte riß die Augen auf wie jemand, der in Kürze etwas Wichtiges zu hören bekommt.

»Sehen Sie, drei Dinge sollen Sie in Ihrer Arbeit bei

uns leiten. *Das erste:* Ihr Gewissen, als Profi und als Bürger.«

Als er dies sagte, erhob der Chefredakteur feierlich einen Finger, und der junge Aspirant neigte ehrerbietig den Kopf.

»Das zweite ist natürlich mein Vorbild als Profi.«

Der Chefredakteur blickte dem jungen Journalisten direkt in die Augen; dieser war unentschieden, ob er dem Blick respektvoll ausweichen oder ihn mannhaft erwidern sollte, und die Unentschiedenheit ließ ihn die Augäpfel verdrehen, bis er schielte wie eine Siamkatze.

»Das dritte sehen Sie auf dem Schreibtisch eines jeden Journalisten, so auch auf meinem, nämlich die SPS, die Ständige Popularitäs-Sonde zur unablässigen Effektivitätskontrolle.«

Der Chefredakteur deutete auf die schwarze Antenne, die auf einem Metallstativ rotierte, wie eine riesige Sonnenblume über ihren Köpfen. Der junge Journalist betrachtete sie furchtsam.

»Die Funktionsweise ist einfach: Da in den vergangenen Jahren öfter, zu oft die mangelnde Objektivität der Information beklagt worden ist, die zu regierungsfreundliche oder zu regierungsfeindliche Haltung, hat die Regierung beschlossen, einen unbestechlichen Schiedsrichter mit der Sache zu betrauen. Die SPS eben.«

Der Chefredakteur erwartete ein Zeichen des Verständnisses seitens des jungen Kollegen. Nach wenigen Sekunden bewegte sich dessen Kopf auf und ab und signalisierte das Erwartete.

»Während Sie arbeiten, mein Junge, teilt das regierungsamtliche Umfrageninstitut zu jedem Zeitpunkt des Tages der SPS Ihren Beliebtheitsgrad bei den Lesern mit. Nach jedem Artikel wird sofort eine Umfrage durchgeführt. Solange Ihre Popularitätsquote hoch bleibt, bleiben Sie bei unserer Zeitung. Wenn sie sinkt, werden Sie entlassen. Vergessen Sie es nicht: *Die SPS ist unbestechlich!*«

Der Chefredakteur schaute den jungen Journalisten an, um festzustellen, ob dieser erschrocken war. Der junge Journalist war erschrocken.

»Natürlich unterliege auch ich selber der Kontrolle durch die SPS. Das garantiert die Demokratie innerhalb unserer Zeitung. Für uns alle miteinander gilt das Urteil des Volkes, und diese Regelung ist unendlich besser als alle sogenannte ›öffentliche Meinung‹. Aber die SPS soll Sie nicht lähmen, lieber junger Kollege! Sehen Sie: Daß ich so weit gekommen bin, liegt daran, daß ich die Regeln der SPS so gut kenne, ich beherrsche die Kunst, die Unparteilichkeit der Nachricht mit der Meinungsfreiheit der Redaktion zu vereinbaren. Ich werde Sie anleiten, Sie beraten, werde Sie warnen, wenn Sie Gefahr laufen, die SPS zu irritieren. Ich werde zugleich Ihr Chef und Ihr Bürge sein. Ist das klar? Haben Sie Fragen?«

»Ja«, sagte der junge Journalist, »was bedeutet das rote Lämpchen, das da eben an der Sonde angegangen ist?«

Der Chefredakteur wußte, was das rote Lämpchen bedeutete. Der junge Journalist nicht.

Eine Frauenstimme aus der Sonde sprach mit freundlicher Bestimmtheit:

»Herr Chefredakteur, leider müssen wir Sie informieren, daß Sie bei der letzten heutigen Umfrage an einundzwanzigster Stelle auf der nationalen Popularitätsliste gelandet sind. Folglich können Sie nicht in Ihrer Stellung verbleiben. Sie haben drei Minuten, um Ihre privaten

Dinge an sich zu nehmen. Wir danken Ihnen für die geleistete Arbeit und drücken Ihnen unsere besten Wünsche für die Zukunft aus.«

Die Sonde spuckte einen gelben Umschlag aus. Der Chefredakteur raffte hastig einiges zusammen: Kugelschreiber, ein Foto seiner Frau, einen Revolver, ein Porzellanhündchen und schließlich auch den Umschlag.

»Meine Abfindung«, sagte er mit kaum veränderter Stimme und verließ den Raum.

Das rote Lämpchen an der Sonde verlosch. Der junge Journalist blieb für vielleicht zwanzig Sekunden allein. Dann ging die Tür auf, und der neue Chefredakteur trat ein.

»Unsere Arbeit ist hart, aber ausgesprochen faszinierend«, sagte der Chefredakteur der Zeitung zu dem jungen, frisch bestallten Journalisten.

FASANENJAGD

Die große, schwarze Kiste ist unterwegs zu der kleinen, geschäftigen, gelangweilten Stadt im Norden. Die Autobahn, über die sie bis hierhin gekommen ist, war von Ungeheuern gesäumt, großen, brummenden Astrofabriken, Beinhäusern für tote Autos, Düsen, aus denen dichter Qualm quoll und in nuklearen Wattewolken gen Himmel stieg.

Sie ist über die Ringautobahn gefahren, hindurch zwischen Pornomotels, Polymarkets, Big-Discounts, Möbel-Paradiesen und Lampen-Palästen, Makro-Pizzerien und Zwölftausend-Seelen-Diskotheken. Jetzt rollt sie unter einem antiken Bogen hindurch, er ist vergittert und verschalt, rollt in ein elegant gepflastertes Sträßchen, das den Anwohnern vorbehalten ist; die Kiste gehört nämlich einem Anwohner, sie ist ein Geländewagen, hoch und gefedert wie ein Sargtransporter, glanzschwarz, chromsilbern und mit roten Flammen an den Seiten. Hinter den himmelblau getönten Scheiben schwanken zwei Geschöpfe: eine blonde Sphinx mit Sonnenbrille, das Madonnengesicht über ein Autotelefon gebeugt, und ein Oberst mit Leder-Longjacket, Formel-1-Blick, gelglitzerndem Haar, als wäre er gerade aus dem Swimming-Pool gestiegen.

Mit mindestens dreitausend Touren pro Minute brummt die Superkiste auf einen kleinen, weißen, mit

Pseudo-Sowiesotes-Jahrhundert-Säulen geschmückten Platz. Sie zischt am Stadttheater vorüber, einem mascarpone-farbenen Juwel, siebzig Vorstellungen pro Jahr, davon die Hälfte mit Fernsehkomikern in Pirandello-Stükken. Etwas weiter dann die Konditorei, berühmt für die Bischofs-Schwänzchen (eine längliche Süßigkeit, alte Spezialität des Ortes), rechts und links gerahmt von einer Edelboutique und der Filiale eines nationalen Pulloveristen, beide gehören demselben Unternehmer, sind aber für verschiedene Zielgruppen gedacht. Nun taucht das Ziel der Fahrt auf, eine Piano-Bar, der bevorzugte nächtliche Aufenthaltsort der lokalen Betuchten. Sie heißt *Exploit,* wird geziert von einem schwungvollen, mit Rosen berankten Neon-Buchstaben, ein großes, gepanzertes Portal läßt auf den Rang der Gäste schließen. Auf dem Parkplatz stehen noch zwei Superkisten, ein gelbgoldener Cleopatra-Begräbnis-Prunkwagen mit Aufklebern der Treibstoff-Firmen, und eine smaragdgrüne voll Schlammspritzern und Grünzeugtrümmern, die von einer Neigung zu martialischer Fahrweise zeugen. Außerdem verschiedene Super-Motorräder, schräg auf ihren Ständern aufgebockt, Rieseninsekten mit Trauben von weißen und gelben Augen, mit wuchtigen Rädern und verchromten Antennen wie Fühlern. Und dann steht da, genau in der Mitte, ein rosa Fahrrad, ein Maskottchen unter Monstern, mit zwei kleinen Taschen in derselben Farbe, aus denen deutlich sichtbar die Lieblings-Tageszeitungen der Bar-Besucher herausschauen, also ein königstreues Lokalblatt und eine große, regierungshörige Zeitung, beide gehören demselben Unternehmer, sind aber für verschiedene Zielgruppen gedacht.

Die Sphinx steigt aus und schüttelt ihre blonde Lokkenpracht. Sie ist hochgewachsen, schlank, steckt in einem knallengen Ledermini, der ihre langen Beine in indigo-zyanblauen Nylonstrümpfen zur Geltung kommen läßt. An ihren Handgelenken glitzert mengenweise Goldenes, am Hals hängt ihr eine Kugel, mit Diazepin gefüllt.

Der Oberst trägt eine Batterie Armbändchen am Gelenk und an der Jacke eine goldene Eidechse. Er knirscht beim Gehen wegen seiner engst anliegenden Lederhose, die sich im Schritt beträchtlich wölbt und so einen Mordsinhalt vermuten läßt, bestehe dieser nun aus einer Unterhose mit Suspensorium, einem echten menschlichen Schwanz oder irgendeiner Attrappe, einer zusammengerollten Socke zum Beispiel.

Der Oberst fährt sich mit der Hand durchs Haar, wonach sie von Gel trieft, er kratzt sich am Kinn, bis sich Gel und Aftershave in der richtigen Dosis mischen, und wischt sich das Ganze dann in einer entsprechend gefütterten Tasche ab. Er greift einen Unterarm der Sphinx, auf daß beim Einzug in die Bar klar sei, wem das Ding gehört. Die Sphinx zerrt ihn hinter sich her, wobei sie sich hochmütig und geschickt auf den Absätzen rutschend über das Kopfsteinpflaster bewegt. Sie betätigen eine Zweiklangklingel, und das magische Tor schwingt auf. In der Öffnung steht, sie vollkommen ausfüllend, ein nietenbesetzter, ehrerbietiger Gorilla.

Musik, Stimmen, Duft von Schnäpsen, Säften und Parfüms. Ihr Tisch steht ganz hinten, noch hinter dem geschwungenen Alabasterbalkon und dem Podium von Vittorio, dem Ein-Mann-Orchester. Es grüßen sie die Barmädchen, die Westen tragen und auf den Brustwarzen Glühbirnen, es grüßen sie Nando, der Barkeeper, Michel, der Inhaber, und schließlich Vittorio, der auf seinen kybernetischen Tasten den momentanen Erfolgsschlager zusammenmixt.

Ohne die Sonnenbrillen abzunehmen, lassen sie die Blicke über die mit Paaren und Quartetten besetzten Tische schweifen. Ihre Grüße werden fröhlich von anderen Sphinxen und anderen Obersten erwidert, die sich auf den Winz-Sofas aalen. Eine sanfte, erbarmungslose Welt, Rolex und Gel, Mousse und Klauen, hartes Gold und opulente Düfte, jener verführerische Kontrast, wie Antonius ihn am ägyptischen Hof kennenlernte.

Da sitzen sie am Tisch, wo zwei weitere Paare schon auf sie warten. Das erste besteht aus einem riesenhaften Er mit einem Hektar Jeansstoff am Leib, einem Gürtel, mit einem vollständigen Rodeo-Relief beschlagen, und einer lachsrosa Jacke in derselben Farbe wie sein gerötetes, geädertes, von Gin-Tonics gefurchtes Gesicht, das von einer *Coiffure* gekrönt wird, die vorn aus ein paar wie zufällig in die Leere gelegten Härchen besteht, hinten aus einem peroxid-blonden Pferdeschwanz.

Die andere Hälfte des Paares ist eine Sie, schwarz wie eine verloschene Fackel, in einen Aerobic-Body geschossen, aus dem keck eine silikonträchtige Brust ragt.

Ihn (den Pferdeschwanz) werden wir den Kaffernbüffel nennen, sie (die Titten) die Synthetische.

Und dann ist da das andere Paar, er mit etwas wilden Pfeffer-und-Salz-melierten Haaren, sein blaues Hemd steht offen und gewährt einen Blick auf seine ergrauende Behaarung, er trägt spitze Stiefeletten und das angeödete Lächeln dessen, der sich landauf und landab quer durchgevögelt hat. Sie zu seiner Seite ist düster, dunkel, das Haar wallt ihr bis zur Hüfte, rechts trägt sie eine Myriade Ringe, links ein Alligator-Täschlein, dem sie dann und wann einen kleinen violetten Lippenstift entnimmt, um nachzuladen. Sie spreizt stolz die Schenkel, zeigt die geklöppelten Spitzen der Unterwäsche, ihr Gatte bedenkt sie mit einem sachten Zensorenblick, sie spreizt noch mehr und lächelt Vittorio, dem Ein-Mann-Orchester zu, als wollte sie sagen: Schau nur hin, da kommst du nicht ran, aber wenn's einer wert ist, der schon. Ihn nennen wir den Zauberer, sie die Tratscherin.

Und da kommen der Oberst und die Sphinx. Er nimmt die Sonnenbrille ab und betastet dem Kaffernbüffel kameradschaftlich die Eier, der Kaffernbüffel revanchiert sich mit ein paar fröhlichen »verpiß dich«. Sie hingegen setzt sich neben die Tratscherin, betrachtet neidvoll deren Beine, dann stiert sie den Zauberer an und reißt sich plötzlich die Sonnenbrille herunter. Sie hat zwei Eskimohund-Blauaugen, schwer geschminkt, und nicht eine einzige Falte, alles frisch renoviert, was denkst du denn, du gespreizte Schlampe, du bist nicht die einzige im Universum, die auf Beute aus ist.

Vittorio, das Ein-Mann-Orchester, bastelt Grundschläge, klebt Rhythmen zusammen und synthesizert eine melodiöse Mischung, über der er ein engelhaftes Stimmchen erklingen läßt.

»Ob der schwul ist?« ergreift der Zauberer das Wort.

»Klar ist der schwul«, sagt der Kaffernbüffel und zermalmt die Kartoffelchips, »alle, die in Pianobars singen, sind schwul, und alle Friseure, Tänzer, Kunstreiter, Stewards, Pazifisten ...«

Vittorio singt:

»Vielleicht suchst du einen echten Mann
so daß ich nur träumen kann ...«

»Siehst du?« kichert der Kaffernbüffel. Es ist mittlerweile nach ein Uhr, die drei Paare haben sich diverse Gin-Tonics zugeführt, und jetzt krächzen und plappern sie, fragen sich, wie die X es so lange mit demY aushält und warum der Z sich noch nicht die Kugel gegeben hat. Der Zauberer prustet und sucht mit seinem rostfreien Blick ein paar junge Hühner, die er stechen könnte, aber das Beste, was das Panorama zu bieten hat, ist ein Pummel mit einem Kurzhaar-Lila-Jacke-Liebchen à la Skinhead-Diplomkaufmann, der vielleicht gerade sauer wird. Die Tratscherin wirft mit ihrem Gespreize einen Tierarzt um, eine ihrer Ex-Flammen, der sie von fern verschlingt. Der Kaffernbüffel spricht über die Kommunisten, wie viele das immer noch sind, obwohl sie sie hier verjagt haben. Die Synthetische säuft wie eine Blumenvase und sagt immer wieder, was für'n öder Abend, sie winkt Vittorio, dem Ein-Mann-Orchester, zu, der sie mit dem Arsch nicht ansieht. Jetzt kabbeln sich der Oberst und die Sphinx wegen einer Scheck-Sache, ihm stinkt es irgendwann, und er geht drei Tische weiter, sich mit einem Doppelgänger unterhalten, der versteinert dasitzt, ein Raviolo auf die Gabel gespießt.

Vittorio macht eine Pause. Das Geschwätz schwillt an, das Goldgeklimper und Gläserklingen desgleichen, dazu ein Ghetto-Blaster von irgendwelchen Jungsspunden, der sie von der Piazza her mit Bässen bombardiert.

»Jetzt reicht's, wißt ihr was?« bricht es plötzlich aus dem Zauberer hervor, »ich habe keine Lust, mich heute abend nur zu langweilen. Was haltet ihr davon, wenn wir nochmal auf Fasanenjagd gehen?«

»O nein, bitte nicht«, sagt die Synthetische. »Einmal pro Monat, nicht öfter, das hatten wir so abgemacht.«

»Hast wohl Angst, Alte, was?« lacht der Kaffernbüffel und knetet eine ihrer Brüste mit der Hand.

»Nein, aber es ist riskant«, erwidert die Synthetische.

»Was denn riskant«, protestiert der Zauberer, der gleich ganz scharf ist, »wir sind doch schon Experten. Heh, Antonio!«

Der Oberst, Antonio, wendet am Ravioli-Tisch den Kopf wie ein Uhu. Der Zauberer mimt rasantes Gekurve. Mit glänzenden Augen kommt der Oberst her.

»Heute abend?«

»Heute abend. Aber diesmal spielen wir um Geld«, sagt der Zauberer. »Startgeld eine Million pro Team, und wer gewinnt, kriegt alles.«

»Seit wann denn Geld?« fragt die Tratscherin. »Geht doch ums Vergnügen, oder was?«

»Ich will aber um Geld spielen«, sagt der Zauberer, nimmt ihr das Glas aus der Hand und kippt es sich rein, schon halb blau.

»Ich bin dabei«, sagt der Kaffernbüffel. »Wie immer?«

»Wie immer«, sagt die Sphinx und holt einen kleinen Würfel aus der Tasche. »Wer die höchste Zahl würfelt, bestimmt, wo gejagt wird.« Sie würfelt eine Zwei, der Zauberer eine Vier.

»Kein Problem«, lacht der Kaffernbüffel und würfelt: eine Eins, die er mit einem »Kacke« begrüßt.

»Wir wählen als erste«, sagt der Zauberer. »Und zwar den Bahnhof.«

»Also nehmen wir die Umgehungsstraße«, sagt der Oberst.

»Und wir die Barackenunterkünfte«, sagt der Kaffernbüffel, »obwohl, da hat noch nie wer gewonnen, da machst du nie 'nen Stich.«

»Vielleicht klappt's ja diesmal«, meint die Synthetische hoffnungsfroh.

Die drei Superkisten sind gemeinsam losgefahren. Als erste ist die des Obersten am Ziel. Die Umgehungsstraße liegt im Halbdunkel, keine Menschenseele ist zu sehen. Nur ein paar österreich-ungarische Lastzüge, die auf dem Parkplatz schlafen.

»Nichts«, sagt die Sphinx. »Vielleicht müssen wir näher an die Laster ran.«

»Toll, dann sehen sie uns. Laß mich nur machen. Letztes Mal haben wir gewonnen, oder etwa nicht?«

»Klar, aber ich habe den Fasan angelockt, weißt du noch?«

Er greift ihr mit Pornodarsteller-Lächeln zwischen die Beine. Dann holt er ein Fernglas aus dem Handschuhfach und sucht die Straße ab, neben der etliche Reklameschilder aufgereiht sind.

»Nichts, kein Wild zu sehen«, sagt er. Er zündet sich eine Zigarette an, sinkt entspannt in seinen Sitz. Die Superkiste ist mit ausgeschaltetem Licht fast nicht zu sehen.

Auf der anderen Seite der Stadt, in der goldenen Superkiste, schüttelt der Kaffernbüffel resigniert sein Pferdeschwänzchen. Das düstere Gäßchen voller umgestürzter Mülleimer ist zum Verzweifeln verlassen.

»Hier gewinnen wir nie.«

»Reine Glückssache«, sagt die Synthetische, »vielleicht schlafen schon alle, aber wenn wir einen sehen, dann entgeht der uns nicht.«

»Geh den Köder auslegen«, befiehlt der Kaffernbüffel.

Sie nimmt einen Hunderttausender aus dem Täschchen und will eben die Tür aufmachen.

»Was machst du da für'n Scheiß?« fragt er. »Einen Hunderter sieht im Dunkeln doch keiner. Leg eine Kette hin.«

»Heh, letztes Mal habe ich schon eine verloren. Ich lege das Geld hin. Oder besser, ich lege gar nichts hin, neulich hab ich hinterher zwei Nächte lang nicht schlafen können.«

»Das übliche Scheißgeschwätz«, sagt der Kaffernbüffel mit einer Grimasse.

»Hast du denn nie ... ich weiß nicht ... an die Kinder gedacht?«

»Klar. Unsere sind in den Bergen, nicht wahr? Also, was soll das?«

»Du bist eine Bestie«, sagt sie und wackelt unsicher auf ihren Absätzen los.

Im gleichen Moment steht die Tratscherin mitten auf der Straße, groß und schwarz, streift sich ein Armband ab und legt es auf den Asphalt. Der Bahnhof hinter ihr ist kaum beleuchtet, der letzte Zug fährt in wenigen Minuten. Der Zauberer gibt ihr ein Zeichen, sie solle das Armband in das Licht der Straßenlaterne legen, da glitzert es. Perfekt, meine Hübsche, jetzt brauchen wir nur noch zu warten. Die Tratscherin kommt keuchend ins Auto zurück und korrigiert ihr Make-up.

»Kein Anruf von den anderen?« fragt sie.

»Nein.«

»Dann gewinnen wir. Bald kommt sicher ein Fasan. Das ist der letzte Zug. Versteck dich, man sieht dein Gesicht.«

»Keiner kann uns sehen«, beruhigt sie der Zauberer,

»ich bin hinter der Reklametafel versteckt. Ich habe es kontrolliert. Ich überlasse niemals etwas dem Zufall.«

Das Autotelefon klingelt.

»Scheiße, die haben uns gearscht«, grunzt der Zauberer. »Ja?«

»Na, wie sieht's aus?« fragt der Kaffernbüffel gelangweilt. »Hier ist weit und breit keine Spur von einem Fasan zu sehen.«

»Du darfst nicht anrufen!« Der Zauberer ist zornig. »Du kennst die Regeln! Anruf nur nach Treffer. Das Telefon verjagt sie. Außerdem beobachte ich die Straße, ich konzentriere mich.«

»Du hast doch am meisten Spaß von uns allen, was, Antonio, mein Dickerchen?« trillert die Stimme der Synthetischen aus dem Hintergrund.

»Da ist einer«, flüstert die Tratscherin, »mach das Telefon aus.«

»Gott im Himmel, was ein Prachtexemplar«, sagt er erregt, »fast zwei Meter. Und schön bunt ist er auch. Schau dir den gelben Rock an.«

»Wir gewinnen«, sagt sie. »Diesmal gewinnen wir.«

»Verdammte Scheiße, da ist noch einer.«

»Ich kann ihn nicht sehen ...«

»Doch, doch, da ist einer, hinter der Bank. Er hat einen Koffer und redet mit dem ersten.«

»Was machen wir, wenn sie zu zweit sind? Versuchen wir's trotzdem?«

»Klar.« Der Zauberer umfaßt das Lenkrad fester. »Ich montier das Nummernschild ab und versuche es trotzdem. Schließlich wollen wir gewinnen, oder nicht?«

»Warte! Er verzieht sich, der andere geht zum Bahnhof, und der Fasan bleibt allein auf der Bank.«

Die Tratscherin beißt sich auf die Lippe. Er hat die Hand startbereit am Zündschlüssel.

»Er hat es gesehen«, flüstert sie, »er hat das Armband gesehen ...«

»Jetzt haben wir dich! Er schaut sich um, ob er allein ist. Los, wovor hast du Angst, beweg dich, Arschgesicht, das ist echtes Gold, du Idiot, geh schon auf die Straße und hol es dir, beiß an, los ...«

»Er ist dran. Gleich nimmt er es«, sagt die Tratscherin leise. Der Zauberer betätigt den Anlasser und rollt leise, ohne Scheinwerfer hinter der Reklametafel hervor. Der Motor der Superkiste schnurrt wie ein Löwe, da ist die Beute in der Mitte der Straße, sie bückt sich ungläubig, untersucht das Armband, es scheint tatsächlich aus Gold zu sein. Plötzlich hört der Fasan einen Motor aufheulen, vier blendende Scheinwerfer explodieren vor seinen Augen, einen Augenblick bleibt er reglos stehen, alle tun das, erst können sie es nicht glauben. Er sieht, wie die Superkiste auf ihn zurast, versucht, ihr auszuweichen. Er ist schnell, aber nicht schnell genug, zwei Meter vom Bürgersteig wird er frontal getroffen, fliegt durch die Luft mit seinem schönen bunten Kaftan, den Kettchen, den Musik-Kassetten, den Feuerzeugen, alles fliegt umher, kullert und hüpft noch, als die Superkiste schon fern ist, den Lichtern des Zentrum zufährt.

»Treffer!« schreit der Zauberer triumphierend ins Telefon. »Wenn ihr kontrollieren wollt, nur zu, der bewegt sich nicht mehr von der Stelle!«

Es ist drei Uhr nachts. Hauptmann Feletti von der Verkehrswacht gähnt, an seinen Streifenwagen gelehnt, während seine Jungs mit Kreide Bildchen malen. In der

Hand hat er die Papiere des Fasans, einen zerknitterten Paß. Auf der Motorhaube des Einsatzfahrzeuges liegen verstreut Feuerzeuge, Ketten, bunte Halstüchlein und ein goldenes Armband, sicher gestohlen. Der Hauptmann nimmt ein Feuerzeug, probiert es aus, zündet sich eine Zigarette an. Er funkt zur Zentrale.

»Name: Yoissoun N'Daye, dreißig Jahre, Senegalese ... prüft ihr, ob er eine Aufenthaltsgenehmigung hat?«

»Schon wieder einer?« antwortet eine Stimme. »Das ist schon der dritte innerhalb von ein paar Monaten.«

»Und was kann ich dafür?« gähnt der Hauptmann.

»Ist doch seltsam ... alle drei mitten auf der Straße überfahren. Erst diese somalische Nutte auf der Umgehungsautobahn. Dann, letzten Monat, der Tunesier, fast an derselben Stelle wie heute.«

»Besoffen«, sagt der Hauptmann, »sie kommen zum Saufen in die Stadt, schlucken wie das liebe Vieh, und dann rennen sie unter die Räder.«

»Und die Fahrer bleiben nie da?«

»Würdest du das?« fragt der Hauptmann.

Das Funkgerät knackt. Ein weißes Tuch bedeckt den Körper des Fasans und den blutigen gelben Kaftan. Eine Hand schaut darunter hervor, mager und dunkel, der Beamte kickt sie mit dem Fuß unter den Stoff zurück. Der Hauptmann sieht einen gelben Geländewagen kommen, darin den Architekten Bassani, genannt der Kaffernbüffel, samt Signora Büffelkuh. Neugierig bleiben sie stehen.

»Ein Unfall?« fragt er. »Ist es schlimm?«

»Ein Ausländer. Mitten auf der Straße umgefahren, mit voller Geschwindigkeit. War sofort hin.«

»Und wer war das?«

»Was weiß ich«, meint der Hauptmann. »Er ist ja nicht hiergeblieben. Würden Sie hierbleiben?«

»Mamma mia«, bemerkt die Synthetische, »der ist ja groß.«

»Wird nicht schwer gewesen sein, auf den zu zielen«, sagt der Kaffernbüffel.

Der Hauptmann schaut ihn kurz verblüfft an, dann kichert er auch. Mit Kennerblick macht er eine Runde um den Wagen. »Ganz schön große Kisten, diese Geländewagen. Dreitausend Kubik Hubraum, was?«

»Ja. Schon mal einen gefahren?«

»Nie«, antwortet der Hauptmann. »Sie gefallen mir, aber ich finde sie zu gefährlich. Wie die beschleunigen, rauschen die an wie ein Elefant beim Angriff. Und so was von leise! Man hört sie fast nicht kommen.«

»Tja«, sagt die Synthetische rauh. Ihr klopft das Herz. Sie hat das Armband der Tratscherin in der Hand des Hauptmanns erkannt. Die haben nicht mal dran gedacht, es wieder mitzunehmen, die Idioten.

Der Hauptmann hält es ihr unter die Nase.

»Was meinen Sie, ist das echt?«

»Meine Güte«, stottert die Synthetische, »das kann ich nicht ... die machen heutzutage so perfekte Imitationen, daß ...«

»Ich glaube, es ist echt«, meint der Hauptmann und schaut ihr direkt in die Augen. »Wer weiß, wo er das geklaut hat. Was soll's, der Täter ist verstorben, amen.«

Er streicht mit der Hand über die goldene Karosserie, einen erst kürzlich neu lackierten Kotflügel.

»Sagen Sie mal«, seufzt er, »was machen Sie bloß immer so die ganze Nacht in diesen Mordskisten?«

»Ach wissen Sie«, meint der Kaffernbüffel, »hier ist es

so was von langweilig. Wir sorgen dafür, daß wir uns ein bißchen amüsieren.«

»Das kann ich verstehen«, sagt der Hauptmann nachdenklich. »Auch ich langweile mich furchtbar. Wissen Sie, was ich demnächst mal mache?«

Die beiden sehen ihn fragend an.

»Ich fahr mal ’ne Runde mit Ihnen mit«, lächelt der Hauptmann.

Das kreisende Blaulicht des Krankenwagens taucht ihre Gesichter in einen kalten Schein. In der Ferne hat jemand zu schreien angefangen.

GARIBAINS RÜCKKEHR

Der bekannte Intellektuelle, Schriftsteller, Verfasser von Streitschriften, Kritiker, Übersetzer, Essayist, Vorwort- und Nachwortschreiber Zeno Zebél fuhr nach einem kulturo-gastro-mondänen Abend mit dem Taxi nach Hause. Sein ernstes, von einem Kamelhaarkragen gerahmtes Gesicht konnte das Eindringen eines kleinen Lächelns nicht vereiteln. Ein respektloser Virus hatte sich in seinem linken Mundwinkel eingenistet und zog seine Lippe hoch. So wurden an jenem Abend die strenge Miene, der vorwurfsvoll zugekniffene Mund, der Überdruß und das finstere Gemüt, die dem Selbstbild Zebéls so wohl taten, von einem ungewohnten Ausdrucks des Wohlbefindens sabotiert. Und dem ergab sich unser Verehrter am Ende.

Der Abend bei der Architektin P. war ja auch perfekt gewesen! Gleich bei seinem Erscheinen hatten die Anwesenden ihm den schuldigen Tribut an Verehrung gezollt, auf einen Blick hatte er im Bücherschrank seine gesammelten Werke ausgemacht, das Abendessen war äußerst raffiniert und nicht zu fett, vor allem war die Unterhaltung unbezahlbar gewesen. Gleich von Anfang an nämlich, und ohne daß er die üblichen Strategien und die gewohnten Fallen hätte verwenden müssen, hatte sich das Gespräch spontan dem Schriftsteller Garibain zugewandt. Und da er die höchste garibainistische Autorität des Landes war, hatte er den Abend mit strahlender Sicherheit beherrscht, mit würdevoller Überlegenheit. Zweimal hatte er kühn Zitate der Gastgeberin korrigiert, hatte mit auswendig hergesagten Passagen geglänzt und dann die junge Kritikerin Selene buchstäblich zerquetscht, die es gewagt hatte, eine dußlige Bemerkung zu Garibains unterentwickelter Sensibilität sozialen Problemen gegenüber loszulassen. Er hatte ihr eine Stelle aus *Weihnachtsmahl* zitiert, wo der Autor die Nöte und Mühen einer Klempnerfamilie beschreibt, und er hatte eine derart mitreißende Darstellung geliefert, so glühend deklamiert, daß allen die Tränen in den Augen gestanden hatten, vor allem der Kritikerin, die am Ende der Ahnungslosigkeit und Anmaßung geziehen wurde; da auch der Vize-Chefredakteur ihrer Zeitung anwesend war, wurde andeutungsweise angeregt, sie zur Revue-Kritik zu versetzen.

Ein Triumph! An wieviel anderen Abenden hatte er quälend lange warten müssen, bis sein ersehntes Lieblingsthema, dasjenige, bei dem er keinerlei Rivalen zu fürchten hatte, zur Sprache kam. Wieviel hatte er kämpfen, um sich schlagen, andere Themen verdrängen, Weichen stellen und Dämme errichten, die ausgefallensten Vergleiche bemühen und die schrägsten Analogien heranziehen müssen, um Garibain auf die Bühne zu bringen. An diesem Abend jedoch war etwas Magisches geschehen, etwas, das diese gute Laune in ihm weckte.

Er räkelte sich, während das Taxi durch eine Lindenallee, in der sich bereits die ersten frühlingshaften Blüten zeigten, in das Viertel einfuhr, wo er lebte. Er sog den süßen Duft ein und deklamierte flüsternd:

Linde, Linde / in hundertjährig starrsinniger Rinde

in immer neuem Kleide
bist du den Menschen / stets neue Augenweide

Der Taxifahrer, ein vierschrötiger Kerl mit faltigem Walroßnacken, wandte den Kopf halb und schloß:

du trotzest dem Eis, dem Winde,
o Linde.

»Sie kennen diese Verse?« fragte Zebél verblüfft.

»Freilich: Adolphe Garibain, *die Nacht der Erscheinung,* Gedicht in sechs Teilen, ich glaube, das war der Anfang des dritten Teils, oder irre ich mich?«

»Nein, Sie irren sich nicht«, sagte Zebél mit dünner Stimme.

Welch seltsamer, einzigartiger Abend! Ein Taxifahrer, der Garibain auswendig kennt: Sollte er sich freuen oder darin eine Bedrohung seines Primats sehen? Oft klagte er darüber, daß das Volk seinem Garibain allen möglichen Schrott vorzog, aber was, wenn alle Taxifahrer imstande wären, ihn zu zitieren?

»Mögen Sie Garibain?« fragte der Fahrer mit einem ordinären Zwinkern, als hätte er gefragt: *Mögen Sie Blondinen?* »Haben Sie ihn mal persönlich kennengelernt?«

Ein triumphales Röcheln ließ Zebéls Stimmbänder flattern.

»Das hätte ich mir denken können«, zischte er verächtlich. »Sie plappern Garibain nach, aber haben wahrscheinlich keine Ahnung von ihm. Wie soll ich persönlich Kontakt zu Garibain gehabt haben« – und hier sang Zebél vor Verachtung –, »wo er gestorben ist, bevor ich auf die Welt kam? Ich behellige Sie nicht mit den Daten.«

»Na ja«, antwortete der Fahrer in aller Ruhe, »man kann ja nie wissen.«

Zebél seufzte. Ignoranz, Ignoranz rings um ihn her wie stinkender Unrat. Er gab dem seltsamen Taxifahrer kein Trinkgeld, und mit wiedererlangter mieser Laune begann er, den Hausschlüssel zu suchen. Ein lästiger kalter Wind kam auf, während er da vor der Tür stand, in seinen verschiedenen Taschen wühlte und die Wut in sich aufsteigen fühlte. Dabei hatte er ihn immer an derselben Stelle, in der Innentasche seiner Jacke. Verstört hob er den Kopf mit einem kleinen Kaviar-Rülpser. Und da entdeckte er, daß in seiner Wohnung Licht brannte und die Tür angelehnt war.

Natürlich erschrak Zebél. Er lebte allein, seit seine Frau ihn verlassen hatte, wegen Topardo, diesem gräßlichen Kafkaisten, der ... Doch jetzt war nicht der Augenblick für Erinnerungen. Niemand hatte die Schlüssel zu seinem Haus, nicht einmal die Putzfrau, eine tumbe Philippina, die keine Ahnung von der ethnopoetischen Kunst ihres Landes hatte. Also wer? Ein Einbrecher? Doch was suchte der, Bücher? In seinem Haus gab es nichts als Bücher. ›Doch nein, Scheiße‹, dachte Zebél. ›Da ist auch noch die Stereoanlage, und der Videorecorder, die Medaillen meiner Literaturpreise, die englischen Jackets, die Unterwassermassage-Apparatur, obwohl, die ist nicht so leicht zu transportieren.‹ Ja, sicher war ein Einbrecher im Haus. Er erwog, ob eine Überschrift »Raub im Hause Zebél« seinem Ruf zugute kommen könnte und ob die Summe des Verlustes niedriger oder höher einzuschätzen war als eine Verlags-Werbekampagne in einer Tageszeitung.

Doch das Schweifen seiner Gedanken wurde vom fröhlichen Bellen des Cagnes-sur-Mer unterbrochen, der mit seinem typischen Kakerlaken-Gang auf ihn zugetrottet kam, den pelzigen Kopf hin- und herschwenkend.

Cagnes war ein ungewöhnlich häßlicher Zwergschnauzer, den Zebél sich angeschafft hatte, weil, wie jeder weiß, Garibain Schnauzer über alles geliebt hatte, er hatte sechs im Laufe seines Lebens, und man erzählte sich, daß bei seinem Tod etcetera, und also Cagnes-sur-Mer war der Ort, in dem Garibain zum ersten Mal seine zukünftige Frau Elsa etcetera. Doch dieser ganze Ansturm wenn auch erfreulicher garibainischer Assoziationen war nichts gegen die Beruhigung, die das Erscheinen des göttlichen Köters für Zebél bedeutete. Cagnes war der absolut hysterischste, streitsüchtigste und chauvinistischste Wachhund weit und breit. Seine drei Kilo Lebendgewicht bargen ein militärisch-defensives Potential, wie es nicht einmal ein Rudel gedrillter Mastinos geboten hätte. Und wenn ein Eindringling, sei's der Postbote, der Milchmann, ein Passant oder sonst ein Unbefugter, auch nur einen Schritt weit in das Terrain seines Herrchens eindrang, fiel Cagnes mit seinem Gekläffe über ihn her, einem Hagel von mißgünstigem Gekröche, einer Kakophonie gellenden Geheuls, einem Crescendo hündischer Beschimpfungen, einem derart ununterbrochenen, lästigen und schrillen Lärm, daß der Angegriffene nicht selten mit zornigen Bemerkungen zurückkläffte, meist ein »verpiß dich«, melodisch im Diskant geschrien. Nun, diesmal bellte das Kläfferchen nicht, im Gegenteil, mit obszönem Arschgewackel stellte es sein Glück über die Wiederkehr des Hausherrn dar, die ihm schließlich ein gleich folgendes Bankett aus gefriergetrocknetem Mist und Scheiße in Knusperwürfelchen bescheren würde. Das alles bedeutete für Zebél, daß nichts Feindliches im Haus sein konnte und die Haustür aus verwünschenswürdiger Nachlässigkeit offengeblieben war. Und in der Tat, als Zebél über Cagnes' zickzackelndes Betteln hinweggestiegen war, fand er alles in bester Ordnung. Er schloß die Tür, pellte sich aus seinem Wintermantel und schickte sich an, seinen Zerberus zu füttern. Doch als er gerade, über den Hundenapf gebeugt, eine Dose mit delikater Hyänenpastete öffnen wollte, erblickte er aus dem Augenwinkel einen Fuß, der aus seinem Lieblingssessel ragte, einen mit Schuh und Gamasche versehenen Fuß, dessen Inhaber von der Rückenlehne verborgen blieb.

Dieser Jemand war eingedrungen und saß nun seelenruhig an seinem, Zebéls, Arbeitsplatz, seelenruhig, denn aus dem Sessel stieg Pfeifenrauch auf, und das leichte Wippen des Fußes deutete auf Behagen hin und auf vollkommene Unbefangenheit.

Langsam drehte sich der Sessel. Es erschien zunächst die linke Kugelhälfte, sodann die Mitte, dann die Gesamtansicht von Adolphe-Marie Garibain.

»Spät geworden heute nacht, was, Zebél?« fragte Garibain mit provokantem Unterton. Er sprach in seiner Muttersprache, dem Hochprovenzalischen, und in den Händen hielt er seinen berühmten Spazierstock mit dem Horngriff. Gesicht wie Kleidung, alles war genau wie auf Pierre Poncins Porträt aus dem Louvre. Sogar die rechte Augenbraue stimmte, sie trug eine Narbe, die von einem Duell herrührte, am zwölften August etcetera, im Park von Versailles etcetera, auf den Satz hin: »Sie sind eine Beleidigung für die französische Literatur.«, den der Graf Mamoulian etcetera. Nun, die obengenannte Augenbraue war mit unbestimmt angewidertem Ausdruck hochgezogen. Nein, er schien nicht gut aufgelegt, der berühmte Auferstandene.

»Guten Abend ... guten Abend ... O Scheiße!« rief Zebél, der es sich nie hätte träumen lassen, daß das sechste Wort seines ersten Gesprächs mit dem Mythos so vulgär sein könnte.

»Sind Sie nicht froh, mich zu sehen?« fragte Garibain, mit einer Zeitschrift wedelnd. »Dabei habe ich gerade eben hier drin gelesen: ›Ich würde sämtliche in den letzten Jahren erschienene Bücher mit Vergnügen gegen zehn Minuten Unterhaltung mit Garibain tauschen‹.«

»Ja, das habe ich geschrieben ... aber bitte, was soll die Maskerade? Wer sind Sie? Ein Schauspieler, nicht wahr? ... das soll ein Scherz sein, oder eine von diesen gräßlichen Fernsehsendungen, oder ... die Konkurrenz, nicht wahr? Sie schickt Schiassi, so ist es doch?«

Garibain vollführte mit der behandschuhten Rechten eine elegant resignierte Geste.

»Wer ist dieser Schiassi? So sieht der Empfang aus, den Sie mir bereiten? Und Sie wollen mein größter Kenner sein, der Hüter meines Angedenkens, mein Übersetzer?«

»Gewiß bin ich das«, sagte Zebél voll Stolz.

»Und da sind Sie nicht in der Lage, mich zu erkennen? Jahrelanger Umgang, wenn auch aus einiger Entfernung, genügt Ihnen nicht, um meine Anwesenheit zu glauben? Verlangen Sie das, was man ... einen Beweis nennt?«

Zebél nickte schluckend.

Garibain seufzte traurig und stand auf, humpelnd wegen der Krankheit, die ihn im Alter von acht Jahren etcetera. Er fuhr mit den Fingern an Zebéls Bücherregal entlang und zog einen kleinen, ramponierten Band heraus.

»Durch die Seiten dieses Buches haben wir Bekanntschaft geschlossen, eines fernen Apriltages ... Man hatte Sie gerade ausgeschimpft, Zebél, Sie waren ein dickliches, streberhaftes Kind ohne jedes Talent, und an jenem Morgen hatte man Sie aus irgendeinem Grund eingesperrt, ich weiß nicht mehr ...«

»Marmelade«, sagte Zebél bebend.

»Exakt«, meinte Garibain, »wegen eines banalen Marmeladendiebstahls: Himbeer, jetzt erinnere ich mich. Also wurden Sie bestraft und in das Arbeitszimmer Ihres Großvaters gesperrt, und da schnüffelten Sie in der Bibliothek herum, suchten etwas Aufregendes, worin von gelöstem Haar und blassem Fleisch und von horizontalem Geschmachte die Rede war ...«

»Mit zwölf war das ganz natürlich«, verteidigte sich Zebél etwas verlegen.

»So lasen Sie den Titel meines Buches *Sultana,* und dieser Titel schien Ihnen wer weiß welche erotischen Paradiese und orientalische Genüsse zu verheißen, so stürzten Sie sich in die Lektüre, um bald darauf festzustellen, daß *Sultana* der Name einer Stute war und ich nicht unbedingt das, was man einen leichten Autor nennt ...«

»Ich bitte Sie!« protestierte Zebél.

»Zweimal sind Sie eingeschlafen«, fuhr Garibain fort, »das erste Mal bei der Beschreibung der Durchquerung von Vincennes, und das zweite Mal bei dem Gespräch des Priesters mit dem atheistischen Jockey über den Heiligen Geist. Die Standuhr mußte Sie wecken.«

»Ich habe einen weithin bekannten Essay über das Buch geschrieben ...«

»Das bezweifle ich nicht«, lächelte Garibain ironisch, »denn an jenem Tag hatten Sie die geniale Intuition, die Ihr ganzes Leben bestimmen sollte. Sie dachten: Wenn ich alles, wirklich alles von diesem gewichtigen Autor lese, wenn ich mich seines breiten Werkes bemächtige, dann ist das ein fabelhaftes Sprungbrett für meine Zukunft. Ich werde der einzige, exklusive Übersetzer, Interpret, Herausgeber, Kritiker, Experte, Erbe, Pächter von Garibain. Er wird mein Privat-Eigentum, die geschützte Oase Garibain. Dort bin dann ich der Boß, und alle anderen werde ich mit Zähnen und mit Klauen fernhalten. Und in der Tat haben Sie das einmal Eroberte seitdem verteidigt und gekläfft wie Ihr Schnauzer, dem Sie diesen scheußlichen Riviera-Namen verpaßt haben. Auf meinem Namen haben Sie das Schloß Ihres literarischen Ruhms errichtet.«

»Das stimmt wirklich ... jener Tag im April, die Himbeeren, das Buch ...« Zebél sank auf einen Stuhl. »Maestro ... aber ich verstehe nicht, warum Sie ... erschienen sind.«

»Das verstehe ich sehr wohl, mein lieber Zebél«, sagte Garibain, »seit langem schulde ich Ihnen einen Besuch. Seit Jahren zitieren Sie mich in Ihren Gesprächen (sollte ich Ihnen dafür dankbar sein?), durchschnittlich hundertzwanzigmal pro Tag. Sie haben meine sämtlichen Bücher übersetzt, auch die posthum aufgefundenen Kladden und Fehldrucke, Sie haben Dutzende von Essays über mich geschrieben, sind Juryvorsitzender eines Literaturpreises, der meinen Namen trägt, haben ein Seminar an der Universität gegeben und so Dutzende potentieller junger Leser verschreckt, Sie haben Theaterversionen meiner Bücher verfaßt, sind garibainischer Berater für drei Fernsehsender und veranstalten Abendessen mit den Rezepten aus meinen Buch *Pradonets Gasthof.*«

»Und gefällt Ihnen das nicht?«

»Nein!« schrie Garibain und hieb mit dem Stock auf den Boden, daß Zebél hochschrak. »Sie zitieren mich, egal, ob's paßt oder nicht, ob's um Scheidungen geht oder um Haarausfall, Formel Eins oder Totalitarismus, Sie finden meine Meinung heraus zu Themen, von denen ich nie gedacht hätte, daß ich auch nur von ferne mit ihnen zu tun bekäme, Sie verwenden meinen Namen, um junge Autoren zu verreißen, oder Sie vergleichen die würdigsten Autoren mit mir, um sie zu beschimpfen, und ich habe es auszubaden, wenn die mir unten in der Bibliogrotte des Tartarus eine Fresse ziehen ...«

»Aber Maestro ...«

»Hören Sie auf mit *aber Maestro, aber Maestro«,* sagte Garibain, nervös auf und ab wandernd, »unterbrechen Sie mich nicht, Sie haben jahrelang von mir herumgequakt, jetzt halten Sie den Mund. Sie haben mich einbalsamiert, seziert, haben in meinen Schubladen herumgewühlt, haben völlig unbedeutende Einzelheiten meines Lebens zu Sinnbildern aufgeblasen. Sie nennen mich einen Frauenfeind, wenn Sie eine junge Journalistin einschüchtern wollen, einen Homosexuellen, wenn Ihnen das Publikum dafür empfänglich zu sein scheint, einen besessenen Erotiker, wenn Sie eine Ihrer Studentinnen erregen wollen. Mindestens zehn Krankheiten haben Sie mir angehängt, die ich nie hatte, wenn man Sie hört, habe ich überall gelitten und gejammert, ob ich mich am Meer sonnte oder in den Bergen Ruhe suchte. Hören Sie hier, in einem Ihrer Essays: ›Doch konnte er die schöne bretonische Sonne nicht ungetrübt genießen, alles schien ihm grau und trist, denn wie er da verloren inmitten der gewöhnlichen, dummen Schreie der Touristen einsam an einem Tischchen der Bar saß, dachte er bereits an das Meisterwerk, das er nun in Angriff nehmen wollte, den *Absalom ...‹«*

»Ist das nicht recht so?« fragte Zebél schüchtern.

»In Saint-Malo ging es mir blendend, wie einem Pascha, ich aß dreimal täglich Austern und konnte mir ein paar der schönsten Hintern Frankreichs anschauen. Sie haben die Geduld ausgenutzt, zu der wir Toten nun mal verurteilt sind, um mir Ihre Ängste und Neurosen anzudichten. Ganz zu schweigen von dem protzigen Umgang mit meinen Werken. Hier, Seite zweiundzwanzig: ›Was würde Garibain sagen, wenn er die unsichere, gestammelte Prosa dieser jungen Autoren läse? Er würde sicher streng mit dem Finger drohen und sie verächtlich ein für allemal aus den Gefilden der Literatur verjagen.‹ Dieser widerliche Oberlehrer soll ich sein, diese Kröte mit erhobenem Zeigefinger? Deswegen haben sich Dutzende junger Leser von mir abgewandt. Sie haben aus mir einen Vornehmtuer gemacht, wie Sie selber einer sind.«

»Aber ...«

»Nichts da von wegen aber! Sie kennen meine Bücher auswendig, aber ich möchte bezweifeln, daß Sie viel anderes gelesen haben. Kennen Sie Colbertson?«

»Ein wenig ...«

»Ein wenig? Wie kommen Sie dann dazu zu schreiben, Colbertson sei ein schwacher Nachahmer, der mir *den geschmeidgen Stil, doch bei weitem nicht das Genie* abgeschaut hätte? Wissen Sie, daß Colbertson wegen dieses Satzes seit zehn Jahren nicht mehr mit mir spricht und mir außerdem, wenn ich mich nicht täusche, mehrmals in den Tabak gepißt hat?«

»Ich bin untröstlich ...«

»Das will ich hoffen! Sie haben meinen Namen für Ihre Karriere ausgebeutet!« schrie Garibain, immer röter im Gesicht, indem er gefährlich mit dem Stock auf Zebél zielte, »Sie haben mich als Schutzschirm für Ihre Mißgunst und als Alibi für Ihre Antipathien benutzt, aber jetzt sage ich: Schluß damit!«

»Aber die Übersetzungen, Maestro, meine Übersetzungen! Jahr um Jahr treue, ergebene Arbeit ...«

Garibain sah ihn an, als wollte er ihn auf der Stelle fressen.

»Na und wie! Nur ein Beispiel: ›Und er, da er sie so zerbrechlich und taubenetzt auf dem waldreichen Wege sah, ward von Sorge voll, heimtückische Tuberkeln möchten sie benagen, und indem er ihre alabasternen Schultern mit seinem Gewande umkränzte, sagte er zu ihr: Beste, euch fröstelt ...‹«

»Schön, nicht wahr?«

»Schön? Die Eier könnten einem abfallen. Zehn Meter im Regen, und schon hat sie bei Ihnen die Schwindsucht. Ich hatte mehr oder weniger geschrieben: ›Er sah, daß sie schwitzte, und da er um ihre zerbrechliche Gesundheit fürchtete, legte er ihr keck die Jacke um die Schultern und sagte: Signorina, ist Ihnen kalt?‹«

»Aber«, wisperte Zebél, »ich wollte, daß aus jedem Satz Ihre edelmütige Seele klingt, die sprachliche Raffinesse, die Sensibilität für das Soziale.«

»Sehr lobenswert«, meinte Garibain, rückte sich die Weste zurecht und warf einen Blick auf die Uhr, »in der Tat wollte ich als vorletztes mit Ihnen darüber reden, was heute abend bei der Architektin P. vorgefallen ist.«

»O ja«, strahlte Zebél, »das war ja praktisch ein Abend zu Ihren Ehren.«

»Gewiß, ich habe durchaus mein Vergnügen daran gehabt, wie Sie versucht haben, mich inmitten dieser hypersensiblen Millionäre zum Paladin der Armen zu machen. Wenn Sie nur nicht so ein Trampel von Übersetzer wären, wäre Ihnen aufgegangen, daß die ›des Plombiers‹ keine Klempner sind, sondern eine Adelsfamilie aus meiner

Geburtsstadt, die ›des Plombiers-Moulin-Argotte‹, die nach einer Serie von Bauernstreiks und -aufständen bankrott gegangen sind, daher nämlich die traurige Stimmung bei dem Weihnachtsessen. Wenn Sie nicht von dem leben würden, was mein Werk für Sie abwirft, dann wüßten Sie, daß ein Klempner bis zum heutigen Tag leider deutlich mehr verdient als ein Dichter oder verarmter Adliger. Folglich ist die Szene, die Sie zitiert haben, um mein soziales Mitgefühl zu beweisen, in Wahrheit eine nostalgische Verteidigung des adligen Lebens gegen die anschwellende gleichmacherische Flut der Klempner. Das hätten Sie spätestens kapieren müssen, als die Gattin zu ihrem Mann sagt: ›Sei so lieb und reiche mir die Schüssel mit der Rebhuhn-Consommé, bevor sie kalt wird.‹ Finden Sie, das ist ein Satz, der beim Weihnachtsessen eines Klempners fallen würde? Alle würden es merken, inklusive Signorina Selene, die, von mir inspiriert, jetzt gerade einen wütenden Artikel gegen Sie in die Tasten haut, mit dem Titel: ›Zeno Zebéls kuriose Klempner‹.«

»O mein Gott«, ächzte Zebél.

»Und damit jetzt Schluß ist«, fuhr Garibain unerbittlich fort, »habe ich bei der Abteilung Zitate und Ehrbezeugungen der unteren Bibliogrotte beantragt, Maßnahmen gegen die unkontrollierte Ausbeutung meines Namens und meines Werkes durch Sie einzuleiten, und man hat mir zugesagt, *mich zu befreien.*«

»Befreien, wie meinen Sie das?« protestierte Zebél. »Sie können nicht verhindern, daß ich Sie ausbeu ... daß ich Ihr Angedenken ewig pflege.«

»Gewiß kann ich das«, sagte Garibain. »Addio, Zebél, auf Nimmerwiedersehen.«

Nach den Worten umgab er sich mit einem bläulichen

Schimmer, und begleitet von Cagnes' entsetztem Gebell, begann er eine wohldosierte Auflösung und verschwand.

Zebél drehte sich der schmerzende Kopf. Leise winselnd rannte Cagnes auf und ab, er wußte nicht mehr, wo er war. In der Luft lag leichter Schwefelgeruch. Mechanisch nahm Zebél die Dose mit dem Hundefutter wieder zur Hand und scharrte den stinkenden Inhalt in den Napf.

»Da«, sagte er mit erloschener Stimme, »komm her, wie heißt du noch, Hündchen ...«

Er versuchte, sich klarzuwerden, warum er so durcheinander war. In diesem Moment schrillte das Telefon. Es war der Chefredakteur der Zeitung, für die er schrieb.

»Zebél, ich habe von unseren Informanten bei der Konkurrenz schlimme Neuigkeiten gehört. Selene, die Schlampe, hat einen Fehler in deiner Übersetzung von *Weihnachtsmahl* gefunden, und morgen bringt sie einen giftsprühenden Artikel. Aber keine Sorge. Ich habe Fastelli und Festucci angerufen, und wir haben zusammen eine Seite, die sich gewaschen hat, zu dem Thema auf die Beine gestellt. Fastelli hat einen Artikel über ›Zweideutigkeit und Parodie in *Weihnachtsmahl*‹ geschrieben, und Festucci hat einen alten Artikel von der Selene aufgetrieben, in dem sie über Bhs schreibt. Den Schlag parieren wir. Jetzt fehlt natürlich noch das Hauptstück, also deins.«

»Ach ja?« fragte Zebél müde. »Was für ein Hauptstück?«

»Na ist doch klar«, meinte der Chefredakteur, »irgendwas à la ›Garibains wahre Lehre‹ oder ›der verratene Garibain‹ oder auch ›mein Garibain‹. Hundert Zeilen, und bitte bis Mitternacht. – Warum antwortest du nicht? Stimmt was nicht?«

»Ja«, sagte Zebél. »Wer ist dieser Garibain?«

SNIPER

Der junge Soldat stand am Fenster im vierten Stock des verlassenen Wohnhauses und lauschte dieser eigenartigen Musik. Sie war so weit entfernt, daß er fast nicht erkennen konnte, um welches Stück es sich handelte. Manchmal schien der Wind die Melodie auf ihn zuzutreiben, und gerade, wenn er sie eben zu erkennen glaubte, wurde sie wieder fortgeweht. Der junge Soldat war achtzehn und trug einen Tarnanzug, der ihm viel zu weit war, um den Kopf hatte er ein Band in den Farben einer Fußballmannschaft. Beide Unterarme waren tätowiert, der eine mit dem Namen seiner Verlobten, der andere mit dem Wappen der Region, in der er geboren war, darunter zwei gekreuzte Schwerter. Seine ultrakurz geschorenen Haare waren violett gefärbt. Nach zweijährigem Krieg herrschte im nördlichen Regierungsheer einige Freiheit, was die Uniform anging. Es genügte, deutlich erkennbar zu sein. Die Sniper, die Scharfschützen, wetteiferten um das kriegerischste und originellste Outfit. So auch der andere junge Soldat, der jetzt auf allen vieren über das mit Patronenhülsen und Schuttbrocken besäte Pflaster herankam. Er war rund zwanzig, hatte ein erwachsen wirkendes Gesicht und trug einen schwarzen schäbigen Cowboyhut mit vier roten Talismanen: für jeden erschossenen Feind einen. Auf seine Schulter war eine Frau tätowiert, die ein Skelett umarmte. Der Gewehrknauf war mit obszönen Sprüchen als Intarsien verziert. In einem Ohr hatte er vier goldene Ringe und einen in der Unterlippe.

»Hallo, Pecos«, sagte der erste Soldat.

»Hallo, Trommler«, sagte der zweite, »wie sieht's aus?«

»Sie verstecken sich irgendwo da unten«, sagte der Trommler und deutete auf die menschenleere Straße; sie mündete in eine Fußgängerunterführung, deren Eingang mit Trümmern und Resten einer Barrikade verrammelt war.

»Vielleicht hinter den Reklametafeln?« fragte Pecos.

»Ich glaube nicht.«

Sie standen in etwas, das früher wohl mal ein Büro gewesen war. Jetzt waren alle Scheiben durch die Bomben zersplittert, Patronenhülsen füllten die Hälfte des Raumes, die Aktenschränke waren umgestürzt. Es blieb nur ein Schreibtisch, der jetzt voller Bierdosen stand, und ein pathetischer Fernseher mit eingeschlagenem Bildschirm, in den irgendein Witzbold eine Büste des Präsidenten gestellt hatte. Auf dem hellen Teppichboden waren Blutflekken, überall lagen Patronengurte für Maschinengewehre.

Pecos setzte sich auf den Boden, drehte sich eine Zigarette und warf eine Amphetamin-Pille ein. Er nahm den Hut ab. Auf dem ansonsten kahlgeschorenen Kopf hatte er ein keltisches Kreuz gekräuselter Haare.

»Die Schweine von Südlern haben einen von uns erwischt, heute morgen. Den Griechen, diesen großen aus Venedig mit dem Irokesenschnitt. Voll in den Hals, als er gerade aus dem Jeep stieg. Er hatte zuviel gekifft, war zu langsam.«

»Kommt vor«, bemerkte der Trommler.

»Na ja«, Pecos hängte sich das Gewehr um, »ich gehe

jetzt mal auf die andere Seite des Hauses, wo die Garagen sind. Wenn du mich schießen hörst, weißt du, daß ich morgen nach Hause fahre.«

»Besser, du hörst mich«, meinte der Trommler, »ich bin schon seit zwei Monaten hier oben. Langsam werde ich verrückt, ich mache schon Zielschießen auf die Unterwäschereklame unten auf der Straße.«

»Kein Abschuß, kein Urlaub. Nicht meine Schuld, daß du nicht schießen kannst, Trommler. Mit den Drums bist du wirklich gut, aber mit dem Gewehr sieht's mau aus.«

»Ich habe drei abgeknallt, nur einen weniger als du, Arschloch. Heh, hörst du diese Musik?«

Man vernahm die fernen Motoren eines Flugzeugs, das Nachschub abwarf. Pecos schüttelte den Kopf.

»Nein, ich höre nichts ... oder doch, vielleicht, aber ganz leise ...«

»Ich erkenne einfach nicht, was das ist«, sagte der Trommler.

Die beiden jungen Männer standen reglos und versuchten, zwischen den einzelnen Explosionen zu lauschen. Auf einmal überquerte ein Hund die Straße, und Pecos legte das Gewehr an. Manchmal kommt nach einem Hund sein Herrchen. Oder jemand, der ihn fangen und essen will.

»Hundert Mark, daß ich ihn kriege«, sagte Pecos.

»Laß es bleiben.«

Der Hund verschwand zwischen den Autowracks einer Querstraße. Die Explosionen ließen nach, und auf einmal war die Musik deutlicher zu hören.

»Rolling Stones«, meinte Pecos entschlossen.

»Was erzählst du da für'n Scheiß? Das ist was ganz anderes, hörst du denn nicht?«

»Ich sage dir, das sind die Stones ... wenn du willst, singe ich es dir vor ... wart mal, wie geht das noch: ›She was blinded by lo-o-o-ove‹ ... hörst du?«

»Laß den Quatsch«, sagte der Trommler; er dachte, der andere wolle ihn auf den Arm nehmen. »Seit einer Stunde liegt es mir auf der Zunge, das ist Rock von vor zehn Jahren, eines von den Stücken, mit denen ich Schlagzeug gelernt habe.«

»Krepier doch, und alle Drummer und Südler und ihre Scheißmusik«, sagte Pecos, »ich gehe auf die Terrasse und kontrolliere die Rückseite.«

»Okay«, sagte der Trommler. Er hörte die Schritte von Pecos' Stiefeln, während der die Treppen des verlassenen Hauses hinabstieg. Er legte das Gewehr ab und zündete sich eine Zigarette an. Er gähnte. Seit zwei Monaten und sechs Tagen saß er dort oben und landete keinen Abschuß, also bekam er keinen Urlaub. ›Ich wäre vielleicht besser im Hauptquartier geblieben‹, dachte er, ›da kann man sicher sein, daß man einmal pro Monat nach Hause kommt. Aber wenn man Pech hat, landet man in einem Exekutionskommando, einmal mußte ich das schon machen, hat mir nicht gefallen. Außerdem bin ich ein Scharfschütze. Ich schieße gut. Vielleicht ist ja heute mein Glückstag.‹

Die Musik wurde lauter, doch diesmal nicht wegen des Windes. Jemand kam aus der Unterführung. Der Trommler spürte ein Zittern in seinen Händen und einen Schmerz im Hals. Wenn er sich zu schießen anschickte, verkrampften sich seine Gesichtsmuskeln, manchmal klapperte er sogar mit den Zähnen. Aber das ging schnell vorüber. Im Augenblick des Zielens würde er so ruhig sein wie immer. Die Musik kam näher. Jetzt schallte sie hinter den von Schüssen durchlöcherten

Reklametafeln hervor, die mit pazifistischen oder regierungsfeindlichen Slogans besprüht waren. Auf einer stand in großen rosa Buchstaben:

SCHON MAL
EIN SAXOPHON-GESCHOSS GESEHEN?

Das war der Titel eines Stücks von den Last Tear. Der Trommler hatte sämtliche Konzerte von den Last Tear gehört, vor dem Bürgerkrieg. Vielleicht war das Stück auch von der Gruppe. Wie auch immer, jetzt hörte er deutlich die Bässe und auch das Schlagzeug, der Drummer war phantastisch, er spielte hart, pulsierend, mit immer neuen Rhythmen, der Trommler verstand was davon, als Zivilist war er ein guter Schlagzeuger gewesen, und der, den er da hörte, war ein Meister seines Fachs, wirklich, ein phänomenaler Drummer, aber wer war dieser Idiot, der seine Anwesenheit auf diese Weise verriet, mit der Musik auf voller Lautstärke, und vor allem, wer war dieser große Drummer, auch wenn es vielleicht nicht der passende Moment war, sich das zu fragen.

Er sah unter einer Reklametafel zwei Füße entlanggehen. Bitte laß es kein Kind sein, betete er. Bitte keine Frau. Egal wer es ist, ich schieße trotzdem. Ich will nach Hause. Ich habe auch einen kleinen Bruder. Und eine Verlobte. Der Südler verließ die Deckung. Er war jung, groß und trug eine rote jamaikanische Baskenmütze. Er mußte besoffen sein, daß er so unvorsichtig war. Er humpelte, dann stolperte er. Mit einem Fernglas schaute er zu dem Haus hinüber. Der Trommler duckte sich. Aufmerksam suchte der Südler von oben bis unten alle Stockwerke ab, dann schien er beruhigt. Er setzte sich auf den

Bürgersteig und stellte das Radio neben sich: ein riesiges Stereogerät mit zwei Antennen wie Langustenfühler. ›Kinderspiel, macht ja fast keinen Spaß mehr‹, dachte der Trommler. Er zielte, atmete langsam, und wartete, daß das Zittern nachließ. Er mußte gut treffen, wenn er ihn nur verwundete, konnte er sich wegschleppen, die Unterführung war nah. ›Nein, der ist wirklich besoffen‹, dachte er, ›der spürt die Gefahr nicht einmal.‹

Der Südler hatte sich auf dem Bürgersteig ausgestreckt. Er hatte kein Gewehr, nur eine Pistole steckte in seinem Gürtel. Aus seiner zerfetzten Uniformhose ragte ein verbundenes Bein, er war nicht nur betrunken, sondern auch verletzt. Das gesunde Bein wippte im Takt der Musik. »Was für ein idiotisches Arschloch«, zischte der Trommler zwischen den Zähnen, »was ein Scheiß-Soldat, liegt da mitten auf der Straße und hört Musik, als wüßte er nicht, daß der Bereich von uns Snipern kontrolliert wird. Der ist ganz scharf auf eine Kugel in die Stirn.«

Als hätte der Südler es gehört, stützte er sich auf die Ellbogen und schaute herüber. Er nahm die Baskenmütze ab, darunter war er blond, und er schien an der einen Schläfe eine weitere Verwundung zu haben. Als wäre nicht das Geringste los, zog er zwei kurze Stäbe aus der Jackentasche und begann, auf dem Asphalt den Takt zu schlagen. ›Mein Gott‹, dachte der Trommler, ›das ist ein Profi, davon verstehe ich was. Wie der aus dem Handgelenk schlägt! Der kann mit Schlagzeug umgehen. Ich muß einen Kollegen abknallen. Wie der Idiot sich amüsiert, ich sitze hier, das Gewehr im Anschlag, und er da mit dem Radio mitten auf der Straße, als ob es den Krieg überhaupt nicht gäbe. Ein saublöder Südler ist das, den ich da abknallen muß.‹

Er bemerkte, daß er immer noch zitterte, und er legte das Gewehr hin. Vielleicht machte diese Musik ihn nervös. Würde ihm wenigstens einfallen, welches Stück das war! Es waren nicht die Rolling Stones, und auch nicht die Talking Heads oder Brisa Picerem Gozzem.

Es war ein Stück vom Ende der achtziger Jahre, als er klein war. ›Jetzt ist aber Schluß‹, dachte er. ›Jetzt geht's nach Hause. Jetzt verpaß' ich ihm eine zwischen die Augen. Ein Scheiß-Südler aus Sizilien oder Neapel, oder noch schlimmer, mit dieser Baskenmütze könnte er zum Bataillon der Mitte gehören, einer aus der Toskana vielleicht, obwohl Clara aus der Toskana kommt, aber sie hat sich für den Norden entschieden, und jetzt beruhige dich und schieß, verflucht nochmal, aber du lieber Himmel, was für ein wunderbarer Drummer, und auch der Junge da ist gut, wie der mit den beiden Stäben auf das Radio eintrommelt, Scheiße, deswegen kann ich nicht zielen, ich zittere gar nicht, ich schlage ebenfalls den Rhythmus, wie lange hab ich schon keine Musik mehr gehört, seit ewiger Zeit sitze ich hier oben und höre nur die Bomben fallen und die Hunde jaulen, wir Scharfschützen dürfen weder ein Radio noch einen Walkman haben, in diesem Scheißheer ist einfach alles verboten, und was macht der da jetzt, verdammte Scheiße?‹

Der Südler war aufgestanden und tanzte mitten auf der Straße, die Stereoanlage auf der Schulter. Der mußte wirklich absolut voll sein. Er drehte den Ton noch lauter. ›Mein Gott‹, dachte der Trommler, ›wenn Pecos das hört, kommt er zurück und schnappt mir den weg. Verfluchte Musik! Ich weiß, welches Stück das ist, warum fällt es mir bloß nicht ein? Ich weiß was: Jetzt frage ich ihn, welcher Titel das ist. Der ist so blöde, er hat nicht mal ein Gewehr dabei, und mit der Pistole kriegt er mich von da hinten nicht. Paßt mir nicht, ihn einfach so abzuknallen. Ich mach ihm mein Kompliment für die Musik, und dann peng.‹

Er hatte es spontan so entschieden, und jetzt konnte er nicht mehr zurück. Mit gezücktem Gewehr sprang er auf die Füße.

»Hände hoch, Scheiß-Südler!«

Der andere wirkte nicht überrascht. Er hob eine Hand hoch, mit der anderen hielt er das Radio. Er hörte nicht einmal auf zu tanzen. Im Gegenteil, er kam auf das Haus zu.

»Mach lauter«, sagte der Trommler, »ich will rauskriegen, was du da hörst.«

Der Südler gab ihm mit den Fingern ein Okay-Zeichen, kam fast bis unter das Fenster, hob die Stereo-Anlage hoch und rief:

»*Lost for love.* Aus Liebe verloren ...«

»Wußte ich's doch!« rief der Trommler, »Last Tear. Und der Drummer ist Ed. Francisi.«

»Der Größte von allen, hörst du, wie er draufhaut?« fragte der Südler.

»Warst du auch Drummer?« fragte der Trommler.

»Ja, manchmal«, antwortete der andere.

»Na ja, tut mir leid«, sagte der Trommler und zielte, »weißt du, wenn ich dich laufenlasse, geht mir der Urlaub flöten. Es ist nicht persönlich, es ist eben Krieg. Tschüs, Kollege.«

»Selber tschüs, Schlagzeuger«, sagte der Südler. Er drückte auf einen Knopf an dem Radio, und ein Lautsprecher feuerte eine Granate ab. Sie flammte durch die Luft, traf das Fenster, explodierte krachend mit einem blendenden Blitz.

Als die Wolke sich verzog, war von dem Trommler keine Spur mehr zu sehen. Auch die Musik hatte aufgehört. Der junge Südler betrachtete lange die gähnende Fensterhöhle. Man hörte immer noch Explosionstrümmer fallen. Er humpelte zum Straßenrand und setzte sich wieder hin. Er hätte die Radio-Waffe mit einer neuen Granate laden müssen. Aber er war müde. Er hatte nicht einmal Lust, seinem Gruppenchef den Abschuß zu melden, wegen dem Urlaub. Vielleicht hatte er nicht einmal mehr Lust, nach Hause zu fahren. Er drehte die Musik auf, so laut es ging, und blieb langgestreckt auf dem Asphalt liegen, mit geschlossenen Augen.

Ennio Flaiano
Melampus

Roman, 223 Seiten, Leinen
Aus dem Italienischen von
Ragni Maria Gschwend

»Melampus« besticht durch seine Intelligenz, seine Melancholie, die Anmut seiner Reflexionen ... Wenn Lesen Denken mit fremdem Kopf bedeutet, wie Schopenhauer meinte, dann ist der kluge Kopf des Ennio Flaiano ganz sicher ein Gewinn für den Leser.
Sigrid Löffler, ORF

Daß der Roman »Melampus« zum puren Vergnügen des Lesers wird, liegt an Flaianos Selbstironie und der bewundernswerten Leichtigkeit seines Stils. Mit Recht apostrophierte der Schriftsteller Giorgio Manganelli seinen Kollegen Flaiano als »Zauberkünstler der Verzweiflung«.
Peter Hamm, DER SPIEGEL

Alles in diesem Roman lebt durch die Sprache, die Ragni Maria Gschwend mit wunderbarer Leichtigkeit ins Deutsche gebracht hat ... Nach einer sprachakrobatischen Leistung dieser Größenordnung gibt es keinerlei Grund zu bedauern, daß Flaianos Film »Melampus« ein Traum geblieben ist.
Wolfgang Matz, FAZ